我向来处张望

张煜棪◎著

苏州大学出版社
Soochow University Press

图书在版编目(CIP)数据

我向来处张望/张煜棪著. —苏州:苏州大学出版社,2014.10
ISBN 978-7-5672-1084-4

Ⅰ.①我… Ⅱ.①张… Ⅲ.①中国文学—当代文学—作品综合集 Ⅳ.①I217.2

中国版本图书馆 CIP 数据核字(2014)第 215794 号

书　　名:我向来处张望

著　　者:张煜棪
策　　划:刘　海
责任编辑:刘　海
装帧设计:刘　俊

出版发行:苏州大学出版社(Soochow University Press)
出 品 人:张建初
社　　址:苏州市十梓街 1 号　邮编:215006
印　　刷:苏州工业园区美柯乐制版印务有限责任公司
网　　址:www.sudapress.com
E - mail :Liuwang@suda.edu.cn　　QQ:64826224
邮购热线:0512-67480030
销售热线:0512-65225020

开　　本:700 mm×1 000 mm　1/16　印张:14　字数:216 千
版　　次:2014 年 10 月第 1 版
印　　次:2014 年 10 月第 1 次印刷
书　　号:ISBN 978-7-5672-1084-4
定　　价:29.00 元

凡购本社图书发现印装错误,请与本社联系调换。服务热线:0512-65225020

读《我向来处张望》(代序)

国华兄是我在苏州大学求学时就熟悉的朋友,机灵、敏捷、富有激情,纯正的文艺青年范儿。不过,他并不是中文系的,甚至还不是学文科的。记得是一个晚上,我弟弟带着他到研究生宿舍来看我。他们是同班,国华是班长,一起学物理的。

后来国华兄毕业后一直从事行政管理工作,顺风顺水,我就想,这或许应该是得益于他的文青气质吧。再后来,好友陈国安教授几次在我面前推荐,说是国华兄有一个女儿,现在已是高中生,作文写作极为出色,是个难得的文学人才。

我有些将信将疑。在一个应试式的中学教育体系中,在一个流行网络浏览的浅阅读时代,如今中学生的文学素养已经是大不如前了。不过,在看完张煜棪的散文集《我向来处张望》以后,我的看法却改变了。

例如,她在《童年的背影》一篇的"题记"中,开首有这么一段——

> 童年已在身后,少年的心跳自己已然听得如此清晰。这是一段记忆,犹如是身后的彩虹,不用转身去看,她的美丽已经深深镌在了我的心坎。

这一段文字很短,只是两句话。第一句是写实,是顺叙,童年已成往事,已在身后,而少年已不期而至,已悄然前来,难免有些紧张,有些慌乱,于是忍不住的"心跳"。第二句是对前一句的摹写,是文学化的描绘。童年已成记忆,然而那是粉红色的如梦幻似的彩虹,在跨入少年门坎之际,它是那样的美丽,那样的令人难忘,镌在心坎。以"身后""心跳"连结起前后两句,呼应自然,意象生动,稚气中透着清新,自是文学妙句。

又如《记忆深处》一文中的开头一段——

半卷的竹帘外是明净的小河，小河的清波上是荡悠悠的小船，小船的心房里是娇滴滴的船娘，船娘的秋波里是不远处的拙政园。

前面三句是思绪连贯的意象组合，竹帘外的小河，小河里的小船，小船上的船娘，但到了最后一句却信笔一转，写到不远处的拙政园；而拙政园并不是小船要驶向的去处，而是那温婉的船娘眼中的“秋波”。起承巧妙，意境开阔，真是可圈可点。

再如《一梦阑珊》中的一段文字描写——

日落前的风吹得很急，吹得阑珊眼里酸酸的辣辣的，她忙伸手去揉，揉完留恋一会儿又放下手，继续托腮看着虾红、麟紫、龙黄漾成一片的晚霞。明瑟与她挨得很近，一同坐在天沉宫前的石阶上，肩上披的那件牙色披风在晚风里簌簌作响。

这是阑珊与明瑟两人在晚霞时分偎坐天沉宫前石阶上的一段描写。动的是日落前吹得很急的风，静的是令人迷醉的晚霞；眼里是酸辣的，心里是“留恋”的；手托着腮，而肩上则是飘舞在晚风里的披风……有味觉，有触觉，有近观，也有远景，文字利落有致，意蕴丰厚。

……

我历来相信陈国安博士的文学眼光。他对中学语文，尤其是中学作文的辅导与教学，不仅誉满江南，而且已经应邀远至新疆、内蒙古等地授课。这次，他对张煜棪习作的推荐，显然是经过深思熟虑的。

只是我感到奇怪的是：张煜棪同学在繁杂的中学课业之外是如何打下了良好的文学基础的？如何培养出了精妙的文学感觉？如何练就了优美的文字能力？原因可能是多方面的。不过有一点可能会不会是她继承了父亲国华先生的文艺气质，从小就孕育出对文学的特殊才华？

我想，这起码是一个重要的因素吧。

栾梅健

2014 年 9 月 1 日于上海复旦大学

目录

童年的背影

青春路口

未完的故事

童年的背影

童年已在身后，少年的心跳自己已然听得如此清晰。这是一段记忆，犹如是身后的彩虹，不用转身去看，她的美丽已经深深镌在了我的心版。

我和爸妈比童年

你曾经因为好奇心而向爸爸妈妈问起他们的童年生活吗？你曾经回忆起自己快乐的童年生活吗？不如，让我们一起来比一比、聊一聊那些纯真而美好的往事吧。

乡间童年的午后是这样无忧无虑。每到那时，我爸爸总会戴着草帽，跑进田间，靠着稻草人，吹着徐徐的微风，玩弄着田里活蹦乱跳的小虫子，而陪伴他的则是那悦耳的虫鸣和那一年四季不断变化的风景——春天的油菜花、夏天的稻秧、秋天的金色稻浪、冬天的白雪皑皑。

夏季的夜晚，妈妈总会和舅舅们一起跑到离家不远的小树林里，欣赏萤火虫的精彩表演。它们发出的微弱绿光，随着它们的行动而不断变幻样子，交织着，仿佛星空弯腰，来到你身边，有一种美得说不出的感觉。萤火虫们总是毫不吝啬地释放光芒，尽管，十分微弱。但它们的那种精神赢得了人们的赞美。妈妈也对它们钟爱有加。

是啊，他们的童年生活真是令我神往，无忧无虑，自由自在。可是，你知道吗？那时候的孩子，童年不仅是自由精彩的，还是艰辛的呢。

我记忆犹新。爸爸告诉我，一年冬天，天特别冷，鹅毛大雪给大地铺上了一层雪白的地毯。他起得特别早，穿着草鞋，忍着脚上冰雪的寒意，艰难地迈开步子，在雪地上留下一个个脚印。凛冽的寒风吹在脸上生疼，他咬着牙忍了过去。这一切都只为了上学。

我想，那时候的孩子为上学走几十里地，这样艰辛的路程，他们都能坚持学习，难道我们现在拥有这么好的物质条件，不该感到知足吗？

现在是二十一世纪了，我们周围的一切，都发生了翻天覆地、日新月异的变化，人们的生活水平也在逐渐提高，我们这一代，在家长、老师的呵护、教育下，尤为幸福。

小时候，爸爸和妈妈常带我去桂花公园的草坪放风筝。风筝有各种各样的，龙头的、娃娃的、小熊的、燕子的……数不胜数。我们一起放，将它们越放越高，烦恼和忧愁也随着一起飞走，剩下的就是快乐和幸福了。

现在基本上都是独生子女，父母把更多的爱和关怀都给予了我们。总是把花纹最为精致的餐具给我们；总是把晒得最暖和的被子给我们；总是把最软最舒适的枕头给我们；总是让我们接受最好的教育……总是把他们的爱毫无保留地无私地奉献给我们，总让我们在那片最温暖的“阳光地带”成长。难道，我们不该感恩吗？

两代人的童年是不一样的，两代人的童年又是一样的，那就是童趣和童真。要说童年，能说的实在太多了，巷子里的跳牛皮筋，难得吃一次的冰糖葫芦……的确，童年是一首唱不完的歌；童年是一首颂不完的诗；童年是一幅赏不尽的画……珍惜那份童趣童真吧，珍惜父母的爱吧，珍惜老师们的付出吧。永远不要忘记，在你的生活中，还有这么美好的记忆。

锁

沿着这条河是一条热闹非凡、熙熙攘攘的街市，海棠糕诱人的甜香，冰糖葫芦糖衣的晶莹剔透，折扇上山水的波澜壮阔，在这里比比皆是，可是，这都是尘封在我脑海中十年前的记忆了。

在一家全城闻名的客栈斜对过有一座大宅子，两扇沉重的朱漆大门闭得死死的，两旁的门柱上的字早已腐朽，上面结满了密密麻麻大大小小的蜘蛛网，路人经过都离得远远的，有的还交头接耳，对这传说中不祥的宅子指指点点。这座十年来从没有开启过大门的宅子，就是我的家。

我每走一步都感觉一阵刺鼻的腐朽味扑面而来，夹杂着墙角阴暗处菌菇的湿气，使人窒息。是的，我在这封闭的宅子里，麻木地活了十年。这十年来，陪着我的只有我那年迈的祖母，其实她可以忽略，她从那时起便性格怪僻，寡言少语，只有每天夜里她才会一个人到后院佛堂去念经超度我已故的爹。

我爹本是朝廷的一员大将，忠肝义胆，武艺高强，却在一场战役中英年早逝。我从小便立志像爹一般，精忠报国，做一个威风凛凛、驰骋沙场的豪迈将军，可是自从我爹战死，祖母便用一把青铜大锁，锁了大门，锁了我的梦想。

可十年来，我从未放弃过！

如今的我，更加向往门外的世界，我急切地想再一次仰望苍穹，再一次骑着我心爱的马尽情奔驰，再一次呼吸阳光的芬芳……

这天夜晚，我草草吃了晚饭，心中的迫切再一次使我有些按捺不住。祖母只是安静地用她那无神的双眼注视着面前的一碗饭。我匆忙地离开，我迫不及待地想要找回自由，待到祖母迈着沉重而缓慢的步伐走入佛堂时，我蹑手蹑脚地爬上了那“嘎吱嘎吱”叫着的楼梯，一边警惕地看着楼下可有动静。当我踏上最后一级楼梯时，我顿时感到了心灵的放松，似乎自由近在眼前。

我“吱呀”一声轻轻地推开了祖母房间的木门，没有想象中的一股刺鼻霉味，我走了进去，缓缓带上了门。我顺手用一根火柴点起了蜡烛，整个房间顿时被一种温馨的橘红色笼罩了。一张放着叠得整整齐齐被子的大床映入了我的眼帘，我再看看周围的摆设，十分整洁，我心生疑虑，又想起我唾手可得的自由，便抬起床上的枕头，那把青铜钥匙正安静地躺着做着它的春秋大梦呢，我沾沾自喜地拿起钥匙准备离去，却发现祖母正静静地站在我背后，看着我拿着钥匙。我吓了一大跳，接着便是钥匙掉落的声音，我不敢捡起，心虚地看着祖母。出乎我意料的是，她居然艰难地弯下了腰，拾起钥匙，珍贵地抚摸着，口中默念着我爹的名字。我艰难地开口：“对不起，我不会再这样了……我只是……”“好了。”她终于开口了，这十年来，她几乎没有和我讲过话，我都快忘记她的声音了，这次她的话语却带着一点暖暖的温度，“孙子十年没有出过门，年轻人好奇也是正常的。”我怔住了，没想到她居然会和我说这么多话，我愣愣的不知该说什么好。“拿着吧。”她伸出那只近乎枯萎的手，递给了我那把钥匙，“拿着吧，出去闯一闯。”她的声音多了一分慈祥。当那把钥匙躺在我的掌心时，我觉得它沉甸甸的，装满了我的梦想，我有一种预感，我的未来将会因此改变！

……

多年后，当我穿着一身威武的盔甲，骑着昂首挺胸的骏马荣归故里时，和我祖母谈起那把钥匙，我不免奇怪为什么她会突然转变立场，她说，那时她正跪在棺材前，双手合十，诚心念经诵佛，突然一阵风把所有的蜡烛全部吹灭了，只留下白布在风中飘舞，她却丝毫没有觉得害怕，眼前的棺木在黑暗中动了动，她连忙站了起来，似乎听到了早已战死沙场的儿子的呼唤，说他的儿子已经长大，是时候让他去实现抱负了，不要沉浸在失去的苦痛里，要抬起头往前看！

直到我骑在马上，对着敌方的百万大军，我也毫不畏惧，抬起头，用凌厉的眼神看着他们，因为我知道，我爹一直在天上看着我，指引着我前行。

空谷幽兰暗自香

在古老悠久的苏州文化中，昆曲可谓是一枝奇葩，它就像是一株幽兰静静绽放在山谷中，不张扬，却散发着不一般的精神魅力。

当听说要去欣赏昆曲，我的心中便有些抑制不住兴奋，在我还年幼的时候就和父母看过许多精彩的戏，感人至深的《牡丹亭》《长生殿》，情节跌宕的《朱买臣休妻》等，都为我的童年生活带来了玩具代替不了的欢乐。小学的时候也随学校每年去往沁兰厅欣赏优秀的昆曲演员们的义务演出，和这沁兰厅结下了不解之缘。今天，当我再一次迈进这里，我觉得昆曲不仅仅是在舞台上的戏了，而是你的朋友，和你面对面的朋友。

同学们鱼贯而入，落座后纷纷用兴奋的口吻交谈着自己的期待，忽然昏暗的大厅内因为舞台上的灯光而豁然开朗了，那位熟悉的总是满脸微笑的阿姨又一次站在了舞台的前端，用流利的普通话声情并茂地介绍着昆曲。大家边认真地聆听，边似懂非懂地点点头。在阿姨响亮的介绍后便是第一出戏《孽海记·思凡》。

那唤作色空的小尼姑的扮演者是位优秀的青年演员，她的一颦一笑，每一个抖动拂尘的动作，每一个悦耳的唱腔都在我们的心中印得深深的，当“入相”的门帘撩开，她迈着细小的莲步下去了，刹那间，全场爆发出潮水般不断的掌声和大家的叫好声，还有回味的眼神。后来有两位女生上去模仿，倒也有模有样的。

接下来的这出戏则是《扫松》，当挂着白胡的老生带着笤帚缓缓走出时，底下一阵激动的抽气声，那飘逸的胡须颇有几分得道仙人的风范，那身白衣不食人间烟火。丑角表现得滑稽又真实，那活灵活现的动作，赢得了全场的笑声与掌声。值得一提的是，我们班的夏沐天也上前学了学，有几分神似，得到了同学们的一致好评。

我心中的重头戏登场了——刀马旦！要成为一个好的刀马旦可不容易，唱念做打全得练得十分娴熟，对基本功的要求也十分高，她们多扮演那些穿蟒扎靠、戴翎子的女将。她们英姿飒爽、从容不迫，真是巾帼不让须眉！我不禁想起了几句歌词：“耍花枪，一个后空翻，腰身跟着转，马步扎得稳当；耍花枪，比谁都漂亮，接着唱一段虞姬和霸王；耍花枪，舞台的戏班，二胡拉得响，观众用力鼓掌；耍花枪，比谁都漂亮，刀马旦身段演出风靡全场。”这么一看，写得还真是贴切。虽然最后的花枪年仅十六岁的演员可能是有些紧张而失误了，但台下的观众马上热情地鼓起掌来，鼓励着她，演员重拾信心，挑起花枪，动作更为精彩，看得人目不暇接，眼花缭乱，直拍手叫好。对于刀马旦这个注重身段与基本功的角色来说，上台模仿的两位女生似乎有些力不从心，但她们仍旧尽力地学着，这点让我们这些观众都十分欣赏。

就在我们沉浸在这充满艺术气息的氛围中时，这次的昆曲义演却结束了，有些戛然而止的感觉。我们有些木讷地依次走出沁兰厅，似乎还在那一出出戏中流连忘返着。外面的世界车水马龙，慵懒的阳光洒在我们的身上，让人有些睁不开眼，而那淡淡的蓝天却多了几分悠远，就像那在空谷里微风中摇曳着的幽兰，不张扬，也不是孤芳自赏，而是带着暗香的恬静。

舞台

我是一个追求完美的人，尽管我做得并不如预期那般完美。

歌词"独站在镁光灯下逃离树荫"有的时候倒真是我的写照。我总觉得他人就像是观众一样，我的人生时时刻刻都是舞台，时时刻刻都是自己的焦点。或许这样的生活是容易让人疲倦的，因为想要每分每秒都展现最完美的自己真的是一件比想象中要困难的事情。

很多人喜欢把人生比作电视剧或是电影，我看不然，电视剧和电影在拍摄的时候，笑场了可以重来，演得不逼真可以重来，达不到预期效果可以重来，你可以从头开始无数次，最多只是浪费些胶片。而舞台上的演出与它们恰恰相反，观众们的眼睛时刻都盯着你，任何错误都会在那些目光之中毫发毕现，更让人无奈的是它无法让演员中止演出去修正错误，就像时间无法停止或是倒退一样。

电视剧和电影有剧本，它们必须按照已经画好的轨道有条不紊地进行下去，而人生的舞台是不会体贴到给你画轨道的，任何意外都有可能上演。我们的一生就像是一出跌宕起伏的戏剧，有泪水，有笑声。有的人抱怨：我的命运坎坷不平，我的舞台上悲剧正在上演。命运在很多人看来是一个牵线木偶，但是请你摊开手掌看一看，其实命运的牵线就牢牢地定在你的手心——掌纹。

请用力地、迅速地抓紧现在吧，它逝去得很快，在不长的舞台戏剧中，"现在"只是一个一掠而过的动作，而这部戏剧恰恰就是由那么多个一掠而过的动作、那么多个"现在"糅合起来的。在这场无法重新开始的戏剧里面，只有从此刻开始，在人生的舞台上认真而又勇敢地做好自己的演员与编剧，把最无瑕而又最真实的美好展现给你的观众，把戏剧定调为喜剧！

或许等到谢幕的时候，你会发现台下掌声如潮，观众们纷纷起立，带着敬佩与赞叹的笑容用力地鼓着掌，那一定是最让人动容的画面吧。

一切都不会过去

曾经一句“一切都会过去”被多少人奉为信条，成为深陷泥沼或低谷时自我激励、鼓舞又或是自欺欺人的话。可又有多少人的“一切”真的已成为过去？不论是电视剧也好、现实中也好，纵观那些舍弃过去的人，有多少会在午夜梦回时想到自己的过往？

有些人说，一切都会过去，过去的事情便不该再自作自受地想，要看清今天，展望明天。这句话并不是没有道理，与其让过去的失误与痛楚困扰自己，始终缠绕自己周身，不如活好当下，为未来而盘算。不过，即便过去是萦绕苦痛的，不忘却也并非不是件好事。

让我们一道重品卧薪尝胆的典故。试问，如若勾践在柴房内没有日日用所受之辱警醒，用苦胆的滋味迫使自己不忘怀，又怎会有日后的越王勾践破吴归、三千越甲可吞吴？

再而言之，所有的中国人都不会忘记那段中华民族的屈辱历史——南京大屠杀。这是不会过去的，也是不能过去的！我们从来没有试图忘却它，每年的纪念日都在我们的心里。近几日，陆川导演的《南京！南京！》这部反映南京大屠杀的电影在日本上映，老一辈的人给予的态度是静默的忏悔，而年轻的人们大多则是感到茫然和难受——被“历史”所欺骗的滋味。这正是不忘屈辱史并因之奋进所得之果。中国这头沉睡的巨狮，已经悄然苏醒，将铁一般禁得起、扛得住的身躯，展露在世界的面前，在不久的将来，这个世界会被它的震天之吼所再次撼动。

不如说些积极的过去——那些你曾取得的骄人的成绩、褒扬、赞赏、奖项，常常有人会说这些都是过去，不算什么，其实这都是对于你长时间的锲而不舍或是兢兢业业的奖赏，这些结合你全新的目标将会是通向崭新未来的阳关道。

如是，一切都不会过去。不论过去的那些充满的是坎坷磨难抑或是一帆风顺，在良好的心理作用下，不如意成了垫脚石、光彩成了里程碑，它们足以成为绝佳的契机，促使你向成功步步逼近。

我为你心动为你心静

又是一个即将入梦的冬日，我撑着一把油纸伞，重回镇江，回味那一年又一年、一度又一度的心动。

我漫无目的地在那长长的青石板街上轻轻地走着。脚下的青石板早已被风霜雪雨的岁月洗礼冲刷得细腻平滑了，徒留着那份古朴的韵味，可眼前，那条悠长的小巷，却似乎仍不见老。雨声淅淅沥沥，不大，让我觉得这份乡情仿似又绵长了几分。

我眺望着远处，冬雨中晕开朦朦胧胧的暖光，应是点灯了吧，厚重的大门前挂着几个红纸灯笼，在屋檐下随着十二月的风轻轻摆动，那几抹光晕也跟着在雨雾中模糊地晃动。就是这个依偎在长江怀中、充满故事的悠久小城，在这已入梦的冬日，她并未凋零，仍保持着那份姿态，巷中星星点点的灯火似乎就是人们那永不落幕的希望。

我站在金山山麓，在细雨霏霏中重温许仙与白娘子的动人佳话，感受着那雾中金山的缥缈灵秀之美，情不自禁地走上那条上山的小径。

我立在金山顶上，望见了大半个静卧的镇江，脚边万家灯火交相辉映，在雨中密密朦朦地如同交织着的银丝金线。天际，一缕缕带着寒意的风吹来，吹乱了我的长发，吹动了我的心绪。我的眼角渐渐流露出了淡淡笑意，我缓缓放下伞，在雨中尽情享受着这一次次的怦然心动。我不禁想起了小河上，温柔的船娘们戴着蓝印花布的头巾，眼带笑意，口中唱出一首首动人心弦的船歌，和鱼儿轻语、水鹭低鸣互相应和着，人们打着淡色的油纸伞，在精致的拱桥上小立片刻，沉浸在这缱绻动人的小城故事里……

我的心忽而变得安静了，不知是因为这景致太美还是太过心动，只感觉镇江她轻拥着我，我也依偎着她，静静去体味那油纸伞里、小桥上、船中，青石板街上，金山之上的镇江，和我心中不灭的灯与情。

我的故事

“人生如梦，几十年很快就像流水一样过去了，但还很值得人品味。”

当我看到这个作文题的时候就是这般故作老成地感叹了一番。写这篇文章的时候我犹豫了很久。我活了十三年多，故事虽没有特别轰轰烈烈却多如牛毛而都值得品味——题材太多。一下午只写下了一个题目，看着黑色水笔留下的痕迹在刚开的台灯下静静躺在淡黄的纸上时，我有一种微妙的错觉。不妨就沏上一杯幽香袅袅的茉莉花茶把它当作一个故事来看吧，它本身就是一场难分真假的梦幻。

那是某个春意蔓延、细雨霏霏的下午，阳光从浅浅堆积的云絮缝隙中漏下来，同雨丝一起坠在我的伞面。今日是春游，配合着微微细雨在尚湖边走走似乎也颇有情调。春日的雨虽然来得有些突然却柔和得讨人喜欢，我们几个好友“翻”过了几个已经长出嫩草的小坡，看到了被绿树温柔怀抱的尚湖。尽管在很远就隐约嗅到水汽，尽管家就住在水边，此刻看到尚湖还是抑制不住内心的激动，将背包匆匆丢在草坪上，飞奔着来到湖边。由于老师们再三警告，我们不敢靠得太近，就站在湖边张开双臂拥抱大自然，一副要为绿箭代言的样子。

我们中一位心思缜密的同学不放心大家的书包，便提出要去找个地方安放书包，另一位同学也去帮他了。巧合的是还有一位同学因为口渴跑去了不远的饮品店，他们都和我约好，一会儿再在这里见面。

现在只剩下我一个人站在湖边了，倒不寂寞，因为有这温润如玉的满湖春色陪我等待，惬意之极。

我哼着自编的不成调的小曲儿随意地在湖边用轻快的步子转了转，忽然一个娇小的白色身影映入我的眼帘，我定睛一看，这里什么时候多出了一个小女孩？我侧了侧头，仔细看看她，她有着白若甜瓷的肌肤，小巧圆润的鼻子，最可爱的是她小鹿般善良纯净的双眼，如同水汽氤氲的湖面一般，真是个惹人喜爱的小女孩，年龄才不过五六岁的样子，一向对漂亮小孩没有抵抗力的我似乎看得有些“陶醉”。

“姐姐。”耳畔忽然传来一阵银铃般清脆的童声，我向她看去，她正笑得烂漫地冲我招手。我带着诧异环顾四周，没有其他人类了，这个本该是大家抢破头也得看看的风景此刻只剩下我们两个？我有些茫然地走到了她身旁。之前从未见过，却又觉得有些眼熟。

“你是在叫我吗？”我带着疑虑问道。她不置可否地笑了笑，那动听的童声又响起了：“姐姐你可不可以帮我去叫我的妈妈？”我有些为难地看了看表，同伴们应该已经回来了才是，本想委婉地表达我的难处，但一看到她一副快要哭出来的神情，我还是狠不下心来，只得连声答应，转身去找，我发誓在转身的那一刹那我看到她的脸上浮出笑意，果然孩子的脸就像六月的天一般善变啊。我无奈地摇了摇头准备去“弘扬乐于助人的优秀品质”。

就在我准备离开湖边的一瞬间，我忽然想起她还未曾告诉我她的妈妈在哪儿，但当我回过身时，哪里还有小女孩的影子，取而代之的是我那三个同伴喊着我的名字问我为何突然一言不发地离开。我有些糊里糊涂地问：“你们已经回来了？小女孩呢？”一个同伴乐呵呵地笑道：“我们不是一直在这里准备野餐吗？同志你没睡醒吧？”我没有不依不饶地追问下去，只是尴尬地笑笑：“估计是吧。”但心里有些发寒，难不成那小女孩是多年前不小心溺死在水里，如今按捺不住寂寞回来捉弄游人？荒唐了些。但试问一个小女孩无故让你去叫她的妈妈之后又消失不见，这种破绽众多又有些不合常理的事，是不是有些诡异？

尽管这件事牵绊了我整整一下午，我还是玩得很尽兴，因为我觉得我又多了个可爱的“小朋友”，直到她和我在第一次物理考试中再次碰面……茶快尽了，故事也要到此为止了，这是件真实的事，别怕，就请把它当作一个故事，再为记忆“锦上添花”吧。

被自己感动

人是感情用事的动物。常常会被一些细枝末节的触碰所深深打动，然后感动，甚至是撼动——或许仅仅只是惊鸿一瞥或是莞尔一笑，抑或是聆听一朵花开的声音。世间万物的内在均有能感动他人的那一份情愫，而它同样能够打动自己。

这个暑假，图书馆的胡老师联系我们去做志愿工作。老师体贴地关照：工作繁重，还须多请几位同学。可是同学们有的回家乡探亲，有的去欧洲畅游，有的为了各种补课忙得焦头烂额，几经波折，最终只有我和另一位同学准时到岗。

刚从烈夏的热气腾腾中步入偌大的图书馆内，我们不由得一阵惬意的冷战，胡老师见到我们，便放下手中整理了一半的图书，招呼我们到他身边去，认真仔细地为我们讲解起如何分类和我们所需完成的任务。

在学会辨识编码之后，我们便跑上跑下地将厚厚一叠杂志、各类书刊一一归位，待到它们都安然"回家"后，我们的背上都沁出了一层薄汗，一边坐在图书馆没有靠背的凳子上，一边轻声喘着气。

没多久，新的任务就接踵而至，那布满灰尘的藏书阁楼上有着一大架子的各种未分类的书刊等着我们，于是我们便开始了将其转移下来、分门别类、清算盘点的漫长过程。

约摸过了半个多小时，我们终于将楼上所有的书都抱了下来，此时双臂酸麻得已经没有知觉，我们彼此微微对笑了一下，互相鼓励。我下意识撑着桌子站了起来，双手伸进准备好的纸箱，将书一叠一叠地拿出来、摊好，又依照刊名或书名以及期数的次序叠放，重重的灰尘味刺激着鼻腔，在凉透了的冷气中不断放大，顿时人有些战栗。胃部传来一丝丝绞痛，我吃痛地轻声

“嘶”了一声，从小便有的胃痛又犯了，同学关切地让我歇歇，但看着已经铺满三张桌面的书籍，纵使再疼得厉害，也无法甩手掌柜般撒手不管。后面的几小时我几乎是一面趴着忍受那种时强时弱的钻心疼痛，一面将满是灰尘气息的书籍分类整齐并清点。

不知不觉，4 个小时已经悄然而过，我们如释重负地将最后一叠书放好，舒心地伸了一个懒腰，却发现手臂都酸软得差些抬不起来，在那一刹那，我忽而有些为自己感动，想到这里，我的脸腾地一下红了，而这一神情也和我心底的那份为自己的动容一起留在那天的镜头里。

当苍雪掠过幻城

说起来，我看这本书的契机是因为我的一个好基友总是对我赞扬郭敬明的文字如何之唯美，如何之感人，我总是抱着似信非信的态度，但当我翻开《幻城》后，我觉得她说对了。

这是我第二遍读它了。

《幻城》对我来说是郭敬明小说的启蒙，正是因为它的回肠荡气才有了今天我对郭敬明小说的欣赏。他的文字就像是一场末世的苍雪，明澈却又浮着淡淡的忧伤，它会温柔地穿过你的肤骨，不声不响而又轰轰烈烈地来到你的心里。

我脑海中存在着的幻城便是这本书的主角——卡索，及地的白发和无瑕的白发在冷冽的风中翻飞着，冰冻的湖面之下，无色的水在悄悄地涌动着，足以刺穿天盖的雪山，泛着银蓝的亮泽，遮蔽了视线的柳絮般的大雪忽忽悠悠地从天穹之上同天光一起坠落，落在晶莹的瞳仁里融化开来。他手中充满的是什么？他比冰雪还要冷冽的杀意还是比耀阳更为温暖的笑靥？

《幻城》这个故事无疑是荡气回肠、跌宕起伏的。每当你为某一个角色的笑容而撼动，下一秒现实就冰冷得让你无法接受，在故事的最后，对卡索重要的人几乎全部在战斗中阵亡了，剩下他一个人似生似死迎接着千万年的改变与幻灭。冰与火之间种族的战争、无法用任何华丽辞藻比拟的有血有肉的至爱与亲情、虚假而又荒芜的谎言与背叛、温暖而又令人动容的笑靥与泪水、绝望而又无尽的等候与期盼，这一切的一切都被精巧而又细腻地糅合在一张张薄却又充实的纸页里，就等着你轻轻地翻开，久久地品味。

卡索和弟弟樱空释的感情深得彻骨，释在面对下一世的选择时，毫不犹豫地选择了成为火族的最高者，他想要毁掉冰族，不是带着对冰族的仇恨，而是为了让不愿成为冰族之王的哥哥卡索能够获得最想要的自由——偏激而又让人动容的爱。有人说，时间会改变一切。不然，岚裳、梨落对卡索的爱让她们在互不知情的情况下选择了下一世成为对方，她们曾等待了多久，困在海底深牢，被无声无息地暗杀，换来的是怎样一种纠结而又错位的结局。现实是残酷的，可是书里的他们，为了被残忍杀害的哥哥迟墨而远离故乡背叛一切的蝶澈、刹那间失去理智刺穿了自己最珍惜的释的卡索……在难熬的千百年的岁月里，时光如同针一般扎着他们的心，是什么支撑着他们？——希望。

卡索曾说过，因为我有希望，人有了希望就可以安然而平淡地生活下去，一千年，一万年，笑着面对时光的亡失和生死的渐变。

希望是什么？大家喜欢把它比作明灯，我同意，我感谢希望，正因为在茫茫的黑暗之中，它是唯一可以照亮前行的一束光，它是从心里散发出来的，也许它很渺小，也许它很庞大，但它的存在是不能被磨灭的，有了希望，就不会在意现在的成败与得失，你会看得更远。曾经有句话打动了我：不要害怕面前有阴影，那是因为你背后有阳光。

运动会别记

枕头底下手机不安分地又是震动又是响铃，我翻了个身毫不犹豫地用被子蒙住了头，继续与周公对弈。手机铃声愈演愈烈，我在睡梦之中一蹙眉，随手抓起它狠狠一按，嘴角露出一丝满意的笑容准备继续坠入梦乡。就在按下的那一刻，像是有一盆冰凉的冷水倾泻而下，我猛然坐起——今天运动会！

我用有史以来最快的速度洗漱完毕，看了看已经戴在腕上的表——苏州时间六点半。我悠悠闲闲地打开手机，一条未读信息赫然映入眼帘，是老师发来的通知，我赶快咽下口中的面包，打开信息，看完之后我的脸色顿时黑得有如锅底，因为下雨延期了？

我抬头向窗外望去，薄薄的秋日晨雾无声地敲击着玻璃，糅合着冰凉的雨滴缓缓坠落，我甚至可以清晰地想象出苏高中田径场的那一片长着短草的空地快要泥泞成一片，红白相间的跑道因为湿气颜色显得更加鲜明夺目。

下雨，取消了。

我无奈地放下书包，坐在教室里的某个位置听着耳畔不约而同的38个人的叹气声，回想着早上的那一幕，情何以堪。一整天总觉得少了些什么似的，毕竟期盼了这么久却落空了，此刻心里觉得延期与取消已经没有多大区别了。直到下午放学总结时走进教室，看到老师手中捧着一本册子示意大家回到座位，我们才欣喜若狂地明白了。

翌日清晨，睁开眼的第一件事便是跑到窗边拉开窗帘，天光顺着玻璃的角度柔和地坠入我的瞳孔，清澈得像是甘泉，偶尔的一两缕浮云恬淡地掠过，让光影如水缓缓淌过我的面颊，就像我此刻嘴角泻出的那丝笑意。

天放晴了。

一转眼，我已经站在苏高中田径场的旗杆之下。因为雨水的洗刷，今天的晴空变得剔透而明亮，像是蒙上云般薄雾的湖面一样玲珑而湛蓝。苍穹之上，秋阳愈演愈烈，清冽如风，又暖如微醺的面颊，洋洋洒洒地落在五星红旗上。

当雄壮的国歌声响起，回荡在田径场的上空时，我亲手让我们的国旗冉冉升起，在我的手将国旗升上最顶端的那一刻，我觉得一种浓烈的自豪感油然而生、在我的心中快要迸发出来了，这是我觉得作为一个立达人、一个中国人最辉煌、最值得自豪的时刻。

随后的广播操比赛上我作为领操和我的同学们一起为了我们的荣誉而不断努力着。每一个动作都尽量靠近我们心目中的完美。

我很荣幸被老师委派了另一个光荣的任务——誊写奖状。一想到运动员们的辛勤付出所换回的这张至高无上的奖状与荣誉是出自我手，我的心中又一次一发不可收拾地洋溢起了自豪感，同时我的肩上也有着责任感。

我笔走如飞地写着一叠又一叠的奖状，每当运动员走上主席台时，我也会双手递给他们并致以祝贺，看到他们兴奋的笑容，我也觉得自己的付出有了回报。虽然这使我错过了不少比赛项目的观看，但听到同学们阵阵的欢呼呐喊和加油助威的声音，我觉得我和初二(24)班的各位心是紧紧相连的。虽然我和他们在不同的地方，我也无法为我们班的运动健儿们呐喊助威，但我能够清晰地感受到他们火热的运动激情和集体荣誉感！

最后的五十米接力赛。

这也是我们最为期待的一个项目。我们迫不及待地想要展示出我们劲竹班的魄力以及高度的凝聚力！我们曾经在与其他班级的友谊赛上势如破竹，在逆势之中勇夺桂冠，但那都是曾经的辉煌。今日我们雄心壮志，用矫健的身姿跑出我们最精彩的一棒，就算不是冠军那又有何关系！

纵然这个运动会姗姗来迟，纵然它被浓缩至只持续一天，但我觉得它确是一个精华。不是因为一日之中我们有日程紧张如箭在弦上随时准备出击的紧张刺激之感，而是在这一天里，我体会到了作为一个立达人的骄傲与自豪，我看到了我们班运动健儿最阳光最积极的一面，也看到了我们班的凝聚力以及团结协作精神。

就算它只有一天，我还是觉得，值了。

忙

“工作了一天，很累，疲惫……”耳机里房祖名若无其事的声音就好像忙着忙着就淡定了一样。

教室里那张吃香的课程表下站着几个互相议论的同学，小甲经过时痴痴地望了一眼，面露惊恐随即又沉下头去盘算作业时间怎样安排最妙。

后面的小黑板上星罗棋布着各类作业，时不时夹杂着小美遗落的藏头诗又或是丁叶嘉一时兴起摆上的英文字母。

数学课时，胡奶奶和蔼地笑着，但当讲到新奇的题目时，她活泼的身姿如若少年，只是底下多数的同学在埋首跟《学与练》博弈，时不时忍不住抬眸望上两眼，又不情愿地回归作业本。

往往午餐时间才是充盈着幸福感的。和三两知己坐在晌午的台阶上，春阳柔软似水，流淌进漆墨色的瞳仁之中，瞬间就点亮了深处微弱的花火，连心尖也跟着缓缓吟唱，手中的三明治顺着掌心的温热融进身体一般，妙不可言。

怎奈学校禁止吃游食。叹！

匆匆掠过身旁的初三学长们，一个个满面倦容，叫人好生怜悯，偶尔路过初三教室，见到一个男生架着厚厚的眼镜，挠墙跺地，悲愤地仰天长啸：“娘啊，这么多题目做不出！”

站在门口的我们怔怔的，骨节泛白的手指扣紧手中的书本，想笑，嘴角却僵硬着，心中掠过一丝苦涩——

是否初三的我们，也是这样？

时间好像倏然凝固在这个点上，初三学长的面上还是欲哭无泪的神情；小甲耳边夹着手机，指间还搁着一支未盖的水笔；老乙紧蹙双眉，手还维持着偷按计算器的动作；丙和丁因一道题争得面红耳赤，筋疲力尽——

细细看来，人人面上都夹杂了几分麻木的无奈。

忙着，忙着，就淡定了。

（写于初中二年级时）

手心的太阳

宽敞的楼道里徘徊着初晨指尖的一丝平淡如水的微曦和深秋寒得彻骨的凉意，昏暗的阴影悄无声息地流淌过我微凉的面颊，我靠着冰冷的门框阖着双眼感受到黑色幕布下浓烈的色块，一声毫无征兆的电梯提示音让我猛然惊醒，身体向前踉跄了几步，出于本能赶快扶住身旁的“东西”，待我平稳站好，抬头一看，她的眼神似是暖阳倾泻而下般。

乍一看，她最有特点的便是蓬松地环绕着鹅蛋脸的、虽不太整齐却有质感的棕色头发，虽然这张脸放在人群中不会有人在第一眼就能够认出，但它看起来洋溢着活力与青春。我有些尴尬地放下抓紧她右臂的手，连说了几声“不好意思”。她大大咧咧地笑了两声说道：“没事！天这么冷你还要早起，是要去上学？”我匆匆关上家门，跟着她一起进了电梯，一瞬间灯光刺得我有些睁不开眼。我一边将双手伸进口袋一边回答道：“我们家离学校比较远，所以要早起。”她倾了倾头，目光直直地锁在电梯上方的一排灯，似乎在追忆什么似的，从她的眉眼间流泻而下的似乎是一条叫作记忆的长河。她喃喃说道：“上学啊，真好，我像你这么大的时候最喜欢的就是上学了。”她看到我一副“原来如此”的表情又调皮地补了一句：“除了考试！”我将身体往衣服里缩了缩，也跟着她一起笑了。

忽然视线中多出了一瓶牛奶，我有些不知所措地抬起头，伸出右手疑惑地指了指自己，看着她笑容满溢的被冻得有些发红的面颊，她看我这副颇有点窘迫的模样，又扬了扬嘴角，说道：“在我送牛奶的过程中，总会用它们捂捂手，你也试试，很暖和的！”说罢就亲切地将温热的牛奶瓶塞入我的手中，我不由得从口袋里抽出另一只手紧紧地握住了它。我想，原本因为寒冷而麻木的手大概都感觉不出粗糙的断壁残垣与光滑的丝绸有什么大的不同了，此时却因为这一瓶微不足道的温热牛奶而有些颤抖，我能清晰地感受到这种温热逐渐地演变成了炽热，钻入了我的皮肤，进入了我的血管，流淌进了我心深处某个柔软的角落，似是太阳温柔地包裹着我。

此后的每日，早起不再是负担，我总是早早候在电梯口，等那一瓶热牛奶，我能够透彻地触摸到那个大姐姐心中满溢的阳光，而它们全都柔软而又永恒地定格在了我的手心，是感动凝固在我的心头，刹那间，我的手心和心头都好像有一颗太阳。

在乎所在乎的

暖得昏昏欲睡的午后，从蓝窗帘中滤进的淡淡光影散落在我的肩头。忽而一阵带着凉意的清风越过窗沿，面前的空白笔记本纸页倏地翻飞起来，如同广场白鸽洁白无瑕的双翼扑闪，发出清脆自由的声音，好像当年那个女孩欢愉的神采。

那时还很年幼，孩子们纯白得如同一张白纸，没有压力，没有烦恼。我有个从两岁起就一直同伴的“青梅竹马”，她的名字念起来也是那样清脆爽朗得如同四月的风一般。

我拎着堆沙堡的小塑料桶和铲子，后面跟随得紧紧的女孩便是她。我们三步一跑五步一跳地来到我们两家后面的小公园，笑着叫着直奔沙坑。好像习惯一般，我们默契地坐在了沙坑边那块平地上，丝毫不马虎地整齐地摆放着工具。她把小胳膊伸进沙桶里摸索出一把塑料小铲子，然后一边兴致勃勃地自言自语着，一边认认真真将细碎的黄沙一点一点地盛满整个沙桶。她放下小铲子，像是松了口气一般，又满面愉悦地将桶递给了我。拿到了满满沙桶的我又熟练地将它倒扣在平地上——沙堡的雏形完成了。接着我们又一起用各种各样的工具小心翼翼地在雏形之上刻画出大致的形态，因为这对我们来说是个老游戏了，两人都极为熟稔，但我们之间的默契，使这习以为常的游戏每次都有不一样的体味滋长。

时间总是过得很快，又到了与小沙坑离别的时候了，我忽然叫了一声：“哎呀，我的小铲子！”铲子似乎是不见了，她二话不说一脸焦急地跳下沙坑，在漫过她腰际的沙中努力搜寻着。不知为什么，小小的我忽然被一种巨大的幸福感充满了。我不由得向前一步，却好像踩到了什么东西，“小铲子！”我大叫一声，看见她愣了一下从沙坑里站了起来，笑得真灿烂。我有些不好意思，她却说："找到了真好！嘿嘿！"我看着她脸上的沙粒还有那双灿如星辰的瞳仁，心里升起一股浓浓的感动。

现在想来，那应该是我们互相在乎着吧。只可惜，她在四年级时转学去了南京，被迫从我的生活中淡出了。不过，管它年华疯长，岁月如梭，还是烟花易冷，人事易分，这种在乎可并非是时光所能磨灭的。

我看着面前翻飞的笔记本纸页，满足地傻傻地笑着。

属于我的新年颂歌

2010 年 12 月 31 日。

走在灌满冬日寒风的街道，心头涌起一阵莫名的欢愉，我仰了仰头，钻进厚厚围巾里的冷冽并没有抑制住我的激动，只因为今日的某一时刻将会成为 2010 年的尾声、2011 年的序曲。

路上来来往往的人们互相紧挨着，裹在厚重的大衣或臃肿的羽绒服里，面上情不自禁地透着温热而令人动容的笑意。

“新年的力量可真是不可小觑。”我心中暗想着，步伐却不由得变得轻快了许多，全然不像背着沉重书包的模样。

入夜，姑苏城华灯初上，除了以往的繁华热闹之外更增添几分温情。我们一家围坐在桌边，火锅的热气夹杂着锅底和食材的鲜香扑面而来，感觉整个人都是温馨的、满足的。

新年的脚步正悄悄来临，越来越快，我坐在电脑前，手在键盘上疾速敲打着，一行行的献给自己的年终总结与朋友的新年祝福迸发出来，清脆响亮，好像刚刚燃起的璀璨烟火。我低头瞥了瞥屏幕右下角的时间，23:30。QQ 消息框里已经可谓是“人头攒动”了，耳机里各种新年颂歌交替轮换、愈演愈烈，不知为何，我的心跳也开始逐渐加速。

忽然玻璃的另一侧传来一声鹰击长空般的尖锐响声，我猛地转头，满空五彩斑斓的灿烂刹那间映入我的瞳孔，好像整个世界只剩下那璀璨的烟火一层一层地绽放、堆叠、消逝，然后又一层一层地绽放、堆叠、消逝，我情不自禁地站了起来，趴在落地玻璃窗上，呼出的热气模糊了一片烟火。

这种坐拥满城烟火的感觉真是别有一番味道。

2010 年 12 月 31 日的 23:50。

一些等不及的朋友已经将自己的祝福汇成文字发到了大家的手机上。“今晚手机还真是没停过。”我不由得笑着抱怨起来，然后认认真真地翻阅起每条短信。有简短的“新年快乐”，有占据了整个屏幕的幽默祝福，还有温馨满满的真情流露，这些短信都是最美好的锦上添花。

还有五分钟，2011 年就到了。

客厅的电视里传来了跨年晚会主持人对 2011 年的期盼、祝福与对 2010 年的感慨、回顾，我仍旧热火朝天地回复着 QQ 上各种各样的祝福。

终于，在这一秒，它来了。

没有想过 2011 的到来会如此迅速，我脑袋来不及思考便忙不迭地迎接着潮水般涌来的“新年快乐”，心里忽而迸发出一种奇妙而美好的幸福感，耳畔好像是新年颂歌的响起，在唤醒着某种新鲜而活跃的力量环绕着我们每一个人——

你好，2011！

我心期待

狭窄的巷口上方挤出了一线天，黄昏刚至的那抹深浅不一的橙色落在女孩粉嫩的双颊上，映得小脸儿红扑扑的。

一口清软的苏州腔挠得我心毫不安生，跑上去，两个小女孩小手一牵就是朋友了。

那年我们相识了。

脑海中忽如走马灯般的放出写意画面，最后这么一行文字在暗处浮了出来，像是一部文艺电影。

月华清透如凉夜之水，而我辗转难眠，最终猛然坐起，就着清浅月色小心翼翼地从枕下拿出一张照片。

犹记梢头云身摇。

这照片大概是几年前她离开这座城市前的那一刻，我们在她家门外不远的花园里照的。细细一看，眉目如画般的灵秀，带着几分稚气未脱，她的眼角红红的，双眸微肿，我当时还笑她的眼睛像两只桃核呢。我忘不了汽车发动前，她低着眉，拽着我新衬衫的衣袂，摇来晃去，多少分说不出的不舍，我也只能故作狠心地将她塞进宽敞的汽车内。她趴着半开的车窗，楚楚可怜地问我是不是不要她了，我的心差些决堤，只得强忍着心头的震颤道："我们今后还会见面，怎么会不要你呢？"

不知是清蟾跌碎一地还是怎的，我蓦然发现照片上有些许晶莹，赶紧用手抹去，一阵湿热。

明日即是她的归期。

我还是惴惴不安，怕她迷糊的性格会忘记，是期待过甚了吗？

身边的震动害得我心一紧，掏出一看，是她！

“明天你可别睡过头！”

我哑然失笑，心道这丫头还说我，指尖飞快：“倒是你，快睡觉，别忘了。”

我合上手机的翻盖，蜷缩进被窝的一角，心头暖流涌动，一阵困意铺天盖地地来袭，我阖了眼，好像嘴角不自觉地带了笑。

我仿佛看到了明日清晨，她带着熊猫眼扑入我怀中，笑靥依然。

（本文系初二下学期期中考试作文）

我的幸福往事

时至今日，那年深夏的周庄梦影还不曾似如水年华般离开我的脑海。故地重游，我又一次被当初的幸福感牢牢环紧。

“周庄确是个好地方。”姐姐一面半蹲着擦了擦额头汗珠，一面再次用余光打量着这座沉睡于水面的小镇。天色尚早，我们是特意赶早去吃早茶的。

身处鳞次栉比的城市森林里的现代人，多多少少为这些古韵风流而倾心，我同姐姐也一样，迈进古色古香的客栈，仿似回到了前世，尽管衣着格格不入，情意倒还是相同的。

朱深斑驳，雕窗漏光，不知怎的，我们心生一种受宠若惊，在靠楼梯的一张八仙桌前坐了下来，店小二殷勤地端上一客小笼与两杯清茶，一句“您请好”逗得姐姐笑靥如花。今日她格外“大家闺秀”的模样，我摸摸肚子，边抬眼看向她，边抓起筷子捕获了一只小笼包。鲜香而烫的滋味还没尝就透过皮钻了出来，我心急火燎地咬上一口，汤汁四溢，我忙不迭用嘴尽力凑着，脸上却一副极为享受的情态。

一客小笼不一会儿就被我消灭了一半，就在我放下筷子的一刹那，还未亮透的天色就染上了烟雨朦胧，一弯桥上，一个撑着丁香色油纸伞的姑娘旖旎而过，在如珠落玉盘般的雨声中像是夏雨里的一帘幽梦，美得有点不太真切。

“下雨了。”姐姐捧起青花茶盅，隔着袅袅而腾的茶雾，只一莞尔，便令这瓷上勾勒的青花也顿失颜色。到底是江南的姑娘。

屋檐雨滴垂垂，像是韶华拖得极慢极长才恍然淌落。

听着雨声，忽然觉得格外幸福，口中小笼包的余香让人为之醉心，天上的烟雨覆盖在晨光熹微的白墙上，我好像听见了这座小镇从梦里苏生过来的呢喃。我好像能感觉到每个人的面上心尖都是淌着幸福的，在这种幸福的包裹下，我们又一次恣情地将自己沉入这满镇的芳华之中。

似水流年

约莫是夏至初至的光景。

车里空调打得很低。我斜倚着紧闭的车门，阖着眼将头靠在被冷气浸得冰凉的玻璃窗上，随着车身穿行在交织的积雨中一下一下没有规律地颠晃。左颊紧贴窗片，微抬半边眼，余光恍惚定格在摇摇欲坠的残存雨珠上。刚沐过一场不小的雨，天空一如眸光清明。

车忽而止在一片炫目的醒红亮橙之间，刹那又被溅起的水花湮灭得一塌糊涂，最终镜中花归于平静又兀自妖娆。

我想，我需要一点感性的音乐。

裹着厚厚的毛毯，挪动得艰难，按下开关后又如释重负地蜷缩回去。亦是听惯数年的音乐广播，DJ 是个声线低沉富有磁性的女人，年轻精致地摇曳着高脚杯，红酒将至。

刚停的雨又和前奏一道响起来了，在阔冷的空间我总有种感官放大的错觉，所有的细微动静都涌了上来，一并落入尘埃深处，盛开出一朵花，孤芳自赏。

似水流年。

某一刹那，好像世间所有芳华都凝滞，太阳穴忽而有些慌乱的痛，大片大片的黑影吞噬掉车身，扯出一道长长的耀目白线，谁柔荑一弯，挑翻天池。

春阳不冉的光梢落在他微颤的睫羽上，在颧骨上方投下一扇一触即碎的阴影，最后一次见到的时候他将身子半躺在白色单车上，留给我这个方向三分之二张脸。几分阴柔的隽秀融进孩子气的面容，没有心计、没有猜疑的一种无瑕。在那无邪一挑的眉梢上绽出了黄梅天前的那抹明媚。

闷热异常，沁出的汗攀在额角，我仰头，一滴汗顺着脖颈钻进浅浅的衣领，熏热的风一过，湿成一片。从紧紧依簇的叶片里透出一蒙青黄不接的天色，像是苍黑的老宅天井里面映下的一方幽幽天光。耳畔不远处是他笑得天真，我知道这许是最后一次了。一滴两滴，从密小的缝隙里落在我的眉梢眼角，划过整张脸的线条贴进衣领，这次不是汗，是雨。

霎时，全世界的雨都在这里落了。

音乐潮涌般，靠着音响觉得两耳微微有些震痛，想扯去覆在身上的毛毯，却又不愿伸手。

是，我记得，我都记得。

十年前你尚年幼，细嫩的小手紧拽着我的衣角不放，口中甜甜呢喃："哥哥——"眸光陆离，和另一手紧攥的明黄色气球一样，在同样青黄不接的夏天里和两颗小虎牙，笑得与世无争。我微微弯下腰来，用手覆上你掌心将细白牵绳拉过，你抬起眉角，双目圆睁，踮着脚伸出小手堪堪够着。我便贴在你额角，一点一点倾吐，尽管我明了，一切的一切你都不会听懂。

你怕是忘了千年前，蟒袍宽袖，衣带当风，紫金高冠，颀长隽秀，乌金骨扇上点三两枝桃花掩面，低眉敛目，风撩青丝。你画扇，我抚琴。你道我们似伯牙子期，我却摇头倚着亭畔望江水渊澜。你终究还是不懂。

不知过了多久，流年尽逝，我纵使能留得往生百世在脑中，也愿将它们全抵做你予我的三世。

落在车窗上的雨点停了，我静坐在车上，一言不发地将毛毯叠得整整齐齐，一如你当初为我一般。

将至，将至。

刚迈出一条腿，车门下沿的水湿凉地攀了上来，顺着肌理一点一点下坠，潮热的夏雨后的吐息倾卷而来，困得周身不愿动弹。直至整个人抽离车中，蓦然一阵大风袭来，额前的发都被拂起，我猛然想起"风中凌乱"，不出声地笑，从发间瞥了两眼天空。

青黄不接，青黄不接。

我收回了目光，又见到了最后一面的他。白色的耳机压住一部分柔软的黑发，面色宁和静远，我轻笑一声，你一定又在耳机底下默默地听着音量开到最大的摇滚乐。

隔得远远的，我只静立了一阵，你将手放进口袋，半颔首着擦肩与我仅打了个照面，眼底含着陌路人的矜持。

我许是又要等一场似水流年了。

这个夏天

在我还很小的时候就最喜欢夏天。女孩们如同她们五彩斑斓的飞扬裙摆样的纯真笑靥，无声无息淌过身体的斑驳树影，蓝透了的苍穹还有如同碎棉絮般的浮云……那些都是定格在我心深处最美的童话。

我喜欢将夏天定义为暑假，恢复了我的生物钟——昼伏夜出，写写小说，拉拉小提琴，挥挥墨毫，白天睡睡觉，都是些单一却又浑浑噩噩的状态，但也会外出旅游，去苏博义务讲解，偶尔画龙点睛让我的暑假还说得过去。

与妈妈的同事及其家属一起去越南、柬埔寨的游历却让我的暑假亮丽起来，不仅是因为那里神秘的千年文化与奇山异水，还因为我认识了一个好基友。

那是妈妈同事的儿子，他是个比我大三岁的高中生，但从他明亮如星辰的眸子里总是迸发出孩童般的纯真。他有着纤细的背影，细腻的情感，一双能写出撼我内心的美轮美奂文字的手。乍一看似乎难以接近，其实却是个热情大方、毫不乏味的人。

我和他开始成为亲密的好基友是因为攀登巴肯山。我们的妈妈是关系非常好的同事，妈妈便让我跟着他们一起爬山。

一开始是一段缓坡，听得见周围各国游客带着轻轻喘息的交谈声，有些泥泞的山路旁长满葱翠欲滴的无名野菜，还有偶尔掠过身旁的慢灌山风。在树荫下大家相互照应着走了半个多小时，我们没有过多的交谈，直到抵达真正的艰难目标——巴肯山顶。

顶部是古老巨石堆砌起来的遗迹，我摸了摸巨石垒起的石阶，历史的沧桑与千百年前吴哥王朝的国王那高傲锐利的眼神都已穿透时空，如洪水向我涌来。望着近乎垂直的石阶，我屏息着抬头，好高，那一刻似乎有一种莫名的恐惧席卷全身，快要吞噬了我。

耳旁忽然响起一个清冽如风的声音：“我们一起爬上去看遗迹！”此刻的他，眸子有如不灭的星火般绚烂，又透着一股纯澈的勇气，仿似一首清亮的歌。真像个可靠的哥哥。

我们互相扶持着，一步一步在近乎九十度的陡峭石壁上留下默契的足迹，不着急地平稳地到达最后的巅峰。

当右脚踏上了最后一级平滑的石阶时，还未缓和的心跳，又被深深印入双眸的沧桑之美所带动。那是多少的风狂雨落、蹉跎岁月都击不垮的磐石！它们庄严肃穆地垒叠着，虽然无声却宛如最有力最坚强最神圣的呐喊，这让我看到了一个小小的民族所拥有的伟大力量。

额角的汗水滑落，我们欣喜若狂地看着眼前的绮丽，相视一笑。

就是那一次的互帮互助、相互扶持拉近了彼此的距离，也让他成为我这个夏天里最美的印记。

青春路口

已经站在了青春路口，有些小鹿般的心跳，但一切就是这么自然，少年远远地挥手，我看见明天的朝阳了……

同桌的你

“我曾经说过：‘要相对了解一个同学，和他做同桌是个好方法。’”我靠着后面的桌沿，挑起一支笔，故作深沉地在鼻下扫过。

“……机智勇敢！”你一愣，旋即“接招”。

“喜闻乐见！”我一挑眉，语速极快。

“普天同庆！”你果断地接了腔。

“奔走相告！”

“欢天喜地！”

“Good job！”

“求不说英文……”你“砰”得一声栽在桌上，我们不约而同狂笑起来。

我一边笑着断断续续和鹏飞一起吐你的槽，一边觉得有这样一个欢乐的同桌实在是福利。当初，你和鹏飞是同桌，怎奈太过缠绵悱恻扎了金老师的眼，于是有一天徐老师拆散了我和胡悦旻来做你们的银河，教你们上课不能相会，你们虽然抱怨金老师这着棋下得太中七寸，也只能服从组织安排调了座位。

起初，你对我这个女同桌好像颇有微词，常把这些小怨念藏在只言片语的背后扔给我，我也很“识趣”地佯装毫无察觉，后来证明我实在是想多了……一开始大家都客客气气地夹着尾巴做好人，“对不起”“谢谢”常生硬地挂在嘴边，一下课就各自去找旁人说话。渐渐地，作业开始多了，每晚熬得累了下课便无精神到处瞎跑，都留在座位上小憩，偶尔我们会聊些有的没的以解尴尬。

有次我趴在桌上，打着呵欠，不经意地喊了声“好饿”，还未缓过神来，便见你从桌洞里掏出一罐特仑苏向我做了个“你的特仑苏”的姿势，我先一怔，闭上还在打呵欠的嘴，吞了吞口水，然后露出一个我觉得还算正常的微笑委婉地拒绝了。一来是看你每天有喝牛奶的习惯，不忍夺人所爱；二来是实在不好意思。好吧，第二点才是真的。自从有了这次“特仑苏事件”后，我们倒慢慢开始熟络起来，“对不起”“谢谢”不再生硬，话题也铺到了天南海北，有时你会说起和鹏飞同桌的奇葩趣事，我便会用时下正热的一句话来打趣——“我又相信爱情了”。

除了人情喜怒，有时我们也会装哲人似的将话题上升到人生高度。在讨论“对与错”之后，因为实在不忍心泾渭分明地强判是非，我们又转战到了教育制度的问题上来。你是个顶热爱化学的人，金老师总是满面笑意地叫你“生化小王子”，再加上全班的鼎力烘托，真叫是“高一谁人不识君”啊。可能有人会觉得你对化学不过是泛泛之爱，就好像一个人从小立志做个警察叔叔，但热情冷掉，现实残酷，最后只成了叔叔，亦有人觉得这种偏爱不理智甚至可笑。你表面看起来是快乐自信的——如同姐夫永远咧着嘴笑，但我们都知道，你和姐夫一样也有脆弱的一面。这词恐怕会用得让你们不高兴，但人终究是会笑会哭会喜悦会难过的动物。有时候我就故作不经意，联合鹏飞一起来“忽悠你”，我们无法管住别人的口和心，我们能做的只有坚持理想、问心无愧。但更深的东西我们不会说，因为我所识的贾瑞清楚他需要高考给他提供平台，所以关于教育制度太求全我们亦只能倒倒苦水然后重新站起来。

你与我其实有几分相似，我觉得我的归宿在中文系，虽然周围都是支持的声音，但我每每在极度渴望与对失败的抗拒里晕头转向，我们都常被一种从内心深处嘶吼爬出的自卑感打着耳光，然后开始彷徨，最后又被热忱拽回了正途。不断循环，着实累。我选择中文，一方面是满足个人的兴趣，另一方面是希望有幸能对祖国的基础学科做些贡献，这一点我们又一次达成了共识。

我又曾经说过：“要想看到一个同学的缺点，和他做同桌是个好方法。”

你固执！太固执！

在科研方面确实需要这种钻劲，但和数学老师……

你的一大兴趣爱好便是在课堂上和数学老师抬杠怡情。起初你们在课上火药味十足，明里暗里针锋相对，弄得大家屏息正色不敢有所动静。你也曾被朱老师踹出教室——“滚——粗去(第一声)!”这件事似乎对你打击不小,因为你确实安静了一阵子。

大概是时间久了,磨合期过了,数学课的气氛渐渐好了,你也加倍用功了,偶尔被提问也能来个完美的接招,让朱老师都禁不住露出微妙的笑容打趣道:“哟,贾(嘉)瑞你怎么这么聪明,什么都知道!啊?”

洋洋洒洒写了这么多了,事却还多着。我们现在已不是同桌了,但你倒是给我留了笔“遗产”——我也常将“怎么想问题的”挂在嘴边。你是个特别重感情的人,大家都知道,你多次因为我们简单的问候而连呼感动。马上要分班了,你的“感动”也越发频繁起来,就好像这些感动垒成了一座石英大钟,滴答滴答高叫着“要散啦要散啦”。不过我想要是你,最后肯定还是一张笑脸,说:“大家以后还是一个班嘛,我们一定要经常去鹤神的东吴面馆参加同学聚会,我向阿伏伽德罗保证!”

论勤奋

若将思想看作一闪而过的火花，那勤奋必当是留住它的薪柴了。没有柴的助燃和维持，小小的火花又怎能成气候呢？

众所周知的发明大王爱迪生的一句名言广为流传："天才是1%的灵感加99%的汗水。"这句话也因其一语中的被无数人奉为人生信条并依之而努力着。

勤奋确实是通往成功的必由之路。古时有这样的美谈：晋代的孙康自幼好学，但因家贫买不起油灯深夜苦读，他十分痛惜这白白流去的光阴。某一夜，天大雪，孙康惊喜至极地发现地上的积雪反射出的雪光明亮如灯，便每逢雪夜不顾寒冷在雪地上苦读，后来他成了饱学之士，闻名遐迩。这便是有名的"映雪"典故。让我们再来品味一下"囊萤"：晋时的车胤也因家境贫穷，无法深夜读书，后来他看到夏夜成群的萤火虫，心生一妙计，便捉来许多萤火虫放进白绢口袋，萤火虫微弱的光芒为他的读书路点起了一盏明灯，后来他经过十年寒窗最终身居高位。

有太多人羡慕那些有所成就的人，而不肯付出行动，想法太多，做得太少，而这些都是梦想落空的致命所在。

不过，勤奋并非死读书，方法也极为重要。读的什么书？读的书是否有思想、有内涵、有价值？这些问题都是在选择时需要考虑的。

为了勤奋而废寝忘食这也是我们所不提倡的，身体不是铁打的，是革命的本钱，没有了健康又拿什么去拼搏？

所以，我们应学会做一个勤奋的人，更应学会做一个勤奋有道的人。持之以恒加上敢拼必胜的信念，不怕胜利女神置我们于不顾了，最甜蜜的果实必将掉落在你我的掌中。

无题

我从伞下探出了头，太阳极毒极辣，晒得人晕眩。我又钻回伞底，心下有些矛盾，想着这金乌快些归巢吧，又生怕这难得休息的日子在恍惚间就溜了。

其实今天身体并不好，低烧和鼻塞都是些让人困扰的小问题，而运动会上的“最大禁忌”便是喉咙出问题。眼睁睁地看着同学或朋友在运动场挥洒汗水，却无法扯开嗓子为他们呐喊助威，这种“哑巴运动会”让人打不起精神。耳边嚷着的是各色的广播稿。出于私心——无法理解他们为何宁愿读些只有一句“高××班加油”的稿子，也不能看一眼我们字斟句酌的用心——我选择了充耳不闻。

带了本素来喜爱的书，可是翻了两页便觉得心慌，于是便拉着好友出去走两圈。

这是我很多次仔仔细细地审视着旗杆了，如我第一次在初二运动会联系升旗时得出的结论一样，它和比萨斜塔有异曲同工之处。用沙哑的声音和同行人调笑了几声，就听得“倏”的一声枪响，我们忙转过头去，陌生的少年们在跑道上学着离弦箭。

在熙熙攘攘、争着跳着的人群外，有个人远远地坐在草坪上，一手按着缠着绷带的右脚踝，一手懊恼地揉着自己脑后短发。我不着痕迹地靠近了些，莫名带着些“同是天涯沦落人”的意味。那人的面色有些黝黑，那是户外长时间运动的肤色，裸露在T恤外的胳膊很瘦却极有力。我忽然想到了昨夜因故腰疼的姐夫和打球伤了脚的梁子浩，心里萌生了一种令人自尊受挫的怜悯。

他踉跄着站了起来，抿着唇，低着眉，像是觉得人群的高呼太过尖锐太过刺耳，欢呼的人们迎着、簇拥着他们的新的英雄从他身边掠过，他撇了撇嘴，颔首，一言不发。一个人经过的时候踩到了他的脚，未敛面上的笑意匆忙地说了声抱歉，就挤向了新的英雄。他的神情，像是一条落单的鱼，在只有他的大海里溺死了。

我不想出于一个同情者的过意不去去扶他，正如我不愿令人看到我狼狈的样子。人其实是极矛盾的，明明无法放下自尊却又渴求被给予慰藉。

就如同一只总是自在飞着的鸟，其实它最大的心愿是被一棵树豢养。

侥而有幸

——记高一(13)班心理剧心路历程

学校心理剧大赛刚刚落下帷幕,我们高一(13)班侥幸获了特等奖及最佳创意奖,缘何我说侥幸,请容我慢慢道来。因我天生有三分话痨属性,加上这一路实在太坎坷,所以免不了满纸的冗言絮语,烦请诸位看官多多包涵。

起初被通知有此比赛,大家都糊里糊涂地以为日子还长,可以慢慢腾腾准备,都满腔悲愤熬夜折腾作业去了,直到剧本截稿日的前一个周六晚上,官方群里出现了班主任的一句"心理剧准备好了没",此句一出众人皆抚额沉默。说实话,当时大家的第一反应就是吐槽负责心理剧的文艺委员,这也使得他之后怨念重重总有意无意拿这说事。眼看周四这个截稿日狂奔而来,我们却在原地战战兢兢、束手无策,一个个急得焦头烂额,群里出现得最多的便是——"肿么办"以及"这真是作死啊"。我们班虽然爱"拖",但终于军心还是稳定了下来,大家决定先把剧本诌出来再说。由于我那两天病假在家,闲暇较之他们多些,便担任起编剧,先动起手来。可文档开了近一晚,大家还是有些拖拖沓沓,絮叨了半天题材还未决定,白纸等黑字等得心都碎了,我们也快心碎了。

是什么契机我们都记不太清了,反正大家终于决定"洗心革面",预备一改拖沓的恶习。鉴于截止日期迫近,我们连剧本都未出炉,于是我和几个同学便突发奇想,全剧以全旁白的形式来详细描绘刻画人物内心,以旁白代替对白,一来形式新颖,或许能搏一搏夺人眼球,二来可以解决演员背台词时间紧难度大的问题。好吧,第二点才是真相。

关于题材,我们班真是尽心尽力诠释了地理老师哭笑不得的一句"想象力太丰富”,贾瑞将其在化学上的坚持都拿了出来,力争要以“电锯惊魂”为主题材,当然,之后的讨论中他都会不时跳出来把整个话题引向电锯惊魂。而豆豆他们强烈要求刻画一个患巨人症的孩子的心路历程,这一题材很是有意义,起初都已作为我们选择中的首位,但由于技术原因还是忍痛放弃了。当然还有其他各种奇葩的题材,我就不一一列举了。因鹏飞插话说数学卷被风吹跑了,大家不一会儿就脑补了以试卷被吹跑为主线的基友情深的故事。我说,不如从四个不同的视角来看同一件事,每场仅有一个旁白,演员演的大体是一样的故事。可能是我的表达能力有问题,一个妹子始终不明白,于是便有了这样一个生动形象的例子。在四幕中,演员演的都是鹏飞在吃西瓜这一情景,第一幕鹏飞内心独白,表示西瓜真好吃,第二幕我内心独白表示要是这西瓜是我的就好了,第三幕贾瑞内心独白表示要是西瓜连鹏飞都是他的就好了,第四幕缪老师表示教室里严禁吃西瓜。终于,在一番浩浩荡荡的折腾中,我们的心理剧慢慢爬上正轨了。

经过一个晚上的鏖战之后,剧本 1.0 顺产,而紧接着的这个周一我们便开始“遴选”演员。其中发生了个小插曲,就是没有上“扣扣”和我们及时交流感情的文艺委员也写了个剧本,后来他忍痛割爱,牺牲小我成全了我们,成为了我们剧本的演员之一。在小小的威逼利诱乃至略带坑蒙拐骗意味的游说之后,所有的演员及旁白都确定下来,中午我们便开排了。排的过程实在心累又坑人,好在最后结果不坏。

在心虚不已的初赛中,我们侥幸入围前五强,但这实在让我们欢喜让我们忧。欢喜的自然是努力被肯定,忧虑的便是重头戏——改剧本。

改剧本一事着实在剧组内引起轩然大波。在李岚老师的指导下,我们先是进行了一波小改,小改之后班主任徐老师很负责地又为我们请来了一位老师给我们提提意见。那位老师是孕妇,挺着大肚子爬到四楼来看我们真是让我们觉得心里不安,孕妇老师提了不少专业性意见,直接引向了第二波大改。原本我们四位主角是学霸甲、学弱乙、云淡风轻男、女老师,现要将女老师的一角改成举报前三者作弊的举手男,这着实是不小的工程量,除此之外另有不少细节需要雕琢。

而恰恰是因为这次大改,组内最严重的分歧出现了。大家都对大改颇有微词,满心的不乐意,大家有过很多很多不积极的争吵,明嘲暗讽更是不计其数，曾有演员意欲罢演，但集体荣誉感还是挽留住了他。这中间的很多故事就像我们决赛时 PPT 展示的群聊记录一样，劲爆且心酸，大家一方面觉得为了比赛功利的大改，使剧本丧失了原来的味道，另一方面又希望班级能够拿个好成绩。在很长很长的争吵和左右调和之后，我们到底还是决定要将剧本改得既不丧失原味又符合评委老师的口味。虽然这句话看起来像是废话，但齐心做出这个决定，个中的不易与百味真是要一步步看着体会着才能明白一二的。

由于各种原因，我们在五一假期里未能集中时间参加学校彩排，也未能出来排练，全靠放假后第一天即比赛当天的临时抱佛脚。直至比赛开始前的几分钟我们还在教室进行最后的磨合与调整，我们在黑板上写下了一项项我们的问题，列出了 13 条之多，大家虽然表面上看起来笑嘻嘻，其实心里挺虚的。

比赛的事情我不多说，前面的各组实在给我们太大压力，他们太优秀，这也是我说我们拿了特等奖实属侥幸的原因所在。虽然我很不愿意用些套话来结尾，但我还是要真心实意地感谢我们班所有的同学，中午有时我们会在班级排练，原本习惯“开茶馆”的大家都静声给我们营造良好的氛围；我也要感谢陈予还有我们班的宣传委员呆萌、妹子，你们做的风男一角的装饰实在漂亮，实在用心；我还要谢谢所有参与指导我们心理剧的老师；最后不可不谢的是剧组的同志们，谢谢你们能克服这么多的摩擦力做功，推着“《六月二十四日》号”这艘船在伟大航路上劈波斩浪。

我跟大家说：“杂志社想要稿子，你们要不每人写点话呗。”他们都害羞，最后只凑出两句，想和大家分享：

人生当如此剧！纵万千不顺，亦可稳舵前行，一路向西。

我的生活没有彩排，唯独此剧，我要斟酌再三。

最后的最后，我们之所以取名《六月二十四日》，实在是瞎猫碰上死耗子——恰巧遇上期末考了。剧组的全体成员预祝大家期末安全上垒，好好学习才是正途，不要存有侥幸心理哟。

他们

他懒懒地抬手解开衬衫的第一颗扣子，低眉小声抱怨着热得过分的天气，继续走在那个男人的身畔，不敢靠得太近，亦不愿离得太远。

这条街臃肿而繁华，暑气不安分地四处游蹿，蹿到每个路人的心里，燥热不安。在他正欲抹去额角汗珠时，男人递上了一块手帕，他的手停在半空，推也不是，拿也不是，面上绯红了半边，终是在四周环视后咬牙接了下来，轻声道了句谢。

他为方才自己的犹豫而难过。人们仿佛总有自己活在镁光灯下的错觉，一言一行都需得体无错，也爱从他人的眼神里臆想出他们的情感色彩。他用那块手帕擦了擦汗，但当它碰到额角时，他攥紧了手帕，心里生出一种弥甚的负罪感，他觉得自己的躲避与不坦诚配不上这条旧手帕。

他们在一条斑马线前停了下来，红色的人形标记下读数不知疲倦地跳动着变化着，扰得他心不得安生。他侧过身看着这个一直在他身旁的男人，那张再熟稔不过的脸，那双永远含了三分温情的眼，而男人也转过头给了他一个心知肚明的宽慰的笑。他慌乱地移开了视线。

左手边是一对幸福得肆无忌惮的小情侣，男孩大方地牵着女孩的手，短发清爽，笑得爽朗。女孩则是稍带青涩地回应着男孩的手，眼带笑意。他倏然想到若他们也能这般光明正大地相拥活在阳光下——他苦笑着打断了自己的妄想，却发现面上已一片濡湿。

深夏的雨来得急，不留余力地打在他的面上，他的欣赏，周遭响起了一片埋怨声，人们匆忙找出可以挡雨的物什，一面嗔着这小孩儿性子的七八月天。雨大得他已睁不开眼，人在慌乱中总会做出一些出于本心的事来——他攥住了那人的手。

这雨倒是将他打醒了三分，他不愿承认自己变得懦弱了，他懦弱得惧怕流言，懦弱得已经不敢听它说它到底要什么，一只无形的手按在他的心口，迫得他全身紧绷、心乱如麻。

他蓦然感到那人的回握，于是他便像个溺水者见到浮木般感激至极，也如多半濒死者一样为自己走过的年月做着忏悔。

这条狭窄而安静的街，好像窄得恰到好处，只容他们两人依偎而过，好像也静得恰到好处，略去了嘈杂的人声、狂奔的脚步声、汽车声和所谓道德伦理的审判声，只容他们两手交叠，十指相扣地在雨里一句话也不说地走，走在他们自己的路上。

可是，正如韶华易逝，也正如人有生老病死，这夏天的雨呀，总是要停的。

绵稠的毫无间隔的日子都已归去了，只剩下不成气候的云丝还似有若无地飘，太阳的光脚又落在积水里，粼粼一片，人们也收起了雨具与狼狈，整整衣衫，重又戴上有色眼镜。

而他们——只得松手了。

仿佛是这太阳的错似的，它给的光亮越多，他便觉得周遭阴霾愈浓，好像是两个毫无防备的光点势单力薄地等着被漆黑同化、吞没。

一辆疾驰而过的车忽而止在一片炫目的醒红亮橙之间，刹那又被溅起的水花湮灭得一塌糊涂。他们松开了手，相对无言——不敢言地继续走着，走在他们自己的路上。

高中语文阅读摘抄随笔

2013 年 9 月 28 日

我更喜欢第一篇译文，但仍觉得两篇各有所长，各有不尽如人意之处。论韵律，第一篇用韵的技巧和原文很相似，两行换一韵。论翻译的准确度，第一篇的确忠于原文，逗句之间的内容全能对上号，更像直译；后一篇更类似意译，在这一点上，我觉得后一篇也十分可圈可点。论格调，前一篇显得温和委婉含蓄，后一篇显得更为自由，很有光阴似箭飞梭于你我心间的感觉，但总觉情不如前者浓；前一篇文学气息更浓烈，用词凝练，诗中短句清楚、干净又读来韵味悠长，与原文的朴素细腻吻合。两首诗在“信、达”上都做得很好，都体现了作者的巧妙构思，但第一篇的“文学味”似乎更能含蓄巧妙表达出对友谊地久天长的真切赞美，在“雅”上稍胜。所以我更偏爱第一篇。

2013 年 9 月 15 日　读《人生的境界(三篇)》

1. **摘抄**：“所谓绝望是有过，但是没有真正绝望，我自己好像对生命的依恋特别强。”

随笔：我也不知这句话到底是哪里这样打动我，后来静坐了一阵子，我想大概是两个在生死存亡之间的独木桥上站过的人的一种心灵共鸣吧。

2. **摘抄**：“只有当电视人和这个国家的兴盛连接在一起的时候才构成一种事业。”

随笔：再赞同不过！为何我在几年前就定下决心学中文，并决定终生与它为伴？一来是出自真心的喜爱，二来是想多为祖国的文化事业做贡献，哪怕一点也好。而且，我也相信，一辈子努力做一件事，不会做不好的。所以出于种种缘由，我对这话十分赞同。

3. **摘抄**：“中国文化的第一点，就是人的厚道，厚道的人更多关心他人，更多原谅他人，但是不原谅自己。”

随笔：厚道。厚道？厚道！

我一直以为这是一个很高的评价，但又是一个极普通常在口舌间来回跑的词，但有多少人担得起这两个字？我看不多，也不至于太少。

人们的小算盘打得太好，小到成天嚷嚷这个不会那个没听，考试了“露马脚”（倒露得开心），大到徇私枉法。我不知道在虚荣与利益背后，他们心里是否会有人喋喋不休，扰得他们不得安宁？人是需要为自己想想的，但为了不被刺而给自己覆了满身的刺恐怕是变质的自卫吧。正是大家都如此，才会有刺，才会被刺。人不可能做到至善全善，若是做到，那也是种不被社会广泛接受的“格格不入”。万物讲平衡，在面对身体里的善与恶时，掌控与平衡恐怕才是医治自己的良药吧。成才先成人，做事先做人。没有成不了的人，只有满嘴借口腻腻歪歪的不想成人的人。我自省（我一直觉得洗澡是自省的好时间），并不够得上“厚道”二字，向老爸看齐，做厚道之人！

这里又有些废话要说。我并不认为厚道之人不会原谅自己，有些事实在是“放下自在”四字可以诠释的。

4. **摘抄**：“有人说，城市是不断地制造英雄和偶像的地方，城市里的人，也就随着年龄的变化，不断变换着心中的英雄和偶像。”（《平凡的张鲁》乔艳琳等）

5. **摘抄**：“被平凡的日常生活压倒的人是庸人。”

随笔：庸人擅长在平凡的日子里一睡不醒，不庸之人擅长在平凡的日子里梦游。不摘了，觉得这文章看上去很显漂亮，细看也不错，有不少想摘的，又怕摘滥了，就小小地谈些自己的感想吧。

人还真是挺矛盾的，就拿我来说，我喜欢安定，在西部的夏天，大巴车一坐就是6小时，我喜欢这种相对稳定在一处的感觉。当然也可能是我骨子里懒劲不小，但我也渴望冒险。我一度想做法医（小时候还没有认识到这一行的责任与尊严），又想做个探险家，在深山老林里找到在召唤我的东西。

但细想想不矛盾。打个不恰当的比方，我坐在长江边上的一块石头上，一坐就不想起来了，还真挺不恰当！

我是个挺自命不凡的人，我总觉得我的一些决定是冥冥之中的什么东西告诉我——这人非得是你，这事非得你来做方好。我叫它召唤。有很多时候，我想啊，我的那些澎湃野心啊，大梦啊，微妙的宿命感啊，是不是我想摆脱平庸而诞生的产物呢？恐怕是的。但我更感激它们，它们要我的生命有滋味，要我清楚地看清当前，要我更拼命地渴望有朝一日能让日月星辰为我高叫！

我妈在某种程度上是我的崇拜者。但她又说了，站在讲台上这么多年，一直跟学生说，你们二十岁正当好年华，有雄心好啊，但到我这样的四十岁，会发现原来每个人都是平凡的。

我挺赞同的。我想各种平衡不是谁都能处理得好的。

最后说句题外话，我挺喜欢摘抄的，这种与老师在纸面上的对话，感觉很棒。

2013年9月7日　读《煌煌上庠》(卞毓方)

摘抄：“大度也是一种高度。”

随笔：怎么说，老实来说——个人觉得，这篇文章不算太高明，亦不算不高明。高明之处在于看似很多地方不写蔡元培，又处处在写蔡元培，且安上了这个大题目，怎么都不会偏题。要想说一篇文章的好，想夸总有得夸，不赘述。不高明之处，我“不敢”言不高明，只觉得普通了些。有几分理，也有几分情，但总觉得好像练武功，就差那么一层功力，当然也可能是个人鉴赏能力有限。文章固然是要等知音的，真知音伪知音且不去谈，但文章亦是要给“浅薄”之人读的。既是要他们去读，这其中又有一层微妙的平衡待处理。不谈。

我还是想说文章里的一句话：大度也是一种高度。

大度想来是不易的，但再狭隘的人也会有大度的一面。比如一个铁公鸡，对其他人一毛不拔，但对于儿子的事花钱不手软；比如一个刻薄的人，对别人的小错冷言冷语，对自己宽容得很。当然这并不是大家所说的大度，但与爱、善根、宽容多少有些只可意会的关联。而人们一直呼吁的爱与美的大度恐怕是把这种“关联”升华成“拥抱”吧。

要完成这个“升华”恐怕是一场一辈子的修炼。人真是或多或少都有私欲（我其实并不认为私欲是可耻的东西，关键在于如何处理），当你同他人的私欲打架的时候，你的思考的一念之差决定了是否离完成升华更近一步。

当然，大度绝不是要你无条件摒弃自己，容纳别人，而是要有“我不同意你的观点，而我誓死捍卫你说话的权利”的风度。

大度也绝不是泛滥的，对什么东西都大度是一种病态吧。和旁人共享伴侣，允许别人肆无忌惮地侵犯你的隐私，这些已经不是大度了，这些理解已经把大度推到了法律与道德的边缘，同志，这叫软弱，这叫没底线。

话再说回来，人类是需要像蔡元培先生这样的大度的，因为这样的大度会推动思潮的澎湃，会促进人类的进步。而作为普通的个体，我们是否也该把成为大度之人纳为必修课——我们的每一步都关乎人类的生死存亡（细思恐极！！），而大度能让我们的历史变得漂亮得多。

2013 年 5 月　读《小银和我》

……怒搁笔！不抄了！我觉得整篇文章都摘下来也不为过！

哎，这种温柔的梦幻的呢喃般的调调真是美。

我觉得我已经产生了一种在看情书的感觉，虽然我觉得作者在抑制自己的难过。

前两天，看《非诚勿扰》，曾老师表示，一个人对宠物极度地爱，要么是缺乏安全感，要么就是把宠物当作“自己”了。我觉得作者全中了……

我觉得应该是在表达对家乡旧日和平景象的怀念，对和平的渴望，对爱的人的思念与对小银的爱。（好像做阅读）

但真的觉得这么看似温柔的文字给我带来了极大的震撼与“慰藉”。

2013 年 4 月　读《燃烧的心》（高尔基）

即视感好强！画面感好强！

先说前面那段。人心惶惶，环境恶劣，人们死的死，伤的伤，哭的哭，慌的慌，走出森林的机会渺茫。黑暗就好像时代的恶势力，人们活在“悲惨”可以推说是因为无人带领他们站起来，可等到真有人带领他们站起来，各种担忧与顾虑又来了。说到底还是心魔作祟。

其实人在面对困难的时候多是心魔捣鬼。一些原本没有那么可怕的东西自己不断想啊想就以为芝麻变成了西瓜。我爸常跟我说，就算碰到再大的事，要泰山崩于前而面不改色，困难不比办法多，首先要自己稳住才会有对策。越想越觉得在理啊。心魔不除就算是李寻欢也会变得不成气候。

文中有句话："只有一个仔细的人注意到这个，有点害怕，拿脚踏在那颗骄傲的心上。"不知道我是否理解对了，但从上文我感觉，英雄在帮完大家之后就被遗忘了……更有甚者，远不止过河拆桥，把人家心都拆了，太过分了。感恩之心我觉得是做人一定得有的，不感恩何以为人！

最后就是觉得不管做什么一定要有颗燃烧的心，要凭自身的光亮驱散周围的黑暗。

2013 年 3 月 21 日　读《苦恼》（契诃夫）

一种祥林嫂的即视感……

到最后只有小马驹是"听"他诉苦的，是否人情的冷漠和包裹每一个人的苦恼把人都变麻木了，甚至不如一匹马"善解人意"？

作家们爱挑社会底层的小人物的不幸和周遭人们的麻木来反映社会问题以引起共鸣。人人都想寻求快乐，不可避免地，你的快乐会和他的苦恼接壤，天性教我们去寻找快乐，人性教我们去寻找呵护法理、合乎道理、合乎情理的快乐。我想过得快乐，但不得不接受那些不快乐，而且得在那些不快乐深深沦为苦恼前感化它，真觉得"伟大"，可有时，"让"往往是被不快乐成就的。不过分的快乐，不过分的苦恼。

2013 年 3 月 29 日　读《责任——荣誉——国家》（麦克阿瑟）

相信在大多数人的印象中，军人等于坚毅、热血、勇敢等一系列看着就使人热血沸腾的词。

而长久以来，人们也好奇这些勇气是哪里来的。我想大多数优秀的军人都是与"责任与爱"系在一起的，就像一位母亲在洪水里可以托举她的孩子十二小时，因为那是她的挚爱，因为那是她的责任。

而又有太多人在有形无形的战争中牺牲了。可能他们不过是被笼统地归成了一个整体或是被历史匆匆地收拾了起来。

但他们永远不会被历史遗忘，牺牲是为了更好地新生，而新生绝不是为了光荣地牺牲。

2013 年 3 月 10 日　读《我愿意平平常常地死去》(何塞·马蒂)

我觉得吧，正大光明地活在阳光下才是幸福。

最近跟我妈说到死的问题，我打趣说也想骨灰撒大海、鲜花赠伟人或者为国捐个躯什么的，我妈表示，她觉得最幸福的人是在睡梦中安然走的，而这种人一定是好人。

努力做个好人……

2013 年 3 月 9 日　读《致恰达耶夫》(普希金)

信仰的力量真伟大。打倒一个国家最好的方法是破坏它的文化，打败一个人最好的方法就是剥夺他的信仰。

但信仰如果说剥夺就能被剥夺，那它又算哪门子的信仰呢?

想做个满是感情的人，想做个对自己负责的人，想做个拥抱社会的人，想做个"平凡"的人，想做个每个人都已成为的诗人。

2013 年 3 月 7 日　读《雪落在中国的土地上》(艾青)

诗人呀，动情而又忧心忡忡的文字呀。

困难当头，很多人看不起诗人，认为在一个理应为国抛头颅洒热血的年代，还坐在桌前用钢笔、炭笔和单薄的、破损的纸张写些文绉绉的话是对国家的不负责。殊不知，这种看起来远不如武力的东西是比武力更为可怕的力量，它会带来忧愁、痛苦、共鸣、呼唤、信念、羁绊和排山倒海的共有的爱国情怀，而它的印证将会比武力留得更长更久。

2013 年 3 月 2 日　读《论教育》(爱因斯坦)

哎，这个怎么说呢……有点被戳痛处的感觉呀。关于教育，褒贬的话围起来可以绕地球 10086 圈了，也不差我一个，但还是忍不住抱怨两句。

我总觉得现在好多好多学生是为了学习而学习，被逼得眼里只有学习。我觉得特别可怕。不是说学习不好，人学习知识、提升自己是天经地义的，但把学习放在做人之前,我觉得可能就不太对了。“为了好成绩成天明争暗斗,活在那样的氛围,我不想来学校了。”我一个在某班的初中同学在群里如是吐槽。当然,我们身边还是有很多品学兼优的好同志的!向他们致敬!现在大多数人的未来都与所谓学习成绩直接挂钩。所以对于那些把学习成绩看得比啥都重要的人我可以理解,但绝不赞同。

说实话,我还是能分清孰轻孰重的。可能措辞重了些,但我觉得这才是教育最大的失败。哎,我们国家人多,太多了,目前看来,相对公平的方法就是考试,为了考试就得死命提高成绩,为了死命提高成绩,除了天赋真叫是秉异的人就得努力,为了努力就得……

为了自己的梦想,有一个好的平台去实现,只能学习,只能把由喜欢变来的不喜欢再变回喜欢。希望时间过得快一点,让我到能把这些都当作茶余饭后的回忆之谈的时候去吧……

2013 年 3 月 1 日　读《社会和个人》(爱因斯坦)

其实,我觉得大体能用一个公式来概括社会:

社会≈人×人

之所以取个乘号,是因为“人”本身就是一个蕴含太多东西的概念,相乘所得更甚。取约等号则是因为社会不一定纯是社会,人也不一定纯是人,夹杂了许多并不是非黑即白的水分,所以并不能单纯地说“它即是它”。

没有特意去查“社会”的标准含义,不过我猜想,大概有两个人也能算个“社会”了,人只要能看见人,就必然会产生交集,就必然会有联系。社会离不开个人的组成,个人离不开社会这个并集,然后发展呀发展呀,就成了“我们”这个“大元”。虽然还是个学生,听起来和社会还搭不上多少边,但我觉得我是在社会里的,而我对社会也抱有幻想。我曾认为,最理想的状态是“社会 = 个人”,即社会与个人的利益是一致的,人与人之间亦如墨子的理论一样,“兼爱非攻”,直到现在我还是这么希望的,它就是个美好愿望……

2012 年 12 月 21 日　读《生命的五个恩赐》

“死亡”是个很微妙的东西。

有的时候它让很多人恐慌，就拿刚刚过去的“末日说”来讲，人们频频因“将死”做出出格的事。一开始战栗着兴奋着的人也陷入恐慌，在世界末末日后又自嘲着“庆幸”未死。尽管多数人只是喜欢这气氛，但“末日说”让很多人认真考虑了死亡这回事。

我想大多数人都是在某种情景下脑海里闪过这样一句话——“不如死了算了”，但眼一闭，各种羁绊与诱惑互相拉扯冲撞，想想自己若是死了，会有如何如何的事发生，于是忙将自己拉回现世，想想还是活着吧。活着，总要有个好的寄托，而这个寄托只要是在道德和法律的范围内都应当被尊重，不管它是名望、爱情、富贵、享乐，还是些人们说的更伟大的东西，从本质上说它们应是“等价”的。但每个人的价值观不同，如果强求每个人都抛弃自己的价值观附和“圣人”的价值观，那“圣人”的地位之崇高、人格之伟大应该也就无从体现了。

其实，我觉得反而老年人更加爱惜自己的生命。正因为他们认知了这个永恒的世上有很多东西是转瞬即逝的，而很多转瞬即逝的东西也能化为永恒。他们比许多抱怨这世界腐朽的年轻人更明白这世界的病，但他们也比很多人更懂这世界的美。正因暗才衬托出光。

而生与死也是互相衬托彼此，同样值得敬重。

2012 年 12 月 22 日　读《二十年以后》

这是我第三次读到这篇文章。一次是几年前的语文考场阅读。第二次是几周前的英语考试阅读。我记得有两道题目差不多是这样的：① 这篇文章刻画的 Bob 是怎样的一个人？标准答案是守约的人。② 这篇文章想表达什么？一对人在“友谊可贵”和“世事难料”中踌躇应对，标准答案是后者。

考完之后，大家对着基友情深、情与法的碰撞啧啧不已。

2012 年 12 月 15 日　读《禁忌》(阿斯塔菲耶夫)

摘抄：“……她惊慌地、无所顾忌地把樱桃全都塞进无牙的嘴里。她含含糊糊地说着什么，用舌头把樱桃磨烂。不知是樱桃还是泪水使她喘不过气来。”

“唔，苦啊！真苦啊！”

随笔：觉得这一片段特别动情，樱桃不苦，是日子苦，心里苦。小说构思挺巧妙的，设定了亲人去世八年不能吃樱桃的习俗，八年复八年，四代人都没尝过，在战火里煎熬了一辈子、几辈子的普通人的视角最能反映战争带来的苦难。

2012 年 12 月 14 日　读《我与地坛（节选）》（史铁生）

这几页纸看得我泪水涟涟啊，摘抄的时候满腹想说的话，但真到动笔，又觉得难讲。

刚开始看到是史铁生的就想到《我与地坛》，虽说没细读过，但也是因它知道他的。

我觉得我不是在读一篇文章，而是一个很冷的秋天，太阳落得比夏天早了些，要坠不坠地早早地尴尬地悬在地平线，一个老人坐在我身旁在说他年轻时的故事。有的时候一个故事很快就说完了，有的时候要说上半天，不是故事太长，是我插嘴太多，他倒也不生气。

我突然想到四年前我的日语老师给的一个例句，本意是教语法和搭配，我却觉得内容更值得玩味。

“……（一段日文，我不会用电脑打出来）”大意是想象自己处在绝望的深渊，不停哭诉，发牢骚，失去希望，只会妨碍自己的成功，而且扰乱自己内心的安定。

我觉得史铁生一定有过这样的过渡期。自己、家人、幸福的人，社会因素、苦痛的人最后全变成心魔，在身体里游窜嗡嗡作响，越是害怕越是想大声喊，越是渴望爱就越怕被爱，在自我矛盾与折磨里想要摆脱它们的人拿起了笔。

如果说上帝在给予那小姑娘漂亮的同时又买一送一送了个“弱智”，那上帝在给史铁生残疾的身体的同时给了他一支笔，让他在这没有道理的世界寻找哲理，让他在这个不等价的世界寻找等价，让他在这“没有腿”的世界肆意狂奔。

看来上帝又一次对了。

2012 年 12 月 7 日　读《敬畏生命(节选)》(阿尔贝特,施书译)

对于文题我很赞同。

我个人认为生命当是伟大的。将一只蚂蚁与一片宇宙相比,蚂蚁并非就是卑微的,它的存在与宇宙之浩瀚同样是值得讴歌的。生命的伟大也应当是无差别的且是广义的。宇宙也是生命体(或以人类眼光来看是生命体的集合),我认为但凡是在发展的都是广义上的“生命”。每个生命的存在都不是顺风顺水、毫无波澜的。它们的存在也不是可替代的。而这些生命及其被认同或不被认同的心及思想及欲念不分尊卑地组成了人们概念上的“世界”乃至更大的集合,所以每个生命在作为个体时应该享受到相对平等的尊重与敬畏。

而对于文章中的“这种生命里最高贵的生命——人”这一观点我不敢苟同。

其实,有的时候人类真是把自己看得太重了。暂且不谈我所支持的平行世界论,人们把自己的文明看作是地球上所大规模爆发出的唯一高能文明这就让我觉得或许有些狭隘了。有时人们的求知欲会输给所谓的科学技术,而我觉得是不是在多少万年前的 CO_2、N_2 占大气主流的时候,存在过比当今更辉煌的文明,有着异于现今生物结构和需求的生物体“统治”着那个时代?

不清楚。

但有时人类又把自己看得太轻了。面对自然就把自己塞到尘埃里去,我觉得是不是可以用一种敬畏却不过分谦卑的眼光来看待自然?(我想到一些哲学家,不论中外,也曾有过类似的思考,让我挺受教的。)

太拿自己当回事与不拿自己当回事都是不可取的。

哎……做人真难……活着真难……我又想到文本里的一句话,“保存生命,这是唯一的幸福”。不管怎么说,还是好好活着,活着一定能有好事发生!

2012 年 12 月 2 日　读《教室就是出错的地方》

摘抄:“牛津大学剑桥大学,似乎把学生当成了生物,让生物成长;别的大学，似乎把学生当成了矿物，让矿物定型。”

我妈总爱一边跟我撒娇一边问我：“你觉得生活在我们家阿幸福?”“总体来说是幸福的——”我会白她一眼习惯性地回答，虽是习惯却是真心话。我爸妈他们都是老师，都有自己的教育理念，他们对我是不严苛、不纵容，我妈也总说趁年轻把能尝试的都尝试一遍，才知道自己最适合、最想要什么。他们尊重我，理解我，所以我们家除了起床的时候(……)，都很和谐。我和我妈“斗智斗勇”，我爸淡定观棋做场外援助，日子过得有味。而且他们可能是当老师的缘故，不会在我面前说其他老师的坏话，有时我抱怨作业多呀啥的他们也总会以一句“老师的心都是好的”，展开长篇大论地为老师“辩驳”。虽然他们缺点也不少，但他们确实给我树立了一个好老师、好家长的形象。我好像偏题了……

2012 年 12 月 1 日　读《生活，从常识开始》

人们往往翻山越岭、艰难跋涉去看日出，却忘了最美的日出是与所珍惜的人在窗前静静注视的。

2012 年 11 月 30 日　读《为什么我们会如此平庸》

其实我最近在考虑这个问题：为什么在中学里就存在了“陷害”之流的事，把好好的学校弄得跟宫斗似的有意思吗? 不过都是好年华的学生而已，要“争”的不过是谁在人眼里更好，谁能胜任啥秘书长、啥主席、啥社长……后来我发现除了每个人都想变“好”，每个人都不可避免有虚荣心外，在大多数人们的观念里优秀的人已有一个固有模型。而种种权益迫使人们经它不断地攀爬。路有歧路，也不叫歧路吧，反正总有好些人选用些不太道德的方式去向上爬。这和从小的教育也是分不开的。“成为一个优秀的孩子”，我相信这是绝大多数家长给孩子灌输的概念，为了去完成这背负的使命，就不得不活在一些“条条框框”里，比如成绩、礼仪、特长等都不一定是真正你所适合的，不管出发点好坏，这种“为你好”，让人不那么自由，而多数的叛逆便是源于心灵上的不自由，当然，自由应当是在道德与法律的范围之内，没有规矩，不成方圆。

所以一直想说，可不可以让孩子们自由一点，虽然知道这挺难，也不是单方面的事，或许让教育更人性化、更科学这一历史任务在哪一天会有一个更好的进程展现给我们。

2012 年 11 月 4 日　读《南方周末》之《“文革”时期的自杀与离婚——王彬彬》

关于“文革”，我所掌握的也就是历史书上、外婆外公口中和一些小说上的相关情景，所以我只能粗浅地说说我个人的一些想法。

其实，很多人对“自杀”与“离婚”这两个词不太待见，大多数时候我也如此。毕竟人就活一次，很多事只是一时的痛苦，却被主观地放大到比天地还大，但我还是很敬佩那些为信仰为尊严迎接死亡拥抱死亡的人（其实每当我幻想我有机会做这样的人时，还是会被不少东西牵绊，果然还没那么超脱……）。关于“离婚”，其实就我所见所闻，大多数还是情感矛盾而并非什么调解节目里放的那种不寻常的情况，虽然忠于情感、保证人权从某种程度来说是社会的进步，但最受伤的是孩子。婚姻，还是慎结慎离的好。

说回“文革”。我对那十年的情感是又恨又怜又有那么点“理解”。恨的是愚氓灭美，抹杀人的情感。怜的是它培养了一些从骨子里滋生出更甚的奴性的中国人。“理解”的是人在登上权力顶峰后往往爱不满足地寻个新高潮，又带着些看似急于求成的意味闭眼指挥。有时我还挺庆幸，像我这种人被扔到“文革”时早不知道被“扒皮”多少回了……（但话说回来，生在那个年代不被洗脑或说完全不被影响也挺不容易的）

其实，恰恰是“文革”，才反映出中国潜在的社会问题——国民劣根性，也正是“文革”，让大批的英雄与铁人还有精神的胜者一个接一个、一群接一群地站了出来。他们的鲜血是为了警醒那些明眼人该行动了，也是企图踢醒睡在“×××万岁”的呼声里的人们。

说到这个，我就想到，总是听到人在说中国这儿不好、那儿不好，夹杂各种嘲讽，其中不乏一些从大流的。我想说的是，一个国家在每一个历史时期都有它不足的地方，法律体系也是在不断完善的，别搞得好像中国人民成天没事干就在那儿说妈妈这儿怎么怎么那儿怎么怎么，抒发不满是允许的，批评思想是可爱的，但点到为止就好了，凡事过了也就错了，在“拯救”这个国家之前，要最先确保是真心爱她。

最后，祝十八大顺利召开！

2012 年 11 月 3 日　读《重归》

乡情、乡愁是古今中外无数文人最喜欢的题材之一，或说最爱写的情感之一，这个梗是怎么也写不滥的，无论放在什么时代都会有人感同身受，原因我想就是——人类最本源的情感与渴求是一致的，这是一种如同呼吸一样的本能。

2012 年 11 月 1 日　读《边界望乡——赠余光中》

诗挺长的，但读起来没觉得是种煎熬。但对在外的游子来说，这诗挺煎熬的。这句式真是又“刻意”也煽情，又漂亮又实在，尤其是抠的那些小细节，“是何居心”啊。看到“妈妈唤我们回去加衣裳”就想到这两天某微博上很热的一个话题“妈妈喊你回家穿秋裤”，还是挺温馨的，我爱我家！我爱我爸！我爱我妈！

2012 年 10 月 26 日　读《故乡的山梨》

其实，我觉得这是篇很淡的文章，甚至有些零零碎碎的感觉，但淡极却有味了。人们一直说平淡是美，平淡是福，我欣赏平淡，但我更爱大悲大喜。我的欲望挺多，但我极享受和它们的对话，或许我还未到该大彻大悟的时候。大道理谁都会说，谁都心知肚明，但都藏到漂亮话的影子里去了。

2012 年 10 月 25 日　读《家》

想起语文课上，宇文氏所说的“吾心归处即是吾乡”，“家”在我心里差不多可以概括成几个词：人、心、爱、花、笔。

我蓦然想起，小学的时候，离了书不能活！但有些书又不爱，越爱的书越不愿去翻，家里的书不敢说多，但小型图书馆还算得上的，在这种矛盾中，我提笔了。“没书看”怎么办？自己写啊。至今，一发不可收拾。

2012 年 10 月 19 日　读《比“世纪”更久远的文学》

我又想说话了。

说实在，我不喜的是明明可以说中文却非要扯洋文（当然我不是否认英文中的巧妙与美的地方，也不是带有藐视其他文明的意味），或许与我性格相关，对于我爱的事物我会在一定范围内将它捧到最高，我觉得中文是极美的。汉语是能让我觉得荣光与幸福的语言，而我的心愿也是从事这方面的研究工作。

美的我未必都爱，但我爱的必是美的。

今天，看到一句话，觉得有味，“昨天的太阳，晒不了今天的被子”，与好友聊天时，又补了一句“昨天的月亮，照不了今天的李白”。

2012 年 10 月 14 日　读《小树林中的泉水》

莫言。近来，“莫言”已经从一个人名转变成大热的话题了。天天打开电视都是他。还是要先为这位英雄喝彩，毕竟是第一个拿诺贝尔奖的正宗中国人（其实我一直觉得诺贝尔奖有那么点政治色彩）。以前看过他的一些作品，还挺喜欢他的文字的感觉，读之有味。或许可以说，他的文字让我好像在看梦和现实背道而驰，然后又同时拐了个弯，最后又再碰面。

说到莫言，我想到一条有意思的微博。

“你说你不认识莫言？没关系，你很有可能将会在各种考试中熟悉他。”颇戏谑。

这段话有点没条理没逻辑，权当三言两语吧……

2012 年 10 月 13 日　读《站着读与跪着读》

好文！作为一个怀疑主义者，我喜欢这篇文章。

题外想说一句，如果要给我每天一直在脑内做的一件事下个定义的话，那便是我是在不断推翻自己与说服自己中往复着的。

2012 年 10 月 12 日　读《傅雷家书》三则

傅雷与王小波都提到了人文与艺术是“火”，是否能理解为艺术是条很长的路，满是挑战和迷人的微小，也是备受争议的。

2012 年 10 月 10 日　读《生日礼物》

爱不是一味地给予，是要接受，让爱你的人知道你感激，享受他（她）的爱，也如作者所说，“这个世界，因为你能关爱别人，也能接受别人的关爱而变得更温馨美丽且丰富”。

2012 年 9 月 15 日　读《南方周末》之《不要用“购岛”绑架中日关系》

其实本不想去过多谈这种敏感话题，只是这两日风波太大，以下是我个人不成熟的观点。

钓鱼岛是中国的，毋庸置疑，日本政府这次对历史与两国关系的挑战是极不明智的。中方的坚持与“强硬”的态度国民都看在眼里了。

中国的爱国教育确实足够深入人心，所以国人皆因钓鱼岛风波揪心、不满。所以国人需要找一种途径来发泄，不，是表达不满。只要有法律常识的人都知道，游行如果合法，是政府批准并审查了路线的，是的，至此都是人们表达满腔愤懑的正当途径。

——可是呵，有一部分人用错了地方。

我向来看不起这种带着自以为伟大的立场以某种令人发指的途径毁了自己国人的生活与自尊的行为。而我也深信，在一堆游行者中，有极多的人是图新鲜，装伟大，盲目“从众”，顺带用身体上的暴行与口中的辱骂来表达自己生活中不能发泄的不如意。别解释，我们都懂，你们可以肆意践踏别人的辛劳与尊严，你们真会往自己面上贴金，口口声声祖国。

这种悖了中国爱国教育的“爱国者”的卑劣行径，是我不敢苟同的。

泉屋、绿宝。毁着自己同胞的东西，并用索尼、佳能拍了下来，又穿着日本牌子的衣服，让人心寒不已。

我在初一时日语就达到了二级水平，我也曾赴日参与书法交流，说一句公道话，他们并非被妖魔化之后的那样。在网上，很多日本网民表示赞同钓鱼岛是中国领土（日本著名的一位史学家也曾著书证实）。他们说汉字是中国的馈赠，又劝日本人民不要因为中国激进的民众而以一概全地对中国有偏见。作为一个中国人，说实话，我很感动。又见推特上一日本人说其实日本民众不觉得买岛有多大意义，也有许多人知道其为中国领土，若要因此开战，不如沉了罢了，于是底下跟帖的几位中国网民对其展开了极粗鄙的谩骂，因为看不懂日文。虽然对这位日本人的观点我有些不敢苟同，但这几位网民确实拉低了中国网民在世界眼中的素质平均值。素质堪忧啊！笑而不语。请不要因为日本政府和政治因素轻易毁掉两国人民的友情。

我们再分析，抵制日货该不该。若是抒发感情，我觉得完全可以，但真这么简单吗？请好好地不冲动地想一想，日货很多在哪儿产？中国。为何？工人多啊，劳动力多啊。那如果没人买日货呢？废话，工人失业啊。

答对了。

而我也知道，在游行的队伍中，有一些人是领了“工资”的，打个无恶意的比方，索尼、三星有一款手机性能等都差不多，但经游行一闹，人们怕手机被路人砸了，就会去买三星的了。

古话说得好，攘外必先安内，内乱比外祸更可怕。抵制蠢货比抵制日货更为重要。忽然想到乐嘉的一微博，他母亲问，打仗了怎么办？他答，不怕打仗，就怕“文革”。

记忆深处

半卷的竹帘外是明净的小河，小河的清波上是荡悠悠的小船，小船的心房里是娇滴滴的船娘，船娘的秋波里是不远处的拙政园。

我回过神来，临窗站着，提笔蘸藤黄，要写一朵菊花。一旁的萧老爷子抱着老得快不能动弹的黑猫，在昏暗的老房子里踱步。那台旧得快被时光掩埋的老电视，正断断续续放着青春版《牡丹亭》。结巴的电视着实有些破坏美感，但杜丽娘的缱绻柔婉还能听出几分。萧老爷子蓦然开口道："年轻人好哇，可比起老一辈，小姑娘还差点。"

我应了一声，笔尖落纸，却被杜丽娘的结巴吓得手一抖，藤黄和着水色便在宣纸上宕了开去。我抬眼看老爷子，他仿佛在从竹帘透进的柔光里追思什么记忆深处的事。他忽地放下猫，地板上"嘎哒"了一声，仿似锁开了，他的话匣子也开了："想当年啊，昆曲的戏服都是要画的，我们就是画戏服的。当初有一件衣裳，我和老吴、老张一道画了一个多月，画的时候连大气也不敢喘。后来送去展出，把那些外国人吓得哟，一个劲地赞叹。本以为我们柔柔弱弱的，没想到也能有这样的作品。"老爷子喜上眉梢，缺了牙的嘴合不拢。

老人家在叙说年轻往事时的样子是很动人的，因为往往在收声时你会听到一句无声的"老了"。

在老爷子喝茶的声音里我应了好几句，他"啧"了一声，又道："你看这拙政园，小时候我天天去玩，和小伙伴们捉捉蜻蜓，吸吸一串红的蜜。现在倒好，建了停车场，每年来的人多得可怕，晃两圈看几眼亭台楼阁就走了，听两句昆曲就觉得懂苏州了，连荷花上的露水尖都没有抓着。"老爷子有些气呼呼地叉腰站着，"现在的人，浮啊！"

我缄默不言。老爷子仍在房内踱步，零碎地说着有多少人学东西是为了证书，而非怡情养心，有多少的好东西要在“应付”的态度里丢进时间长河里喂鱼。引我一阵愤愤共鸣。

我闲来理起了往日的旧习作，一幅“化开”的菊花图挤进眼帘。我仿佛还沉浸在老爷子对于记忆深处与骨感现实的参差的抨击里。我愧然地不去看那张菊花图，因为学业，我已经有两年余不去老爷子家了，而当时愤愤不语的我呀，那愤愤不语的我呀——怕也是埋进了记忆深处。

反思

反思如洗澡，使浊者清，清者更清。

人们改不了爱给事物贴标签的毛病，也投入无限精力在断章取义自欺欺人中，以至于不知何时“反思”的前提已完全变为“做错”。其实不然：错，必当反思；对，何尝不当反思？

人并非无过的代名词，小到答错题，大到偷杀抢掠，这些错误是历史发展中必然存在的，在予以相应程度的惩罚时，当事人与围观者的反思更应当被重视。犯了什么错，因何犯错，是否会再犯，这些看似想当然的问题，应该被深究，真的哲人是可从眼前尘埃反思出人间大道的人。

反思要有深度更从“清者也要洗澡”中体现。除了对没有犯错的侥幸或后怕或宽慰，人们更应该以己为鉴，思考对为何对，它是与社会主流价值观吻合还是对正确的信仰的坚守。清者的反思让人行为有度，而思想的深度越发“无度”。

人之所以可以洗澡，为有源头活水来。活水的源头是人对万物的忠度与好奇，更是一种从蒙昧走向真知的先觉力量，而这种力量体现在了苏格拉底身上。曾经的雅典人以财富为道德，以杀戮为勇敢，苏格拉底日夜在替这座城邦替人们替自己反思着，他走上街拉住众人理论，可民众笑他痴，亦拒绝反思。这位伟大的哲人被赐死，在喝完毒药来回走动以加速毒性时，他的胸口炙热着的仍是对民众不愿反思的大悲伤。可他死后，人们好像被触动，见到以他为原型的一出戏里的疯癫角色潸然泪下，为他建起最高大的像。正是这种伟大的先觉力量帮助铸就了雅典城的不朽。

我们都应当在这先觉力量的带动下站起来。我们有更近的力量！鲁迅、胡适这些进步的反思者！在反思时我们已不是天地一蜉蝣，我们是可以主宰自我乃至决定天下的活水，而我们又是沐浴者，我们所有的反思皆与我们息息相关——我们从来不是也不能是一个看客。

反思如洗澡，使浊者清，使清者更清，人应当反思自己的喜恶是否有失偏颇，反思自己待人接物是否得体，反思自己是否和这个天地的脉搏同步，大大小小的反思让我们去努力接近一个真的清者。

（本文系高二上学期期中考试作文）

寻灯意识

人类在走一条很长的路，这样大无畏地在蒙昧里走了多少年！人类在找灯，只有灯火能驱散蒙昧的麻醉与苦雾。

寻灯的意识早在百千年前就已经种在人们的心田，是多少被烧死在鲜花广场的焦躯才换来愚氓们对真理的匆匆一瞥，正是这一瞥为前后智者看清世界的错误平了反。牛顿被苹果“砸开了窍”，在苦心探索、寻根究底后发现了万有引力，这老套的例子被举了无数次，但正是他让人们知道，苹果并非是你渴求时上帝慈悲地一挥手赐予你的。而张衡则创造出了震慑古今的地动仪，证实了地动是可测的而非神祇的无常震怒。巨人们的探索求真带来了蒙蔽与真知。多数与少数的碰撞，也正是他们呵护着寻灯意识抽芽开花。

当今社会，物欲横流，人们贪婪的眼盯着钱财，嘴边流着违背道德的涎。瘦肉精、假酸奶、三鹿奶粉，这些事虽然过去已久，但仍在人们的心里扎下恐惧的根。而那些愿为寻灯站出来的人，义不容辞地走到第一线。一位张姓记者深入假酸奶加工厂，探听消息，在最后大功告成之时惨遭毒手。他有自己幸福安定的生活，却为寻灯赌上性命。他说这是一个新闻工作者看见人们在蒙昧里的痛心，而我说，他的寻灯意识甚至比真的寻到那盏灯更为可贵，更为动人。

寻灯意识在不断攀长，人们的力量也越来越震撼世界，越来越多的质疑声也开始涌起。有些灯饰寻不得的，它们虽然光鲜亮丽，光怪陆离，但它们的光亮足以灼瞎我们的双眼。以克隆人为首的这些诱惑让人们伸手不是，缩手也不是。人们注定是要捱过这段苦痛挣扎才知寻根究底是有度有底线的，好像开采矿产资源，下手太狠便是岩浆，在岩浆里有悟，已晚。

寻灯是为了改造世界，我们携手在黑暗里的每一步，都在宽慰好奇心，都在做着新的探索，而人们眼中只有这盏灯，却忘了来时的路上，脚印是多么雄壮。唯有真正的智者，不被寻灯意识迷了眼，清醒地走，而终有一天，寻灯意识会在心田里结出一盏灯来。

（本文系高二第一学期第一次月考作文）

早点铺子和它的主人

那真的是很久以前，在我仍叫张语嫣的时候，在那条永远铺不平的收着我无数个跟头的路旁，有一家早点铺子。

它大概没什么特色，几张塑料面的桌子同几张塑料凳单薄却整齐地站在铺子口。早上偶尔会有几个客人光顾一下。铺子里是两张被油污搞黑的木桌和两口大锅，黑漆漆又黄乎乎的，铺主人擦得很勤却怎么也擦不干净。曾有客人提议把桌子搬出来摆在路边，座位多一些是一些，铺主人憨厚地一笑，摆摆手，说是怕挡了人家的路，虽然那铺不平的路真的很宽，也少有车来往。

那位铺主人的年纪同我外公差不多，或许还要更老些，但他多半是笑着的，让人难辨年老的痕迹。他总戴着洗得发白的蓝色袖套，我曾以为那是做大饼时粘上了面粉没有拍去，后来才知道那是太旧了的缘故。我和爸爸近乎每天早晨都要去吃早饭。我喜欢边喝甜豆浆边看爸爸帮我剥茶叶蛋，而爸爸则钟情他们家炸的油条。炸油条的时候他总是穿着一件白大褂，油锅里的油不安生，大概也和我一样淘气，总爱跳出来溅他一身，到头来白大褂还是成了黄大褂，他也不在意，笑说就当买了件新的，继续穿着炸油条。

他总是叫错我的名字，他叫我"张嫣语"，用标准的苏州腔。头几次我总会嘟着嘴纠正回来，后来也就任由他这么叫了。再后来偶然得知他是靠"腌鱼"才记下来的，我免不了一阵哭笑不得，最后还是"妥协"了。

有段时间我迷上了甜大饼，兴许是平时见面打招呼喊"阿爹"喊得勤、嘴甜的缘故，他为我做饼时甜馅总是放得比其他人多，烤得也更脆。他的手很稳，用长铁钳一挑一夹便送到我的大盘里——总是满是油污的大盘里。我吃得很香。

夏天来的时候,早上来一碗清凉解暑的绿豆粥是再惬意不过的了。我们喝粥时,趁着清闲的时候,他便坐在我们边上那桌哼起不成调的歌来。天很清,风很静,他哼得却很难听。久而久之,“难听”也成了习惯,似乎有了这难听的歌,粥的味道也更好了似的。

到底是什么时候我记不得了,反正大约有一个月的时间他没有开店。也不知怎么,饼不好吃,粥也不好喝。谢天谢地他又回来了,听说是老伴病了,回去照顾了一段时间。

和很多故事的结局一样,我搬家了。同样,我也没什么机会回去吃一顿饼,喝一碗粥。某天我们家心血来潮,堵了好半天的车,绕了好半天的路回到了点心铺子,门关着。

虽然说不过去,不过我还是希望这次只是他的老伴又“病”了。

说异

在绵阳某医院，兰越峰着实是个异类，她亦有个怪异的名字——“走廊医生”。

在该院，科室之间相互配合讹骗病人医药费早已是心照不宣的潜规则，而兰越峰也曾一声不吭地开着检查单与毫不需要的手术单。直到有一次，医院坚持要为一位心脏功能健全的病人安装心脏起搏器，她在巨大的道德的醍醐下，顶住巨大的压力，如她的名字一般，越过了利益诱惑的险峰。兰越峰说，这种缺德事她不愿再干。几次三番下来，她成了众矢之的，被撤销了主任职务与办公室，成为一名走廊医生，成了一个异类。

此事一经报道，众皆惊愕，义愤填膺，而我在盛怒之余，更多的是心寒。在我们的教育里，医务人员是南丁格尔般的白衣天使，对病人的高度负责与视病人如亲人的伟大，应是每个医务人员共同追求的，而今日，“同”为何成了“异”？

这样的化同为异正如衣物上的香烟洞，令人胆寒心惊，而执行这根香烟亲手烫上去的正是人们自己。人们把劳动当作应付，把追名逐利当作主业，把旁人的利益视为粪土，把自己的私欲视为理所当然的事。人们将什么“美人之美，美美与共”扔进纸篓，对什么“为天地立心，为生命立命”更是充耳不闻。我们将自己关在私欲的小黑屋，借着冷漠的月色对着一面名为堕落的镜子孤芳自赏。孰不知锐利的獠牙已在你的牙床疯长，很快就将刺穿你的嘴唇。有人说，高速的经济发展造就了关注自我的大风气，而我以为，更多的在于人们是否选择坚守。我们害怕成为异类害怕被排斥，便跟着大部队向着深渊颤抖着进发。可我更愿意相信，每个人心底善的火种都没有熄灭，只是缺乏停下来大喊“站住”的勇气。

兰越峰停了下来，大喊“站住”，赢来了钦佩的眼光，而社会真正需要的绝非仅仅一个眼光，而是坚守真善的决心，是洁身自好的尊严，是化异为同的行动！我们要做的便是越过利益诱惑的险峰，让已成为异类的真善美不再瑟瑟发抖。

（本文系高二上学期期末考试作文）

母亲的矛盾

儿子，你回家后就没吭声，连饭都不吃就回房间做数学。妈妈给你热了些饭菜，趁热吃吧。没胃口？乖乖，把笔放下，妈妈和你说说话！把笔放下！别做了！

妈妈很少这样同你谈心。我心里矛盾极了。我知道你因为不能去做志愿者心揪得很，看到他们忙上忙下大汗淋漓嫉妒极了——我不是有意看你的日记的。哎，可你现在的任务是学习，一出汗一着凉又要生病，落下的课谁替你补？你又说我功利，只想着成绩！这就是个功利的大熔炉，谁跟不上谁就是被滤走的渣滓。

你怎么可以这么对妈妈说话！妈妈是不得已的。真的，我太矛盾了。今天课上，我说起了文徵明九岁不能言可父亲从未放弃他的故事。我说这是一种信任教育；当年孟母三迁——别皱眉，你们这代人就嫌这种老而精的例子土——培养出如此煌煌的孟子，我说这是一种爱的教育。再看这两日，伊朗那个死刑犯临刑前，本该踢倒犯人脚下板凳送他上西天的被害人的母亲，竟满眼热泪一把抱住死刑犯，将他救了回来。她的宽容对全世界的孩子都是一次德的教育。我深知家庭对孩子的影响有多么巨大，所以我规矩着我的一言一行，做一个让你爱让你自豪的好妈妈……可现实这盆洗脚水让我无能为力。我不得不喝这洗脚水，喝得满心痛苦满面是泪也不能因这脏臭闭上嘴。相反，我还要心狠地按住你的头要你一起喝。我知道，比喻是恶心了点，但这些话是妈妈的血泪啊！我不得不让德行教育退居二线，用功利主义武装自己，做一个“铁石心肠”的母亲。

我知道，你“恨”我和爸爸，恨我们替你铺路，恨我们过分呵护，恨我们的功利主义，可这恰是因为，我们是一对平凡的父母，一对爱你甚过一切的父母。上课时，我对学生们说惯了漂亮话，可面对你，我只是个平凡的妈妈。我语无伦次，我词不达意，可我们所有的家庭教育都是为了让你做一个“胜利者”。这就是规则。兴许我不该对你说这么多的。

啧，饭菜又凉了，我去热一热。

（本文系高二下学期期中考试作文）

白天鹅，黑天鹅

为了写观后感，我又把《黑天鹅》请了出来，重温一遍。或许它真是让我太汹涌了，未至一半，我便费起心思，遣词造句。可最后我还是将那些刻意的辞藻删得一干二净，留下了趁着热火燃烧的那股劲所写下的这些话。

我不愿意以是否夺奖来衡量一部作品或是一位演员的好坏，因为我觉得他们本身就是值得尊重的，可我也不得不感叹，金球奖和奥斯卡，你们颁对了。

毫无例外，女主角 Nina 是个“特殊”的人，她有一位支配欲极强的母亲，小到剪指甲选衣服，大到人生方向选择和职业目标确定都一手包办。我想起她坐在钢琴凳上替女儿打理足尖鞋时曾说：“为了生下你，我放弃了我的事业。”而 Nina 便成为了这位母亲的事业，也理所当然地循着她母亲的足迹成了一名芭蕾舞演员。

新一季芭蕾舞剧《天鹅湖》预备更换主角，所有的演员都为之蠢蠢欲动、暗下功夫，当然，Nina 也是之一。自幼受到母亲的影响，她学着控制欲望，恪守规则，在别人的脸色下活着，永远做一个“12 岁的 Nina”，她本质上的“干净”能将白天鹅的白璧无瑕呈现得淋漓尽致，却无法放开自我去描出黑天鹅的狡黠恣意。而在她的面前，一只纯粹的“黑天鹅”——Lily，自顾自地嚼着口香糖站在把杆前，摆摆手，冲她挑眉一笑。几经磨难夺得主角，她却又因前主角 Beth“只见新人笑，哪听旧人哭”的妒火，险些在心理上将自己逼上绝路，在对艺术的追求和成功的渴望的驱使下，在艺术总监的不断鼓动下，她更多地去探求自己的黑暗面，而在这班寻不到头的人性的地铁上，在无尽的伤害与自我伤害中，她还是变相地走上了自我毁灭的窄路。

Nina 堪称是一个活在阴影下的人，经年累月地被灌输着母亲为她放弃事业的观念，若说她是团纯白无瑕的棉花，母亲的话就像水，它们钻进她的四肢百骸让她越来越沉重，然后带着爱的脸孔漫过脖颈，将她溺死。她那些“为自己活”的念头与现实恰恰相反，这些矛盾诱惑着她，却又桎梏着她教她无法释放自我，可是当她真正开始在 Lily 的带动下摆脱母亲的束缚，要为自己活时，她却在光荣与黑暗的荒谬中丢掉了“自我”。

其实人人心中都有一只黑天鹅，它不是单独活着的，它是活在社会里的，它是活在“别人眼里”的。人们把成功看得极重，这些所谓的“成功”大多可以等价于“名望”“财富”与“社会地位”，而为了取得这样那样的“成功”，人们又会把大量精力放在“取悦”他人上，宁愿看着别人的脸色，背负着比山还沉的压力，为博认可也要咬牙隐忍，又在差额竞争之中彼此算计，踩着“尸体”奋力往上爬。这在每个社会中都是必然存在的。人们不停地处在这种取悦与被取悦的轮回之中，在对生活的麻痹和现实的顶礼膜拜之中纠葛往复，长居于作茧自缚的痛苦中。

忽然想到一条老微博，高考的时候全省有多少多少人实力不如你，有多少多少人心理紧张导致发挥失常，有多少多少人因为身体不适发挥失常，又有多少多少人因为意外发挥失常，算到最后考场里的对手就剩你自己一个。

——不错，还是那句老话，真正的对手是你自己。而真正该取悦的是上一秒的你，真正该打败的是下一秒的你。

在电影《黑天鹅》中，Nina 在探索自己黑暗面的时候，将另一个自己看作 Lily，成为假想敌，这致使她做出了一系列疯狂的举措，而真正演出时，因为偶然失误含泪回到后台备妆的她看到了声称要替她出演黑天鹅的“Lily”，并将镜子的碎片刺入“Lily”的腹内——刺入她自己的腹内。待到演出的最末，在汹涌环绕的掌声与荣光之下，她跳完了最后一幕，看着腹内已然浸红的玻璃碎片才蓦然发现这并不是她所要的真的完美。她在与自我的对弈之中丧失了平衡点，身心在不知不觉中被压力和对成功的追逐拴住，因为她好胜的眼里只剩下黑天鹅。

其实白天鹅、黑天鹅又有何不同，这世界哪里是单纯的非黑即白，分明是黑中有白、白中有黑的。若你是只白天鹅，那你是被豢养的荣光但也是个易碎品；若你是只黑天鹅，那你是一股热烈夺目的野火但也是个谬误。

你说不愿做易碎品也不愿成谬误？

——那不如不做天鹅，心中是天鹅。

善非泾，恶非渭

——观吕乐导演《一维》有微思

接触它显得很巧合，是误点了优酷无处不在的广告，才让我们面对面站了17分钟09秒，而这短暂的时间晃过去后，它无牵无挂地走了，剩我还怔怔站着。原本不想写这篇观后感，觉得并非所有的感触都得落实成白纸黑字让人盯着，但转念发现自己并非大家，寥寥地写一篇文章不会让人们疯狂地跟风去朝着《一维》顶礼膜拜，也不会迫不及待地去狠狠踩上一脚，便写了。

《一维》的水墨元素着实让人惊艳，黑白两色几乎撑起了整个场面，加上稚嫩童声不分爱憎地替那些看不清面目的角色们念白，人们口中说的"感觉"大概就出来了，而我们的故事也就从一维——这个万物之源，蜿蜒起来了。

虔信作为托托国的太子，在国王、王后的期望与万民的朝拜里，按着规矩接受大法师教他分辨善恶，于是他们开始了六年的修行苦旅。在不知名的一处，他们目睹了两个"贫贱"之人在另一人脚下受着践踏，太子握住剑鞘，而大法师却将他拉到一旁，对他说善恶。大法师说，你只有一击，不中便要丧生，丧生固然悲哀，仍然只是一生一死的事，但错判的悔恨是千古的事，而虔信在他的引导之下破了"杀戒"——他庆幸所砍的只是竹竿。在这一砍后，他长大了，慢慢识得分善恶，直到一天他们上了一条渡船，船夫在河心以死生善恶刁难虔信，虔信在湍急的河上独自掌船终于得获平安。在六年的修行之后，他与大法师重又回到了托托国，在万众的面前上了最后一课——大法师要虔信判断他是善是恶，虔信在长久的纠结后放下了屠刀，老法师严厉且慈爱地喝了一声"太子你不宜做国君啊"，抬手斩之。举国皆惊。尾声之时虔信成佛。

有时忽然觉得这些微电影太讨厌，看完让人汹涌不能自抑，想写些什么它却都或深或浅地点到了。仿佛我也在那条渡船上，一边是彼岸，一边是涅槃。

太子的第一课是分辨善恶，最后一课亦是分辨善恶。有的人以为，诚如儒家思想，君君臣臣，君要臣死臣不得不死，君以为臣有罪臣便是有罪，孰善孰恶，皆是君王一念之间，太子没有那样的狠劲，最后一课，不及格。片中也有一段剧组商讨的画面，其中一人说，按道家思想，善死，就是死，恶死，也是死，谁生谁死不是以善恶定，是天定。另一人又道，一神论里除了神，众生都身披原罪，本就是罪人，何来善恶生死。而我以为，这三种思想皆有它片面的地方，权力、命运、原罪，三把利刀没有交集地将人们的生死善恶一刀截开，并不公平。

船夫曾说，对面是阴间，那里的善恶生死统统相反，人亦是这样，我素来以为人可以分两半，一半主“善”，一半主“恶”，“善”者以“善”为善，“恶”者以“恶”为善，往往二者交替出现，构成一个完整的人的心理框架。人不可能做到纯善，即使做到了，在这样至纯的善里，终究会生出一种对自我的恶，因为你无人理解，旁人看你多半是一种近乎怜悯的仰视。最终你会发现，这样至纯的善只适合供着，而不是放在身上每日擦拭。人亦不可能做一个纯恶的人，我始终相信善意是不可能从一个人身上抽离得干干净净的。

物贵平衡。我认为做人最佳的状态恐怕也是善恶平衡吧，善恶作为人们心中的对立两方，一方消失，另一方也就孤零零不成气候了。

没有最佳，只有最适

——读《报任安书》

我读《报任安书》。读毕，涕泪满襟，如晤知音。我想，千年前，亦是月明星稀的夜，司马迁含泪忖度措辞，大笔疾挥，痛陈己见，书完末了三个字，丢笔号啕。门外豪风又吹了几遍，灯下他已然涕泪满襟。他的涕泪是对受辱之恨，对先祖父母之愧，是对过去的终结，是对将来的问候。他已没有退路，只能硬着头皮去敲醒“新”的萌蘖。而我的涕泪并不是对司马迁忍辱择生的勇气的敬佩，而是对其择生而终成《史记》流芳百世的庆幸与后怕。

择生与择死，没有最佳，只有最适。而做出最适选择，需要的是大智慧与魄力。司马迁对自己有着清醒的认识，属于木心口中所说知道自己会成名且说出来的一类人。在这场名为人生的大赌局中他以才华作赌注，说服自己无论如何赌到最后，而他偏又有天垂怜，赌赢了。友人同我调侃，如若司马迁没有名垂青史，那他被夸作太阳般炙热滚烫的对抗苦难的魂也将熔成一颗石子滚进历史长河没了踪影，顶多落得一句“宦臣司马迁尝集天下放失旧闻，帝令焚之”。我道不然，他若选死，且不论《史记》，他将招来“智穷罪极，不能自免”的罪上之罪，必饱受身体与名声的双重残疾之苦，就算两眼一闭不再理会，作为史学家也知“身后名”三字包含的无穷意义，而他择生不但给了《史记》一个机会，亦在一些人心里成了可以激励自己走下去的范本，较之择死，择生是个更适选择。

古往今来，摊到台面上来说的“择死”多半是死节、死国者。文天祥以丹心问苍天，忠于国家、忠于信仰，在元军的百般劝降下，誓不低头，遥望南方，尽显英雄之气节。他的抉择关乎的并非是个人的生死荣辱，而是一个国家最后一截直挺挺的、敲击大义脊骨的铮铮之响，在这样的择死面前，没有人敢用“愚人”“想不开”这类字眼来指责这一抉择的“不适”，只有替其洒下一碗酒，高歌一曲。

我们大多不是司马迁，亦不是文天祥，我们是朝生暮死的众生，我们忙碌在时代的大舞台上演好自己，认为自己很少有机会或闲工夫来审视生死存亡的“大问题”，而这些大问题是为我们眼中的“小问题”——“取与舍”投影而成的。人们热衷于给一切事物贴标签——取，你的名字叫“贪婪”；舍，你的名字叫“软弱”。而我则认为，与其贪婪，不如面对（为）大美而贪婪；与其软弱，不如面对（为）不智而软弱。感谢人们一代又一代地自我说服、互相说服；那饱受风霜的旅人攀上高峰后，擦着血与汗看到的日出有多美，那温柔哟，那雄奇哟，那让人想放歌却喉头哽咽的美哟。但我亦要责备人们，忘了那个理智选择放弃攀登转而驾车绕过大山提前到达，支好帐篷、生好炉火的人，他看到了更早的，由地平线而起的日出，满面惬意舒心地笑。理智地放弃有时也是一种美。人们面对苦难时，软弱是天赋，而理智的软弱是一种更高效、更恰当的自我保护。它并不失尊严，反而使人去寻找一条更聪明的路。

面对苦难时，我们往往愿意让自己看起来不那么狼狈。选择迎难而上，抑或是理智放弃，我们在最适的抉择里找到了苦难中的尊严，而这尊严是给自己的，给人们的，给道德的，给历史的。我们在这不一般的尊严里找到生与死、取与舍的奥义。我们除掉负荷，恸哭高叫，然后背起行囊，擦掉眼泪，带着庆幸与一点后怕，做我们要做的真的人。

与人性的促膝长谈

——读汪曾祺《受戒》小有所感

一、第一段谈话——戒与美

在初秋一个落雨的傍晚里，我和我矮窄的阁楼迎来了两位客人。一位是个西装笔挺、头发梳得一丝不苟的男人，他在很有礼貌地征得我同意后，坐在了我对面。我想起身为他泡茶，可他见我在读《受戒》，有些激动地说不打扰请先读完，又欲滔滔不绝说情节，我稍显不客气的一句“谢绝剧透”让他闭了嘴。在我读的时候他正襟危坐，仿佛在反思他的冲动。另一位是个妙龄少女，有些坐不住，在我的小阁楼里东窜西逛，看看这个摸摸那个，我无意与她四目相对时，她不马虎地送了我一个回味悠长的笑。我忙低头继续读了起来。

就在我不舍地合上书的一刹，男人用一种微妙的语气，使自己听上去不那么迫切：“您想谈谈么?”

我体会到了他的意思，便配合地点点头，并问：“您有什么想法? 比如……明海与小英子的事?”

“简直太荒谬了！请原谅我的感叹号。明海是一个受了戒的小和尚，怎么可以放任自己对小英子的好感恣意发展，又怎么能答应娶小英子做老婆? 太荒谬……”他摇头道。

“这有什么荒谬的? 你看二师父仁海还能有老婆，三师父仁渡还能拐走大姑娘，这在当地都是大家默许的事，凭什么明海和小英子这样纯粹的感情被称作‘荒谬’? 他们的感情是自然而然的，又真又美，放在现实生活里一定让那些大呼‘不相信爱情’的人改口狂喊‘我又相信爱情了’！”少女不服气了，争道。

“他们那是荒谬极了！对不起，请原谅我的感叹号。”他克制地习惯性地抿抿唇，整整衣襟，“《受戒》中提到的这些和尚，放在现在都是我们口中的吃肉喝酒娶老婆的假和尚，把当和尚作为谋生的手段，实在愧对他们头上的戒疤，实在有辱佛门清净。”

“给和尚烙戒疤本就不是佛门所颂扬的，也早废了。”少女抢白道。

我有一点尴尬而又和缓地道：“二位说得都有道理，但我个人觉得，汪曾祺先生用散文的笔调，恍如河上荡舟，看似飘飘荡荡，漫无目的，泛起的涟漪却引得我们这群游鱼来啄，这样的芦花梦里，恐怕歌咏的是一种人性的自然与真实之美吧。”

“我不是很同意您的意见。我以为，先生的用笔妙就妙在看似写了一片祥和美好，实则是讽刺这荒谬的人性。人性需要戒律的约束，这些和尚没有戒律，打着佛祖的名号‘骗吃骗喝’，佛家讲人生来就是为了吃苦，是为了经受磨难的，信仰给了他们戒律，教他们恪守，他们却有些弃之如敝屣的意味，反倒活得逍遥自在，这样不自律的逍遥是您刚才所言的人性的自然真实之美么？恐怕并不是如此吧。”他意味深长地看了我一眼。

少女咂嘴摇头，满脸认真道：“这些和尚所做的，只是在遵从人性对事物真切的渴望，他们在这样的遵从里得到了快乐和安宁，人活着不就是为了活得高兴么？人性需要的是自发的解放，解放了才能解脱，解脱了才能快乐。你老把自己关在一个小笼子里，忸忸怩怩，能活得高兴么？”

“人活着要背负的责任是很多的，一座山头有一座山头的规矩，做什么都要讲规矩，如果为了享乐抛开戒律，这样的享乐是不道德、不值得尊重的。”男人很不以为然，用注视表示抗议。

我的眼里盛满了话，看着火药味正浓的两人，也不知从何说起。这一次谈话在无形的硝烟里不了了之，我兀自在芦花梦里坐了很久，仿佛看见自己一个翻身滚进了铁笼，直到一位老人的到访才使我醒了过来。

二、第二段谈话——和

老者精神矍铄且很自在。他微笑着啜一口茶，不疾不徐道：“看来他们俩已经来过了，我代那两个不懂事的小家伙向你说声抱歉，真是见笑了。”

我赶忙说：“老人家您言重了。”

老者笑笑："我回去听他们嚷嚷了半天，算是听出个意思来了。不知道你愿不愿意听我这个老头子啰唆两句？"见我点头，他又道，"我看戒律和追求人性之美并不矛盾，困在高楼大厦的我们啊，是需要追求人性的自由与美啊，天知道长着翅膀的人性会开出什么样的花来！不然那种难以言说的劲随着时间一天天过，恐怕也要散光了！而戒疤呀，不该烙在头上，该烙在心上，不是为了让自己在戒律的小笼子里疼得直打滚，做困兽之斗，而是为了时刻告诉自己在追求快乐的时候要有底线。现在好多人呀，就爱偏激，争得面红耳赤不肯罢休。可世上哪来那么多非黑即白，灰色的东西也是不可避免的嘛。事情讲求一个'和'字嘛，和了心就顺了，人就快乐了。"

我和老人家聊得投趣极了。

后来老人家临走的时候，在玄关顿了顿，回头笑着说："我年轻时作过一首诗，你不嫌弃就随便听听：

我养了一只鸽子，
给它最好的笼子。
可它要去找乐子。
它哀求我！
于是我打开笼子。

它飞回来找我，
说矜贵的翅膀禁不住
晨露太重，
它哀求我！
我便将它扔进苦海焖煮，
煲出了一锅好汤。"

唯一的“英雄”

——品张爱玲《金锁记》，浅谈曹七巧

黄月光，摇摇晃晃。

七巧斜着身子躺在烟铺上，鸦片的劲头还未过，她面无表情地来回地推着腕上的翠玉镯子，不知何时自己已消瘦成这副模样。长白蜷缩着睡在另一头，两床毯子爬在他身上，他的嘴微张，抖动着一点光，分不清是唾沫还是金牙。七巧侧过面来看着他——看着自己的白哥儿，倏地坐起身从臂上扯下镯子扬手要砸，她颤了颤，又放下手来。这是她唯一的男人，也是唯一一个真正属于她的男人，她砸不下去，正欲抽两口烟，却发现烟已烧完。

她重又瘫倒在烟榻上，黄月光攀在她的面上把她的颧骨啃咬得不再圆润，外面静得很，她禁不住想起有个晚上，挑起的昏灯、麻油的腻香、早已歇工的清秀木匠、蠹了半边的门板。那都是从前做姑娘时的了。姑娘早已离她极远了，纵使她觉得自己仍是个多情的姑娘。

她又看着长白，恨意混杂着爱——她的母爱早已畸形——看着长白。是，她恨姜家，姜家就像一袭看似华美的袭袍，上面爬满了虱子，这袭袍着在她身上，这虱子日夜啃噬着她的皮肉血脉扰得她永远不得安生。但长白是她唯一的男人，唯一一个真正属于她的男人，她砸不下去，火在心头挠，她想抽两口烟，却发现烟已烧完。

她的恨啊，怨啊，就像这鸦片——在烈火里烧得干干净净，劲头却还没过。

有的时候她巴不得自己早些死了才好，让这周遭的世界或嗤笑或痛快或怜悯或伤悲地好好面对她的一走了之，可它们真会好好面对么？她淡淡地学着年轻时笑了笑，却怎么也描摹不出三分颜色来。她承认自己也舍不

得这花花世界。她要男人，她要那辜负她玩弄她的人儿爱她；她要金钱，她要逃离被金钱践踏的日子去践踏金钱；她要权力，她要那些鞭打过她的心的人统统承受加倍的疼痛。

白哥儿的媳妇芝寿刚刚过头七，七巧早就忘记她的死状了，也忘记滚到床下的枕头和一屋不痛不痒的哭声了。佣人间有些爱嚼舌根的说少奶奶是被活活折磨死的，这让七巧有一种意外的快感。她以为，在被折磨与折磨之间她终于真正过渡到了后者。

她早已耍惯了心计，也习惯了弱肉强食明枪暗箭的日子。她唇舌犀利，人缘极差，为了地位与金钱她硬是同骨痨的丈夫育了一儿一女，但她正常的欲望难以被满足，于是她又陷入另一种情爱的泥沼，苦痛挣扎。畸形的婚姻和得不到的爱情让女人的妒意变本加厉，她过分地追求金钱权力，苛待周遭的人，乃至以戕害儿媳亲手破坏女儿的幸福来弥补内心愈发汹涌无边的黑洞。她被扔进了一座不见天日的囚牢，又亲手为自己戴上了黄金的枷锁。

——这沉甸甸的金锁让她变得这样乖戾、残忍、可怕——不——七巧半带戏谑又半带认真地觉得自己是唯一的英雄，她能势单力薄地在这深似海的豪门活下来，追求着她所认同的日夜渴盼的“成功”。

高一(13)班心理剧(剧本1.0版)

工作人员

指导老师：徐洁

导演、编剧：张煜棪

BGM：喻顺祺

演员：王嘉瑞、殷鹏飞、陆聿杰、徐诺凡、翁允凡、陈予

旁白：石子遥、喻顺祺、张煦阳

题目：《六月二十四日》

时间：2013年6月24日

地点：期末考试考场

人物：同学甲、乙、丙、丁、老师

道具：四套桌椅

正文

「**第一幕：旁白甲(患得患失的所谓学霸　男)**」

背景：内景　期末考试考场

甲(平淡且略带自嘲地)如果我没有记错，那天是6月24号，我知道我必然没有记错，因为那是个讽刺的大日子。下午2点正是太阳最毒的时候，尽管窗全都开着，这天气仍旧热得让人发昏，蝉声仍旧"知了知了"得教人发恼——当然这仅仅是为那件事而恣意找的借口罢了。

[(BGM)教室的窗洞开，热得很，偶有三两蝉声。学霸甲坐在靠窗位

置，做题照例顺畅如流水。右边不远是埋首蹙眉运笔的学弱乙，学弱乙一直在苦读，卷子并不难得厉害，他自我说服着要沉住气，咸鱼翻身。学弱乙的后面坐着悠然的丙，丙不慌也不忙，纵然卷子上的题目都有些面生。巡视的是刚步上工作岗位不久的老师，她看着做题的学生们，仿若回到学生时代，有些恍惚。

忽而起风。学霸甲刚做好的卷子被吹起，落在地上，他伸手去够，未果。]

[卷子在学弱乙的桌脚边，学弱乙只顾着做题一时不曾发现。卷子被吹到了丙的脚下，丙瞥了一眼卷子又瞥了一眼学霸甲和监考老师，预备做个好人伸手去捡，可不小心将卷子推向了前面的乙，于是只得戳戳乙，乙有些迟疑，但背上一下一下越发急促，还是回了头。]

[甲看到乙、丙的斜后方有一个男生冷眼看着，露出鄙夷却又兴奋的笑回头看了眼将要转身的监考老师，甲似乎明白了什么，不停地摇头。]

[丙向下指指，又指了指甲，乙没有看到正在摇头的甲，捡了起来，不免看到两眼。]

[此时，有人举手向监考老师举报三人作弊，监考老师本在巡视，恰好背对，此时又恰好目睹，对甲的优秀与乙的勤奋素日有所闻，但为公正不得已先收了三人的试卷。

[甲懵了，如果有椅背的话瘫在椅背上，如果没有椅背则一手抚额看窗外。

乙将脸埋进掌心，趴在桌上，不敢看两人。

丙面无表情，默默转笔。

监考老师背对学生低头整理卷子。]

甲（难过地）这事因我而起。我拖累了他们，拖累了这个为了追上我拼命学着的人。同学们平日里叫我，总是张口闭口的“学霸”，带着一种我说不出的笑，当我看到这种笑的时候我搜肠刮肚寻着措辞，想告诉他们，其实我心里很难过——真的，这称呼太戏谑了（叹气）。可他同他们都不一样。他真正地明白我、理解我，我努力地学啊学啊不过是为了能够正大光明地站在大家面前，能让人在说起我时，满脸的羡慕，可是——我把自己的快乐都搭上了。真的，我找不到一丁点的快乐，我啃着我根本看都不想看的数学，写作文尽是老师爱什么我写什么，我让自己太不痛快了，为了分数，我太不痛快了。我是个多爱分数的人啊，可我现在一点都不为我失去了分数难过，我为我连累的人难过。

「**第二幕：旁白乙（勤勤勉勉的所谓学弱　男）**」

背景：内景　期末考试考场

乙（痛苦）6月24号，6月24号，6月24号。这一天真是太令人“难忘”了，就是这一天，让我从前熬过的一夜又一夜再一次付诸东流了。我记得那天从考场出来，脚下的地已经不宽容了，它死死地缠着我的脚，尖叫着，放肆地笑，我狠狠地跺脚——但我的脚也是软的。还好他扶着我，我知道我很没出息，我也知道我拖累了他，我拖累了一个优秀的人，我拖累了一个对我很重要的人。那时他宽慰我，说不是我的错，我是个老实得要命的人这点他最清楚，但我还是忍不住想哭。

［（BGM）教室的窗洞开，热得很，偶有三两蝉声。学霸甲坐在靠窗位置，做题照例顺畅如流水。右边不远是埋首蹙眉运笔的学弱乙，学弱乙一直在苦读，卷子并不难得厉害，他自我说服着要沉住气，咸鱼翻身。学弱乙的后面坐着悠然的丙，丙不慌也不忙，纵然卷子上的题目都有些面生。巡视的是刚步上工作岗位不久的老师，她看着做题的学生们，仿若回到学生时代，有些恍惚。

忽而起风。学霸甲刚做好的卷子被吹起，落在地上，他伸手去够，未果。］

［卷子在学弱乙的桌脚边，学弱乙只顾着做题一时不曾发现。卷子被吹到了丙的脚下，丙瞥了一眼卷子又瞥了一眼学霸甲和监考老师，预备做个好人伸手去捡，可不小心将卷子推向了前面的乙，于是只得戳戳乙。乙有些迟疑，但背上一下一下越发急促，还是回了头。］

［甲看到乙丙的斜后方有一个男生冷眼看着，露出鄙夷却又兴奋的笑回头看了眼将要转身的监考老师，甲似乎明白了什么，不停地摇头。］

［丙向下指指，又指了指甲，（与此同时旁白起）乙没有看到正在摇头的甲，捡了起来，不免看到两眼。］

［此时，有人举手向监考老师举报三人作弊，监考老师本在巡视，恰好

背对，此时又恰好目睹，对甲的优秀与乙的勤奋素日有所闻，但为公正不得已先收了三人的试卷。

[时间静止，动作定格，此时乙可以站起来有动作。]

乙(哭腔愤恨)接下来要发生什么我全记得，我又怎么会忘记呢？我以为只要我复习了就能感动试卷，但是我错了，自始至终我只是感动了自己。我熬过的黑夜给了我黑色的眼睛和黑眼圈，我却在为涂黑答题卡而举步维艰。我记得上一个这么让我难忘的日子是 4 月 19 号。我把这一天写在纸上贴在墙上，要卧薪尝胆，到头来看到这破卷子还是那么无助。他说过只要竭力而为就能成功，可我竭力了，勤学了，拼命了，结果却是这样！我想要的不过是能和他正大光明地并肩，仅凭这样的执念我熬过了一个又一个子夜一点，就在我离他恐怕只有分毫的时候，却出了这样的事，还要我怎么做？我又能做什么?!

[时光继续流动。]

[甲懵了，如果有椅背的话瘫在椅背上，如果没有椅背则一手抚额看窗外。

乙将脸埋进掌心，趴在桌上，不敢看两人。

丙面无表情，默默转笔。

监考老师背对学生低头整理卷子。]

「第三幕：旁白丙("我已经'云淡风轻'了"　男)」

背景：内景　期末考试考场

丙(轻松)自从那场考试之后，他们关系仍旧很好，他仍旧带着他钻研那本数学题集，他们仍旧一起吃午饭，他们仍旧在打完篮球后共享一瓶矿泉水，但其实一切都不是"仍旧"这个词可以概括的。而当我再回首去看那天的时候，我仍旧觉得那是个浪费光阴的悲剧，所以我干脆连日子都不愿记了。

[(快进音效)此时，有人举手向监考老师举报三人作弊，监考老师本在巡视，恰好背对，此时又恰好目睹，对甲的优秀与乙的勤奋素日有所闻，但为公正不得已先收了三人的试卷。

[甲懵了，如果有椅背的话瘫在椅背上，如果没有椅背则一手抚额看窗外。

乙将脸埋进掌心，趴在桌上，不敢看两人。

丙面无表情，默默转笔。

监考老师背对学生低头整理卷子。]

丙（鄙夷地轻笑）他们这是何必呢。刚才听到那人报告的声音我就特别想笑。我天天看着好多人表面上同别人玩得开心，一点也不把学习放在心上，背地里藏着掖着偷偷学，耍各种小伎俩，恕我直言，这根本不配叫作“竞争”，它太辜负同学情谊了。

丙（鄙夷笑）再者，现在所学的东西不过是为考试服务，每天为了这种东西将自己逼得死死的，哼（冷笑），再说门门课都觉得它才是我的唯一，我倒好，一个人点头哈腰赔着笑脸伺候九位名为“作业”的主子，我知道这些话刺耳，但比起这样生活，我更愿意及时行乐，享受人生最好不过的三年。我倒巴不得现在潇洒地走出去，我的眼里容不下这样的误会。

「**第四幕：举手男（丁）自白**」

背景：内景　期末考试考场

丁（略带忏悔意）从小到大在课堂上我举过百千次的手，可为了举报同学这实在是第一次。是的，我举手了，我违背自己的原则举手了，在6月24日四那一天。（抽气）没错他们的试卷被收我心下着实欢喜了一阵，但接下来几天我不得不住在他们这样那样的眼神里，他们并未责备我，甚至没有同我说话，这样有意无意的孤立让我害怕，我开始后悔我的选择，但我又在这种病态的自我满足里找到我要的荣光的影子。

[忽而起风。学霸甲刚做好的卷子被吹起，落在地上，他伸手去够，未果。]

[卷子在学弱乙的桌脚边，学弱乙只顾着做题一时不曾发现。卷子被吹到了丙的脚下，丙瞥了一眼卷子又瞥一眼学霸甲和监考老师，预备做个好人伸手去捡，可不小心将卷子推向了前面的乙，于是只得戳戳乙。乙有些迟疑，但背上一下一下越发急促，还是回了头。]

[甲看到乙丙的斜后方有一个男生冷眼看着，露出鄙夷却又兴奋的笑回头看了眼将要转身的监考老师，甲似乎明白了什么，不停地摇头。]

［丙向下指指，又指了指甲，（与此同时旁白起）乙没有看到正在摇头的甲，捡了起来，不免看到两眼。］

丁（挣扎状）他居然看了卷子……我知他向来是个老实拼命的人，必然不会有作弊的念头，可人人不都想要漂亮的成绩么，我怎知平时没有看错他？一种种负面的想法多而缭乱，我不能再想了，我心已乱。我不也一样么，我所想要的也是漂亮的成绩，好让我在面对所有人期待的眼神时能坦然自若，微笑回应。我好像听到机会在我耳边说话，它挠着我的心，说它知道我所欲为何，它要我回应它，我——

［此时，有人举手向监考老师举报三人作弊，监考老师本在巡视，恰好背对，此时又恰好目睹，对甲的优秀与乙的勤奋素日有所闻，但为公正不得已先收了三人的试卷。］

［甲懵了，如果有椅背的话瘫在椅背上，如果没有椅背则一手抚额看窗外。乙将脸埋进掌心，趴在桌上，不敢看两人。丙面无表情，默默转笔。丁心理复杂。监考老师背对学生低头整理卷子。］

丁（满足感与怅然若失）我到底还是举手了，我不敢抬眼看他们现在是究竟怎样的委屈和难受，只能盯着空空的桌子发呆，桌面用得厉害已然抛了光，我惶惶然看到了一张嘴角含笑的不真切的脸，那不是我的脸，那不是！（停顿1—2秒，带笑音）可我现在真有些欢喜，我那握笔的手不住地抖，欢喜地抖，可我看着那张脸的嘴角弧度越来越大，就好像我心里歉疚越来越大，我在歉疚什么？我不过是回应了机会的示好，我做错了什么呢？可我还是歉疚，我的心情太过复杂了——而我在愈演愈烈的复杂里，失了归路。

高一(13)班心理剧(剧本2.0版)

工作人员

指导老师：徐洁

导演及构思：高一（13）班全体同学

编剧：张煜棪

BGM：喻顺祺

演员：

旁白：

题目：《六月二十四日》

时间：2013年6月24日

地点：期末考试考场

人物：同学甲、乙、丙，老师丁

道具：四套桌椅

正文

「第一幕：旁白甲（患得患失的所谓学霸　男）」

背景：内景　期末考试考场

甲（平淡且略带自嘲地）如果我没有记错，那天是6月24号，我知道我必然没有记错，因为那是个讽刺的大日子。下午2点正是太阳最毒的时候，尽管窗全都开着，这天气仍旧热得让人发昏，蝉声仍旧“知了知了”得教人发恼——当然这仅仅是为那件事而恣意找的借口罢了。

[（BGM）教室的窗洞开，热得很，偶有三两蝉声。学霸甲坐在靠窗位置，做题照例顺畅如流水。右边不远是埋首蹙眉运笔的学弱乙，学弱乙一直在苦读，卷子并不难得厉害，他自我说服着要沉住气，咸鱼翻身。学弱乙的后面坐着悠然的丙，丙不慌也不忙，纵然卷子上的题目都有些面生。巡视的是刚步上工作岗位不久的老师，她看着做题的学生们，仿若回到学生时代，有些恍惚。

忽而起风。学霸甲刚做好的卷子被吹起，落在地上，他伸手去够，未果。]

甲（略带心焦）啧，差一点。

[卷子在学弱乙的桌脚边，学弱乙只顾着做题一时不曾发现。卷子被吹到了丙的脚下，丙瞥了一眼卷子又瞥一眼学霸甲和监考老师，预备做个好人伸手去捡，可不小心将卷子推向了前面的乙，于是只得戳戳乙，乙有些迟疑，但背上一下一下越发急促，还是回了头。]

[甲看到乙丙的斜后方有一个男生冷眼看着，露出鄙夷却又兴奋的笑回头看了眼将要转身的监考老师，甲似乎明白了什么，不停地摇头。]

甲（暗叫失策，意欲挽回）别捡——真的——别捡。

[丙向下指指，又指了指甲，乙没有看到正在摇头的甲，捡了起来，不免看到两眼。]

[此时，有人举手向监考老师举报三人作弊，监考老师本在巡视，恰好背对，此时又恰好目睹，对甲的优秀与乙的勤奋素日有所闻，但为公正不得已先收了三人的试卷。]

[甲懵了，如果有椅背的话瘫在椅背上，如果没有椅背则一手抚额看窗外。

乙将脸埋进掌心，趴在桌上，不敢看两人。

丙面无表情，默默转笔。

监考老师背对学生低头整理卷子。]

甲（难过地）这事因我而起。我拖累了他们，拖累了这个为了追上我而拼命学习的人。同学们平日里叫我，总是张口闭口的“学霸”，带着一种我说不出的笑，当我看到这种笑的时候我搜肠刮肚寻着措辞，想告诉他们，其实我心里很难过——真的，这称呼太戏谑了（叹气），可他同他们都不一样。他真正地明白我、理解我，我努力地学啊学啊不过是为了能够正大光明地在大家面前站着，能让人在说起我时，满脸都是羡慕的神情，可是——我把自己的快乐都搭上了。真的，我找不到一丁点的快乐，我啃着我根本看都不想看的数学，写作文尽是语文老师爱什么我写什么，我让自己太不痛快了，为了分数，我太不痛快了。我是个多爱分数的人啊，可我现在一点都不为我失去了分数难过，我为我连累的人难过。

「**第二幕：旁白乙（勤勤勉勉的所谓学弱　男）**」

背景：内景　期末考试考场

乙（痛苦）6月24号，6月24号，6月24号。这一天真是太令人“难忘”了，就是这一天，让我从前熬过的一夜又一夜再一次付诸东流了。我记得那天从考场出来，脚下的地已经不宽容了，它死死地缠着我的脚，尖叫着，放肆地笑，我狠狠地跺脚——但我的脚也是软的。还好他扶着我，我知道我很没出息，我也知道我拖累了他，我拖累了一个优秀的人，我拖累了一个对我很重要的人。那时他宽慰我，说不是我的错，我是个老实得要命的人这点他最清楚，但我还是忍不住想哭。

［（BGM）教室的窗洞开，热得很，偶有三两蝉声。学霸甲坐在靠窗位置，做题照例顺畅如流水。右边不远是埋首蹙眉运笔的学弱乙，学弱乙一直在苦读，卷子并不难得厉害，他自我说服着要沉住气，咸鱼翻身。学弱乙的后面坐着悠然的丙，丙不慌也不忙，纵然卷子上的题目都有些面生。巡视的是刚步上工作岗位不久的老师，她看着做题的学生们，仿若回到学生时代，有些恍惚。

忽而起风。学霸甲刚做好的卷子被吹起，落在地上，他伸手去够，未果。］

［卷子在学弱乙的桌脚边，学弱乙只顾着做题一时不曾发现。卷子被吹到了丙的脚下，丙瞥了一眼卷子又瞥了一眼学霸甲和监考老师，预备做个好人伸手去捡，可不小心将卷子推向了前面的乙，于是只得戳戳乙。乙有些迟疑，但背上一下一下越发急促，还是回了头。］

［甲看到乙丙的斜后方有一个男生冷眼看着，露出鄙夷却又兴奋的笑回头看了眼将要转身的监考老师，甲似乎明白了什么，不停地摇头。］

[丙向下指指，又指了指甲，(与此同时旁白起)乙没有看到正在摇头的甲，捡了起来，不免看到两眼。]

[此时，有人举手向监考老师举报三人作弊，监考老师本在巡视，恰好背对，此时又恰好目睹，对甲的优秀与乙的勤奋素日有所闻，但为公正不得已先收了三人的试卷。

监考老师背对学生低头整理卷子。]

[时间静止，动作定格，此时乙可以站起来有动作。]

乙(哭腔愤恨)接下来要发生什么我全记得，我又怎么会忘记呢？我在日记里曾经写过这样一段话：我以为只要我复习了就能感动试卷，但是我错了，自始至终我只是感动了自己。我熬过的黑夜给了我黑色的眼睛和黑眼圈，我却在为涂黑答题卡而举步维艰。我记得上一个这么让我难忘的日子是4月19号。我把这一天写在纸上贴在墙上，要卧薪尝胆，到头来看到这破卷子还是那么无助——我怎么能说它破呢，破的是我自己，是我笨。所以我勤能补拙，拼了命地学，为的是追上那个优秀的人，和他正大光明地并肩(苦笑)。我勤学了，也好问了，可就在我以为我要离他近一些的时候，出了这样的事。他总说我老实，他错了，我还是笨。

[甲懵了，如果有椅背的话瘫在椅背上，如果没有椅背则一手抚额看窗外。

乙将脸埋进掌心，趴在桌上，不敢看两人。

丙面无表情，默默转笔。

「第三幕：旁白丙(“我已经‘云淡风轻’了”　男)」

背景：内景　期末考试考场

丙(轻松)自从那场期末考试之后，他们关系仍旧很好，他仍旧带着他钻研那本数学题集，他们仍旧一起吃午饭，他们仍旧在打完篮球后共享一瓶矿泉水，但其实一切都不是“仍旧”这个词可以概括的。而当我再回过头去看那天的时候，我仍旧觉得那是个浪费光阴的悲剧，所以我干脆连日子都不愿记了。

[(BGM)教室的窗洞开，热得很，偶有三两蝉声。学霸甲坐在靠窗位置，做题照例顺畅如流水。右边不远是埋首蹙眉运笔的学弱乙，学弱乙一直

在苦读,卷子并不难得厉害,他自我说服着要沉住气,咸鱼翻身。学弱乙的后面坐着悠然的丙,丙不慌也不忙,纵然卷子上的题目都有些面生。巡视的是刚步上工作岗位不久的老师,她看着做题的学生们,仿若回到学生时代,有些恍惚。

忽而起风。学霸甲刚做好的卷子被吹起,落在地上,他伸手去够,未果。]

[卷子在学弱乙的桌脚边,学弱乙只顾着做题一时不曾发现。卷子被吹到了丙的脚下,丙瞥了一眼卷子又瞥了一眼学霸甲和监考老师,预备做个好人伸手去捡,可不小心将卷子推向了前面的乙,于是只得戳戳乙。乙有些迟疑,但背上一下一下越发急促,还是回了头。]

[甲看到乙丙的斜后方有一个男生冷眼看着,露出鄙夷却又兴奋的笑回头看了眼将要转身的监考老师,甲似乎明白了什么,不停地摇头。]

[丙向下指指,又指了指甲,(于此同时旁白起)乙没有看到正在摇头的甲,捡了起来,不免看到两眼。]

[此时,有人举手向监考老师举报三人作弊,监考老师本在巡视,恰好背对,此时又恰好目睹,对甲的优秀与乙的勤奋素日有所闻,但为公正不得已先收了三人的试卷。]

[甲懵了,如果有椅背的话瘫在椅背上,如果没有椅背则一手抚额看窗外。

乙将脸埋进掌心,趴在桌上,不敢看两人。

丙面无表情,默默转笔。

监考老师背对学生低头整理卷子。]

丙(鄙夷地轻笑)他们这是何必呢。刚才听到那人报告的声音我就特别想笑。我天天看着好多人表面上同别人玩得开心,一点也不把学习放在心,背地里藏着掖着偷偷学耍各种小伎俩,恕我直言,这根本不配叫作“竞争”,它太辜负同学情谊了。

丙(鄙夷笑)再者,现在所学的东西不过是为考试服务,每天为了这种东西将自己逼得死死的,哼(冷笑),再者说每门课都觉得它才是我的唯一,我倒好,一个人点头哈腰赔着笑脸伺候九位名为“作业”的主子,我知道这些话刺耳,但比起这样生活,我更愿意及时行乐。湖畔的栖鸟，开春的柳絮，墙边的柔草，哪一样不比这成堆的卷子可爱？我倒巴不得现在潇洒地走出去，我的眼里容不下这样的误会。

「**第四幕：旁白丁（刚走上讲台不久的老师　女）**」

背景：内景　期末考试考场

丁（追忆状）6月24日，是我第六次监考的日子。我已然尝试着，慢慢习惯作为一名老师参加考试，但看着他们埋首——或咬着笔盖发愁或运笔如流水的样子，我仍然恍若回到学生时代，就好像坐在那里为抽象函数懊恼的是我一样。我回想起高中三年，是灰蒙蒙的一片，有的时候我试图伸手，想抹去上面的灰尘，但都无果，我想，唯一有点色彩的是那个很关怀我的班主任和短暂有过好感的男生。

[（BGM）教室的窗洞开，热得很，偶有三两蝉声。学霸甲坐在靠窗位置，做题照例顺畅如流水。右边不远是埋首蹙眉运笔的学弱乙，学弱乙一直在苦读，卷子并不难得厉害，他自我说服着要沉住气，咸鱼翻身。学弱乙的后面坐着悠然的丙，丙不慌也不忙，纵然卷子上的题目都有些面生。巡考的是刚步上工作岗位不久的老师，她看着做题的学生们，仿若回到学生时代，有些恍惚。

忽而起风。学霸甲刚做好的卷子被吹起，落在地上，他伸手去够，未果。]

[卷子在学弱乙的桌脚边，学弱乙只顾着做题一时不曾发现。卷子被吹到了丙的脚下，丙瞥了一眼卷子又瞥了一眼学霸甲和监考老师，预备做个好人伸手去捡，可不小心将卷子推向了前面的乙，于是只得戳戳乙。乙有些迟疑，但背上一下一下越发急促，还是回了头。]

[甲看到乙丙的斜后方有一个男生冷眼看着，露出鄙夷却又兴奋的笑回头看了眼将要转身的监考老师，甲似乎明白了什么，不停地摇头。]

[丙向下指指，又指了指甲，（与此同时旁白起）乙没有看到正在摇头的甲，捡了起来，不免看到两眼。]

[此时，有人举手向监考老师举报三人作弊，监考老师本在巡视，恰好背对，此时又恰好目睹，对甲的优秀与乙的勤奋素日有所闻，但为公正不得已先收了三人的试卷。]

丁（倒抽一口冷气）天，他们究竟知不知道自己在做些什么，我明白，我真的都明白他们是如何的想法，我也曾是个高中生，我也曾为了高考过着连自己都唾弃的日子，但成绩真的如此重要么？可我更愿意相信这只是个误会。

[甲懵了，如果有椅背的话瘫在椅背上，如果没有椅背则一手抚额看窗外。

乙将脸埋进掌心，趴在桌上，不敢看两人。

丙面无表情，默默转笔。

监考老师背对学生低头整理卷子。]

丁（沉重，叹息）我想起填志愿的时候，我填了师范，我想做老师，我想做个好老师。我想做这些孩子们回忆里的色彩，但我更想不做那些少得可怜的色彩——我想让他们回忆起高中三年全都是色彩，但站在讲台上的时间长了，我面对的那些纯粹的东西开始复杂，而我在这你的我的他的复杂里，开始疑虑，我是不是——自作多情了。

踏歌行，人未停

那是一把极烈的火。在我心上肆虐着，它钻进了连血液都顾不得的缝隙里，我好像听见我的血肉被烫得滋滋作响。

拂晓令人难过，它给万物罩了一层薄薄的灰纱，好似永远都擦不干净那样令人难过。

他在还未成气候的晨雾里留下我们最后一个颔首，便上路了。身后是人们一片窸窸窣窣的低声交谈，夹杂着孩童突如其来的叫嚷和女人们的抽噎。我站在送行队伍的最前排，听着脚底木板桥下水声的匆匆，看着他艰难地踩上恍惚如梦的船头，和灰蒙蒙的水汽一起摇晃。

我是多么想让平静的湖起大风大浪，止了这舟，让他永远活在我们的桎梏里。我的手违心地放在系舟绳上。

水鸭醒了过来，恬静地躲在芦苇丛里啄着自己的绒毛，蛋壳的细微的破碎声在人声里细不可闻，没有人注意到那只顶着蛋壳打量这新世界的小水鸭。

没有太阳的苍白的天空中，成群结队的候鸟一个劲地涌向更远处，那声音好像千千万万本书被风吹乱了，盖过了哭声、低语声。

我听到河岸边的小屋里传来毫无遮掩的啼哭，我仿佛看到虚弱含笑的母亲和喜极而跃的父亲，还有早早备下的热水和怀抱。

我动摇了。我开始迟疑。我开始问自己，为何要留他？是贪图美妙的日子，还是嫌那痛苦的时光不够久？是觉得人生苦短还是觉得这一切太快压得我喘不过气来？

俄顷，我的面上觉得暖起来。微光在灰蒙里显得矜贵又难以企及。人们停止了哭泣和低语，抬起头来，看着被湖水蚕食的太阳又一点一点重新复活，要看它再以慈悲的姿态予大地以光的福泽。

我不知何处而生的气力与勇敢使我松开了手中的系舟绳。晨风不大，但也能吹着湖水叫这小舟缓缓挪动。也不知站了多久，直到双腿发麻，看那小舟上的人渐行渐远，融进太阳方醒的梦后，我才发现，我的面上一片濡湿。

我想说什么，但已灭却的心火的残烬让我说不出话，我只好以虔诚而悲壮的眼神，看着这一幕，和人们一起看着这一幕。

你走吧，时间。

眼光

那是个太苛刻太固执的女人，在她的世界里非黑即白，任何微小的错误都扎眼得如同白裙上的墨渍，不可容忍。与她相处是件难事，好在爸妈心里都明白，故而待她也特殊，转而她对我们也说得上喜欢。

听闻她上个月患了眼疾，两只眼看东西既重影又模糊，像是这世间万物都掩了脸避开她的眼光似的。爸妈携我去看望她。往日里，只要门铃响一两声，不爱拖泥带水的她便已然开了门，今日响了五六声她才摸索着来了。平日她是个精致的人，而今她素面朝天也未绾头发，我倒觉得她好看了些。

落座后，她果然开始说起这病来。当时医生同她说了一大堆她从不曾听过的专业术语，让她稳定情绪逐步接受治疗，而她的心里有一团火在烧扰，宽慰的话也听不进去，怨着哭着回家了。说到这儿，她不好意思地笑了笑，我大约是没见过她这般笑，禁不住暗自盯了一会儿。

“后来想想，我还算是幸运的，听我老公的一个朋友说严重的人早就瞎了。算算也要有一个月了，刚开始确实不太习惯，那些东西就好像长脚一样在你眼前跑来——跑去，做事情也不怎么稳当。你看我那盆杜鹃，眼看来了，要开花了，除了我没个人去伺候。不过我老公在关键时候还挺靠得住，我口头指导，他手上实践，上礼拜它开花了，我模模糊糊看见了红影子，比往年都要红都要讨喜。喏，那红影现在还在呢。”我转身往阳台上看去，若说去年来时它是个被教育得规规矩矩的闺阁少女，那今天的它当真称得上“灵秀”二字，并没有过分地制约与刻意地剪枝，全然凭着它爱的模样长着，怒放着。它再也不用在苛刻的眼光下受着摆布，它要去爱自然，真正地做自然。而她看这世界的眼光应是也变了。

“虽然现在眼睛不好，但心透亮了，耳朵灵敏了。想想以前我一直追求的东西,那真的是完美吗?我现在也有些不明白了。我以前也不在乎别人怎么看,可是现在空闲多了,能思考的时间多了,有时候心里又会生出些懊悔来。”

我看着她的眼睛,我的眼光同往常不同,我知道她的眼光也与往常不同,大概你在看世界,世界亦在看你,而你看世界的眼光,亦是世界看你的眼光吧。

有意思与有意义

我知道你一定没有去过尤家村。

你若问我尤家村在哪里，我会指着一大片澄金如浪的稻田和几丛矮平房对你说，就是那儿。

尤一思从小就爱坐在村口望着村外的世界发呆。那时天还是瓦蓝瓦蓝的，像夏蝉漫长而无所羁绊的歌鸣一样，蓝得透进心里，还狡黠地在心墙上留下一排脚印。而她坐在参差的稻影里，坐在参差的时光里，双手托腮，想起一切该想的和不该想的事来。有时一坐就是一天。后来她觉得无趣了，便自己给自己找趣——她向来喜欢趣味浓的东西。天上飞过一只禾花雀，她就用稻叶编出禾花雀来；地上闪过一只狡兔，她便又编一只狡兔；河里游过一只水鸭，她就编一只水鸭。她知道有很多东西她留不住，于是她就用稻叶把它们的影子留下来。小村子藏不住秘密，更何况这也不是秘密，不多时，她的手巧就传遍了尤家村，孩子们都逮着空去看她的趣味之事。

这天天色晚了，金乌西坠，雀鸟们跟着归巢，而小伙伴们也都散了。照旧，她闻到了饭菜的喷香，说不清是哪家的，只是那白米糯香挥之不去，还有油盐酱醋糅合在一起最平凡的气息，这是家最原始的呼唤。踏入家门，就看到尤老爷子摆上了碗筷，招呼她坐下。一思的父母在战乱里枉死，尤老爷子一个人将她拉扯大，很是不容易。尤老爷子叫尤毅义，年轻的时候去城里打拼，后来倦了，就回来生根发芽，也带回了城里做米饼、米粉的独特做法，全村上下都很仰仗他的手艺。当然，因为老爷子的手艺，村里人很敬重他，也常帮他带一思。

老爷子给一思夹了口菜，颇有些语重心长地说道："思思啊，你大了，该嫁人了。爷爷当年在城里认识一个裁缝，他前几天来信说，他有个孙子，读过几天书，人长得也过得去，性子也好。你一直想进城里，不如就这样定了吧?”

思思的脸绯红了半边，含糊其辞地应了下来。

没过两个月，思思就嫁进了城里。孩子们照旧兴冲冲地奔到村口，却发现没有了那个破板凳，没有了那丛稻叶，没有了那些活的影子，没有了那些趣味，没有了那个尤一思。人们唯一能做的，也就是在吃上尤老爷子的米饼时问候一句：思思好不好？米饼还是照吃的，米香味还是有的，但总觉得缺了些什么，大概是快乐的影子被偷了。

日子就这样无趣地过了几年，有一天尤老爷子突然在灶间里倒了下来，这可吓坏了村里人。他们赶忙通知了尤一思。她风尘仆仆地从城里辗转回到尤家村，顾不得在村口多留一会儿，便赶到了老爷子的病榻之前。老爷子的身体撑不住，早已不能做米饼了，村里的人吃不到米饼，一个个都仿佛是没有水的鱼，难过得喘不过气。在照顾老爷子的时候，一思偶尔也会编上一些东西，但她总觉得少了什么似的——是的，少了什么，空得难受，爱笑的她终于哭了出来。

尤老爷子终于禁不住年岁的催命，在一个雷雨夜撒手走了，而在悲恸过后，一思重又离开生她养她的伤心地，回到了城里。

尤家村的日子还得过。但没有了编稻叶和米饼香的尤家村，没有了尤一思和尤毅义的尤家村，恐怕也不再是那个尤家村了。

爱玲与花樽

一

“我们玩个游戏。”她跛着左脚挪到我身边，“爱玲与花樽。”

这是爱玲同我说的第一句话。

二

梅雨来得太迟了。

这偏僻的疗养院，笼在一种将死半死的郁热里。半掩着的门外，307号房的那个耳聋的孩子在肆无忌惮地拍着皮球，它与地砖每一次冰冷的亲吻，都和着我衰竭的脉冲，企图敲响我床头的丧钟。

看得出来，爱玲的心情有点稠。她狭着眸，侧坐在杂乱地堆着痰盂、水壶和脸盆的飘窗上，晃着她悬空的跛脚。爱玲的眼睛很古典，细长而生媚意。她的眼神有酒液入喉时的润辣，热烈又疏远，带着一种致幻的意味。我看着她，心里爬出一种惶扰。她走了过来，坐在床沿，痴痴地端详着我，仿佛我是一个花樽，装满了爱人的忠诚。

哦，是了，我现在就是个花樽。

大概是在常年寂寞的驱使下，我一口就应下了她的无理要求，从三个月前开始扮演一个沉默而矜贵的花樽。除了进食与排泄，我几乎从不离开这张脏臭的病床，而这两样人类的生理需求也被她戏称为“为花换水”。

在最初的一段时间里，我像泡在苦水里，浑身上下是最煎熬的痒痛！我不停扭动身体，妄图把痛苦褪下来，可怜的是——痛苦从来不是衣服。爱玲坐在床沿，做出熨帖的笑，告诉我：“但凡花樽，必经烈火。”

在躺着的日子里，爱玲不离我左右，我不知道是什么样的东西支撑着她。有时我想，爱玲是这世上最恶的人，不由分说地掰开我心里那锈迹斑斑的铁栅栏，一瘸一拐地在我这小天地里温柔地横行霸道。可有时我又想，爱玲是这世上最好的人。三个月下来，我的身体变得邋遢、浮肿、虚弱、迟钝、麻木，但这种违背自然的生存状态却让我觉得刺激而满足。我在精神上逐渐生出了一种自由而超脱的灵逸。

她苍白的手放在发黄的床单上，歪着头笑，显得比我要更为病态。

三

在我习惯成为花樽的日子里，思想与灵魂的游走成了我在人间苦海里的唯一稻草。爱玲常说，凡世的花樽在昼夜不息地自言自语，这些言语在心肺里酝酿，化作“吞吞”的水声，有慧根的人能借着天光，看到透在瓶身上的水痕。

我的感官变得极为剔透。我听着一只苍蝇叮着痰盂边，时不时振翅，发出单调的惹人心痒的动静。我想这苍蝇的身体里蕴藏着怎样一个浩大磅礴的宇宙，能支撑它和千千万万的苍蝇们嗡嗡共鸣。我闻到了爱玲发间热烘烘的油香，有些抗拒又禁不住去嗅。这油香不易呵。它拨开浓密的发丝，游进脏臭的空气，挤开旁的杂味，拼尽浑身气力向我靠近。我的心脏又一阵痉挛。我看到一股沸腾的浊气，在我的身体里迂迂回回。它被我的红细胞围住，逼进角落，哭丧着脸大喊着“我要回家”。我发出一声嘶哑的笑，嘴角咧得生疼。

爱玲转过身来看我，她也笑了。

爱玲说，她看到，从我的身体里，开出了最哀艳的水仙。

四

我的身体一天不如一天，我的瓶口却日渐变大。我贪婪得像个猪笼草，巴不得把所有晃过我眼前的东西都吞入肚里，好好疼爱一番。我抑制不住对这个世界的眷爱、狂热与嫉妒。我庆幸我只是个不能动弹的花樽，而不是火烧金阁寺的林养贤。

我知道我时日无多，但各种混杂的强烈情感狂暴地撕扯着我，让我瞪大着满布血丝的双眼亢奋地看着这个世界，做着垂死的抗争。

今年的梅雨来得太晚了。直到今天，疗养院的几百扇残破木窗一齐被大风吹得“哒哒”作响，我才找到了真正的轰鸣的夏感觉。

308 号房的瞎寡妇撕心裂肺地大哭起来，我仿佛能看到，她伸着手，在漫无边际的黑暗里跌跌撞撞——“别丢下我！”——“这里太黑了！风太大了！别丢下我！别！”

而 307 号房的聋孩子正酣然睡着。

我一阵战栗！

多日未眠并未让我萎靡，我兴奋得不住地打战，牙齿发出咯咯咯的碰撞声，像是花樽重心不稳原地打晃的动静。爱玲穿着一件黑毛巾布旗袍，一脸平和地站在湿漉漉的大风里。

无声的重云暗暗攒动，酝酿着惊雷。我浑身如火烧般，灼热的疼痛麻痹了我的神经，我感到前所未有的亢奋，身下的病床不再是病床，而是煌煌的高地！

闷雷！

我连同床猛地一抖。

我张大着嘴，用气声狂笑着，我从未想过，这将死的痛楚竟是这样美妙。

308 号房的瞎寡妇不断被旧茶缸、脏痰盂绊倒在地，在突如其来的雨声里高叫着，恸哭着。老鼠被她吓得四处乱窜，奔过她的手背，又是一阵近乎昏厥的惊叫。聋孩子又沉沉地翻了个身。

我已忘了我是一个人，我也忘了我是一个花樽。我不知道我到底是什么！我只知道，我要回到我的天地与自然里了！我想大笑，可我发不出一点声音！爱玲远远地看着我，目光如酒，疏远而又热烈。

惊雷！

老鼠乱窜之间，弄翻了 308 号房的小几，那个她丈夫留下的花樽，一头栽在了地上，脆然地和着惊雷。

我无法感受到我自己的质量，我像爱玲发间热烘烘的油香一样，游进了空气里。可我闻不出这空气是多么脏臭。我的感官被剥夺，我百无聊赖，我恐惧，我想象着自己流着泪向爱玲伸出手。可我流不出泪。

迟梅雨从窗口打进来，她的黑毛巾布旗袍湿了半边，显得很滑稽。爱玲走到了我的面前，面无表情，圣洁地在我冷汗涔涔的额上蜻蜓点水般一吻。

五

雨停了。

我的遗体已经被收走了，取而代之，另一个陌生人转进了我的病房。

爱玲也走了。

我惶恐地张着嘴，走投无路。

倏地，房门开了，我看到了我最熟悉不过的爱玲的跛脚。

“我们玩个游戏。”她跛着脚挪到陌生人身边，“爱玲与花樽。”

看了吴钩

（独幕剧）

人物

秦却——大将

赵存——伙夫

军营伙夫等——伙夫甲、伙夫乙

景

离军营不远的河边（子夜）

连年的战火烧到了床脚，烧到了眉梢。朝代过于频繁地反复、变更，让人们干脆忘记了国号与年号，无人知晓，那坐在金澄澄的龙座上的人，还是不是原来那张脸，还是不是原来那个姓。在这历史的夹缝里，群雄并起，横冲直撞，是个男人都想成就一番霸业，去摸一摸真龙口衔的明珠。

而今夜，不过是这衽革枕戈的大时代里，最朝生暮死最似蜉蝣的一夜罢了。

月光惨白（通过灯光控制）。

漠北苍茫的草原上横亘着一条寂寞大河。不，是小河。蜿蜒如蛇，带着些苟延残喘、要干涸的意味，不过，稀稀拉拉的还算绵延不绝就是了。

极远的远方，有思妇。那些大把大把的令人枯肠的哭唱，被夹卷在带雪的朔风里，如冷刀般划着猎猎军旗。

此时灯光渐渐引向近观众席的右手侧（左右以演员为准），作出乌云蔽月之后云破月出的感觉来。最后定格在正中偏右黯淡下来。台上一片漆黑。左侧所置的军旗与营垒剪影，间或传出的疲惫不堪的军士的鼾声与思妇的哭唱纠缠，磨人而断肠。此时更加一层凄绝的狼嚎，一时间三种声音响作一团，不可开交。

[倏地，万籁俱静。灯起。打在之前黯淡下来的地方。伙夫赵存正一声不吭地坐在河边刷锅、磨刀。军旗下，大将秦却上。秦却着一身厚重的银鳞甲。银鳞甲擦得很亮，寒光咄咄，玄色的袖早已洗得发白，上面爬满了暗红色的洗不去的血迹。他并未佩刀，但眉宇间刺出的杀意似乎比刀用起来更上手。]

秦　却　（沉着脸色，抬头望月）好凄冷的漠北。（搓起手来）

赵　存　（打着哆嗦抽了口气）嘶——是啊。冷啊！

秦　却　（一惊，定住脚步，正欲拔刀却意识到自己不曾佩刀）何人？

赵　存　大哥，是我！

秦　却　（戒备地近前两步，直到看清月光下赵存惨白的脸，才暗暗松一口气）是你啊。（忽而厉声）半夜三更，私自出营，不怕别人说你有通敌之嫌吗！

赵　存　（丢下手上的锅，立即起身，委屈老实地）大哥，不是，我……我在刷锅，锅口都垢了一圈灰……刀也钝了，我给磨磨……大哥，我真不是奸细啊！

秦　却　（长叹一声，走到赵存身边，拍拍他的肩，示意他坐）是啊，将士们都多久没吃过肉，多久没饱过了。（突然抬头，长望远方那座孤城，露出自我安慰的强笑）你看他们！（抬手指去）不出三日，他们就一颗稻谷都没有了，到那时，我连城门都不用敲，他们自己就乖乖打开了！

赵　存　（面上露出局促的笑）大哥……

秦　却　（没听到似的，目露精光，声音因为贪婪与渴望变得颤抖、高亢）接着我们一鼓作气，举军西进，攻五城、扫六郡，直取王都！到时候就拿那皇帝老儿的脑袋给你当锅使！

赵　存　（为难地）大哥，我们的粮草撑不过三天了……

秦　却　（故作耳聋，继续沉溺于自己的宏图伟业之中）阿存，你看，你看，你看！你看！（指着月亮的手指晃个不停，眼里的绝望在月色的惨淡里明明灭灭，声音也低了下去，似乎装不下去了）阿存，如果我们活了下来，如果我们真的胜了，大哥绝不会亏待你，你不用再做饭了，不用再受苦了！我们回到小时候的那片蚕桑地，把爹娘的遗骨好好安葬，盖一座茅屋，务农、打鱼，远离这鬼地方！

赵　存　（眼底闪过一丝动摇与迷惘）不，大哥，你是要成大事的人！

秦　却　（自嘲地一笑）可这短缺的钱粮，这散乱的军心，这虎狼般的敌手……我秦某人没有成大事的运道。（察觉到赵存的失神，又改口）不，男儿不改姓，我姓赵！

赵　存　（手上没事做，显得尴尬，于是磨起刀来，听得人牙酸）大哥是有抱负的人，为了大抱负才背井离乡，忍辱负重地改了姓。如果不是大哥把我征入伍做伙夫，我早就和爹娘一样饿死在家乡了。这几年我跟着大哥，大哥的英武可是一等一的！在阿存眼里，大哥不管姓秦还是姓赵都是好汉，都是英雄！

秦　却　（在赵存肩上重重拍了两下，拍得赵存重心不稳，从衣襟里掉出一块发黑的腥气十足的肉干。立刻变了脸色）怎么回事？啊？你怎么私藏肉干？

赵　存　（眼疾手快地想要夺回，却失了手）这是……这是我留给大哥吃的……

秦　却　（狭起狼眸）肉干的配给都有记录，你应该是分不到的，说，这肉干哪里来的？

[赵存被吓得战栗，僵持良久，才不得已地放下刀，撸起自己的裤腿，上面有一块大肉刀的剜痕，赵存低下头不说话。]

秦　却　（惊得跳起，一时说不出话来，又猛地愧怍地捉住赵存嶙峋的肩，使劲地动情地摇着）是大哥对不住你！（抄起赵存的刀，往自己胳膊上一放，欲割）大哥这就还给你！

赵　存　（吓得抢走了刀，扔在石滩上，刀又滑入了长草里。他松了口气，又瘫坐在地）大哥你是何苦啊！你一个人身上肩负着弟兄们的性命！你这个要名垂青史的大英雄怎么能——

秦　却　（见一切在掌握之中，松了口气，也坐了下来，抹抹后颈的冷汗，为方才后怕，静默一阵）名垂青史的大英雄——（悲戚地冷笑）史书是不讲道理的，是赢家的游戏，有奶就是娘。而对于最终落败的人，这年复一年的抛头颅洒热血，不过是图个热闹，当个陪衬。

赵　存　（也跟着悲戚起来）哎……

秦　却　（拔起一根长草，落寞地在手里玩弄）我从小就恨史书，都他娘的是糊涂账！一页两页的，都是战士们的血肉捣成的浆，上面的墨都是千千万万根骨头磨的粉！就这么轻描淡写地翻过去了！我憎恶战争，我憎恶死亡！可我只有选择战争，我没办法，我没办法，我真的没办法——因为我要活，我要活得好，我要活在他们头顶上，我要活在所有人头顶上，我要活在史书头顶上！我要让——

[话说一半，却被军营里一声锐利得足以破天的狂嚎打断，二人同时愣住，面向观众，脸上被浓黑的惧色占领。狂嚎很快又被打断，取而代之的是一阵兵戈战栗的共鸣声，接着，肉与肉、拳与拳的碰撞声加了进来，再接着，凄厉的哀叫响彻天际，此起彼伏。营啸！秦却从来没有想过这样的邪事会发生在自己的军营里，更没有想到瘦如髑髅、说话已经细声细气的将士们居然会爆发出这样惊人的战斗力。他滞在原地，心里一下乱得很。他忽然想到，如果有这样的战斗力，大可以直接冲入孤城，杀那些老弱病残一个措手不及、片甲不留，他决定再观望一阵。不知是恐惧还是狂喜，他冷汗层出，双眼圆整，极为亢奋。不知站了多久，军营里的声响渐渐平息下去，他腿一软，跌倒在地，身边是面无人色的赵存。满腿是血的伙夫甲、乙由左边跑上。]

伙夫甲　（慌乱地）将军！救命啊！救救小人！

伙夫乙　（脚下打滑，追着叫骂）你个混账东西，只会把兄弟丢在后面！

秦　却　（整理情绪，强加给自己一线希望）军营里……怎么样了？

伙夫甲　（气喘吁吁）除了我俩，全，全都……

伙夫乙　（追上了，也喘着气，抬起脚补充）将军您看，血都漫过脚踝了！

秦　却　（濒临崩溃）不——不——我不要学楚霸王——我不要——（红了眼）你们滚！你们滚！

赵　存　（还未从营啸的恐惧里抽离出来）大哥，大哥！振作一点！（没有底气地）我们投降吧？

秦　却　（难以置信地）你说什么？

赵　存　（鼓起勇气）我们降吧！

秦　却　（狠狠啐了一口）我呸！大丈夫顶天立地，怎么能折腰！（不知是该对谁发狠，只能对自己发狠）你已经没了这些子弟兵，你拿什么去面对家乡父老？天要亡你，要亡你，亡你啊！——拿刀来！

［赵存默默献刀。］

秦　却　（意料之外，找不到恰当的表情来表达自己的情感）你——阿存——真是我的好弟弟！（仓促地抓起刀）多谢！（横于脖颈前，用力一划，为自己的生命做了一个草草的收场）

赵　存　客气了。（掰开秦却手掌，取出刀，将刀口上的血迹舔净）

伙夫甲　（喜上眉梢，谄媚地）恭喜大将军！有了军营里的那群人，粮食不成问题了。

伙夫乙　（不肯落后伙夫甲似的，摩拳擦掌）是啊是啊，咱们潜伏了六年，终于好交差了！

赵　存　（蹲下身，面上的恐惧早已消失殆尽，平静地在河里洗着刀）好了，去罢。

伙夫甲　（机灵地）哎，是！

伙夫乙　（不服地）等会儿我做的肉干一定比你多！

［伙夫甲、乙告退后，转头就往军营跑，只剩赵存在秦却的尸体旁洗刀。］

赵　存　两姓贼，你的热闹，也该结束了。

［幕落。］

未完的故事

这些故事都未完篇，也许没有结局才是结局。我不知道从哪里冒出的这些故事，但我抑制不住地写了，但又无法写到终点，也许，明天还会续写……

浮生乱

【楔子】

冷月初上，狭窄的山道上覆着一层清软寒骨的白雪。

女子衣衫单薄，孱弱的身躯颤巍巍地抱着一把素琴，一面小心翼翼地用湿透了的衣袖拭着琴上的落雪，一面艰难地行在崎岖的山路之上。

“好冷……”她禁不住一个踉跄撞在了山岩上，背后抵着寒月冬雪，面色苍白，冻得有些泛青。虚弱的眼神透过鹅毛大雪，隐约间一个朦胧的轮廓就着清冷的月色勾勒出来。

这座破庙已有数年无人问津了，厚厚的沉尘沾着大雪的湿气夹杂着一股刺鼻的霉味扑面而来。女子恍恍惚惚抚上了残破的庙门，几丝蛛网颤颤地垂在眼前，她下意识搂紧了怀中的琴，一下子栽倒在了发霉阴湿的碎草上。

“呜……”耳畔幽幽响起一声轻弱的狐鸣，她吃力地用手肘撑起身子，朦胧间看见一只雪白的小狐冻得发颤躲在佛像底座旁。一双无瑕的龙眼般的黑瞳里闪出了几分哀怨，女子愣愣一怔：这与那年举目无亲甚至十多年来都没有名字的自己，眼神好生相似。高高束起的青丝掩在眸前，将小狐雪色的皮毛遮去一半。冻得发红的手还是秀气得很，艰难地伸着，却意外地触摸到靠近的它的体温。

女子的唇角露出了一丝暖意，呼出的白气模糊了小狐的黑瞳。

小狐呜咽两声，顺着女子的臂弯钻入她怀中，女子却搂着小狐缓缓坐起，虚弱地轻轻放好琴，浅浅叹了口气，宽慰地笑着，用冰凉的掌心顺了顺狐毛，道了一声：“我时日无多了，弹首曲子与你可好？”

拂去琴弦上的冰冷，凉红的指尖抚上琴，颤抖的音断断续续，倚着破庙那根布满灰尘的擎柱，叫人断肠。

小狐蜷缩在女子的怀中，靠在薄薄的衣襟上，听着她心尖愈来愈轻的吟唱，直到最后一刻，世界静谧无声。

【第一章】

恰逢四月，轻烟袅袅，翠色掩映的群山之中，坐落着一小片修竹，林子旁卧着竹板盖起的屋舍，不远处的那个小村村民都将自家小儿送来念书。教书的是位叫阿竹的女先生，听说是京城官宦之家的大小姐，却丝毫没有千金的架子，谦逊识礼，温文尔雅，当真有夫子的风范。先生喜竹，就是这小而儒雅的书塾也是倚着竹林，更添几分清雅之气。

浅色的窗边传来一声声朗朗的“桃之夭夭，灼灼其华”，伴着阿竹轻而缓的脚步声，挠得窗畔之人的心好不安生。一袭白衫上沾了几片翠色竹叶，长至腰际的银发柔柔垂在肩上，那支刚采的粉嫩桃花持在指畔，衬着那双墨色眸子静而远，为何不再多几分恰如其分的顾盼生姿？白衫人略显苍白的面庞上仿似带着几丝书生的矜持。

“这不是陆公子么？又来看阿竹啊。”身后传来一个响亮的女声，陆离直起腰转过头去，是那村子里的李嫂正抱着一只毛色鲜亮的老母鸡笑着打趣。他的目光刹那少了几分矜持，忍着不去看她怀中的老母鸡，微微一笑：“李嫂，这么早。”老母鸡的眼神中忽然平添几分机警与恐惧，“咯咯咯”地叫了几声，使劲往李嫂怀里钻。

试问天下哪只鸡能勇敢到直视狐狸而浑身不颤一下？

陆离觉得口中生津，咬咬唇克制着，又是书生气地拱手一揖，浅笑道：“忽然想起家中还有一事未了，李嫂来日再聚，陆离先行告辞了。”李嫂爽朗地大笑，看着他颀长而有些刻意掩饰住的慌乱的背影，只道是因为提到阿竹而害羞。

清晨的山间静谧得不可闻其声，偶有树枝被踩断的清脆声响充斥在林子上空。陆离一边在心中暗念着刚刚那只油水甚足的老母鸡，想象着它乖乖坐在砂锅里呈现在自己面前，伴着当归的药香和红枣的清甜，顿时垂涎三尺，刚刚佯装出的矜持完全蒸发。

他又想到临走时那母鸡挑衅的眼神，气鼓鼓的双颊涨得绯红，用力一碾地上湿滑的苔藓，脚下却忽而一滑，山间空来的清风掀起一袭白袍，狠狠地在锋利的石尖一划，清脆的碎裂声还未来得及响得透彻，整个人就已重重滚落下坎坷不平的斜坡，雪色上沾了好几抹浓浓的苔绿。

“嘶——”陆离未曾挪动，靠在林坡上发出一声抽痛声，后背被细碎的石子紧紧抵得生疼，他有些吃痛地抬起右臂习惯性敲敲脑袋，却发现细腻平滑的肌肤上煞风景地多了一道不浅的口子，血汩汩涌出，沾湿了一大片衣袖，黏稠得令人难受。

“老天有眼无珠伤了我这般乖巧可爱与世无争的小狐狸！”

——陆离蹙起眉头嘀咕着，自怜般地望了望那道伤口却又带着几丝愤恨瞪了上方一眼。

“轰隆——”

刹那间，雷声四起，不偏不倚地那一道焦雷落在他跟前的一棵茂盛的冷杉上，自上而下，冷杉被硬生生地从冠尖分劈为几半，以一种莲瓣绽开的姿势向四周倒去，陆离一惊，也顾不得什么煞风景的伤口和浑身上下的疼痛，用力向左翻滚而去。眼前恍然掠过一片模糊眩晕的深浅不一的绿色，素来是重点保养对象的光洁额头重重地撞在了另一棵树干上，顿时失了知觉。

殊不知层层冷云之上，神情得意的雷公一扬嘴角，目光犀利如针："叫你这小狐狸骂天，待你到五百年大劫时有你好受。”一旁传来电母蹙眉道他心太狠的声音。

视野中闪过昏沉的晕黑一片，林间穿过四月初尚还带着清冷的山风，掀起耳畔的一片窸窸窣窣，掠过额前泛起几丝凉意，瘫在长满青苔的山坡上，缓缓抬起破了一半的衣袖，拭了拭额头，顿觉几分痛意袭来，脏了的衣袖又染上一片红。

陆离忍痛垂眸，深吸气，倚靠着身旁害他不浅的那树干踉跄站起，怨念地回头瞥了眼那一地焦黑，又念起自己这一身的伤痕累累，重重地“哼”了一声却换来胸腔内一片疼痛。他捂着胸口满面愁容却自己默默在心中安慰道："没什么没什么……我混日子也混了五百年了还用得着和这小小的天雷计较么？啊——对了——嘶——”因为兴奋过度地一击掌，陆离浑身有一阵痛楚的战栗,“十几年前和谁打过什么赌还赢了只鸡,倒是忘记去取了,下次要……”一提起鸡,那双墨瞳顿时灿灿起来,仿似映出了一锅满溢的鸡汤,油光水滑,顿时口舌生津,正当鸡要入口时忽而一声断断续续的啼哭打断了他快要淹死在鸡汤中的思绪。

不轻不响的声音好像就在身后,陆离一撇嘴,心道:是住在破庙的那傻姑娘又不认得归去的路,还是村口那刘家嫂嫂这个月第三次丢了丝帕?摇了摇头仔细一听,又不像是女子的嘤嘤哭泣,倒像是——婴儿的抽泣?

陆离先是怔在原地,随后鞋底在焦土上蹭了又蹭,咬咬下唇思忖着,这是谁家的……?这荒山野岭,穷乡僻壤的,也只有阿竹书塾旁的一座村落才有人家。村子里有身孕的只有陈家新媳,不过瞧那架势也只有五个月,不,绝对不是陈寡妇的,那么是王大娘……别逗了。思前想后,将一个个可能性全部排除,最后一点耐性也被磨光了,咬咬牙准备一走了之。刚刚艰难迈出的步子却被婴儿忽然响起又转瞬即逝的啼哭打断,陆离无奈多于悻然地转了身,蓦然瞥见襁褓之中一个月余的婴孩用粉嫩的小脚不安分地蹬着,小小的藕臂也空抓着,时不时传出两声抽抽搭搭。

他眉梢一挑,看着襁褓那红纹祥云的锦缎在黑糊一片的焦土的映衬下格外刺眼,陆离还带着对天雷的顾忌做了半天内心斗争才慢慢接近。

婴儿方迷糊地睁眼,便看到面前出现的一张神情怪异的脸,“哇——”的一声大哭起来,不安地摆动四肢,自然,对他来说俊美并没有什么太大意义。

“喂喂……你别哭啊……我长得很惊悚么……你倒是给我回答啊!”素来对于面容自我感觉极度良好的陆离不以为然地顾不得疼痛叉着腰,俯身用他自认为最有震慑力的神情赌气似的为了个不会得到答案的问题逼问着。

倏忽间,额上徘徊已久的一滴狐血毫无征兆地落入婴儿因啼哭而张大的口内。

哭声戛然而止。

周遭草尖露珠早已被天雷烘干不见,留下一片黯淡的枯黄,不知为何,今天林子里静得诡异。忽而静谧的环境显出几分突兀,只剩下花容失色的陆离对着正咂嘴的婴儿手足无措,恨不得能使劲摇晃他说:“你给我吐出来吐出来啊！”

“完了，这辈子都赔给你了，小鬼。”陆离一下子瘫软着坐在一片焦土上，未曾在意心爱的白袍衣袂上又多了几道黑色的痕迹。听到婴儿无意地发出一两声欢笑，便咬牙切齿隔着厚厚的襁褓掐了掐婴儿白花花的小手臂，抓狂着用另一只爪子用力在旁边的一棵树上划了五道爪印，“不必谢……！”

【第二章】

就这般愤懑又无奈地在那片焦土上消磨青春直到晌午，陆离才不得已地直起坐得麻木的双腿，下意识地细致地将已经惨遭一场浩劫的白色衣袂抚平，缓缓来到婴儿面前，又一次艰难地弯下了腰。

他微微上挑的桃花眸仍带着几分不情愿，直勾勾地对着婴儿盈盈灵动的黑瞳，如同对着寒夜之下纯净无瑕的两泓清潭。

“不得不承认，小鬼长得不算讨厌。”陆离默默念道，那句“挺可爱的”在成形之前已经被他的小爪子不留情地果断抹杀。

“啊——好讨厌！”他忽然直起身，别扭地将十指插进银发，用力蹂躏之，高频地摇晃着脑袋，然后瞬间放下双手，深深叹了一口气，“没办法，小鬼跟着我混罢。”

一想到以后那漫长的日子身后会跟着一个拖油瓶，陆离又重重地一叹气，手却不自觉地伸向婴儿，有些笨拙地将他抱在怀中，倏而掠过林间的凉风让他不由得将婴儿又往衣衫里紧了紧。

村子傍着迤逦的群山，家家户户多靠耕种、饲养家禽为生，村里有几个壮年男子隔几日晨初出猎，傍晚多能为村民带回些收获。心灵手巧的姑娘们时不时做些女红，送去山外的集市上换些日常用品，这不，赵家未过门的媳妇就有双令人羡慕的巧手。日子虽不富饶，倒还算淡而有味。

陆离混日子混了近五百年的小山洞，就隐蔽地藏在最靠近村子的山南麓。

在山路上颠簸了一段时间的踉跄步履忽然停下，怀中刚入睡的婴儿像是被惊醒了一般，懒懒地半睁着惺忪的眼，发出了一个轻细的声音后又往怀里钻了钻。已有人高的翠草严实地挡住洞口，陆离瞥了瞥怀中又睡得香甜的他，无奈地吐了口气，用衣襟将他裹紧，不让丛草碰到，另一只手拨开，微微弓身钻了进去，挡去一片柔软的春阳。

视野一下子变暗。洞内并不窄小，玄色的石壁粗糙不平，挂着丝丝水露；山洞顶部并不高，一个不起眼的小角落上方有块不大不小的空隙，静静漏下缕缕掺着树影的天光，倒有几分邈远沉静之感。洞里有着一张简陋的石桌，是一整块石头慢慢打磨而成，陆离自称是闲来无事时消磨时光的，可谁知那又是多少年呢。细细辨听，有轻细而缓慢的流水声悠然近了耳畔，是那块空隙临着的溪涧，偶有浣纱女的清歌会随水而至。

陆离将怀中的婴儿轻轻放在石桌上，才感到浑身泛麻的酸疼，一摸额上的血，已经凝在了伤口周遭，却依然不减痛意。听得耳畔的流水声响，陆离便想着要去溪畔清洗伤口。又看了一眼桌上睡得正香的婴儿，不由得沉下了面色：虽说自己的山洞隐蔽，但婴儿甜美的味道终究瞒不过这群山之中的其他妖物，万一出了什么事……“不是谁都像我这么好心的。”陆离先是在口头上毫不留情地肯定了自己，随后又换上一脸无奈抱起他弓着身子出了山洞，只不过这次的动作多了几分熟练。

水流的淙淙声愈近愈响，清冽生脆如鸣佩环，这小溪并无什么名字，但久而久之也就被村民们唤作“村前小溪”了。沿岸布着大片大片浓淡不一的绿，每至春归，漫山遍野的野花便是从这儿蔓延开来的。

婴儿被轻轻安置在岸边草丛中突起的大石块上，陆离蹲下身来，染上苔色与泥土的白袍下摆铺开在草上，像是抹着满园春色的扇面，他伸手将长长的银发拢了拢，垂在一侧的银发在缕缕春阳下泛着并不刺眼的温润光泽，挡住了左眼的视野。捧起一掌心的清浅的四月溪水，他微微低头将额上的伤口小心翼翼地浸在凉凉的溪水之中。伤口火辣辣地发疼，陆离不由得抽痛地轻叫了一声，却又下意识地转过头去，看到岩石上还睡得香甜的婴儿，忽而松了口气，接着便鬼使神差地压抑着自己一声不吭，再痛也只是死死咬着下唇。多少年后陆离还是用未变的容颜、未变的习惯对他说了那句“现在想想，早在当年就不自觉把这辈子都给了你”。

直到伤口周遭的血渍被流水洗净，陆离才直起麻得快无知觉的双腿，以一种近乎侧卧的姿势瘫坐在婴儿躺着的石块上，整了整衣摆。他弯起左手臂托着下颚，几缕树荫中滤过的光线映着他的侧颜，也在石块上洒下深浅不一的痕迹。婴儿忽然发出一阵含糊不清的声音，好像在笑？他小如玉碗的面上一双黑瞳灿若星辰，又好像氤氲着溪涧水露，纯净之极。

“年轻真好。”陆离伸出手轻轻捏了捏婴儿的面颊，原本还有些赌气的眉间不知不觉舒出了笑意。蜷缩在襁褓里的他也不曾畏惧，像是早已熟悉这般气息一样，只感到面颊传来一阵惬意的微凉，不由得仰了仰颈凑了上去。

“嗯？小鬼很可爱嘛。”他怔了怔，苍白的脸上禁不住漾起一片笑，又起身用肘部撑着石块，却不觉石面的冷硬，饶有兴趣地腾出了双手一起朝着婴儿的脸上轻轻捏了上去。自此婴儿在陆离心中的印象从“麻烦之极”颠覆到了“温顺乖巧”，如此天翻地覆的差异今后怕是还有，这些都是后话，多年后我们沏杯茉莉香片再慢慢品。

忽而听到一阵不轻不重的脚步声，翠草发出窸窸窣窣的轻响，陆离敛起温若春阳的笑靥，猛然起身，将婴儿环入怀中，背对来人，双眸之下暗波流动。

“是我。”听得出那女子满腔的笑意，她看着陆离立得挺拔的背影，用宽袖掩了掩满面笑容，却又忍不住差些弯了腰。

【第三章】

那人的声音就像是竹片在风中碰撞的清响，熟悉之极，陆离禁不住双肩微颤，唇角抽动着缓缓转身，紧抱着怀中的孩子，用一种幽幽的眼神望着面前的阿竹缓缓道：“我的好姐姐，你可吓到我了。”

狐是一种天生警觉的动物，不论修炼多少年，这种本能早已扎根。

“阿离——”当她的视线扫到他怀中的小生命时，面上粲然的笑意倏而凝固了，口边的话语也未接下去，有些支支吾吾，“他——”

陆离微蹙的眉间透着不解，再顺着阿竹的视线低头一望，一脸的豁然开朗：“这小鬼么？”他的唇畔不自禁地绽出一片笑意，连自己都未曾察觉，“今日偶然捡来的。”说着还用纤指点了点婴儿的鼻尖。

阿竹看着他这副不知真假的熟稔模样，微微一怔，随后又上前了两步，便是这小小的两步也透着读书人的样子，看得陆离有些忍俊不禁。“你可是要将他抚养成人？”她的语气中带着些试探的意味。

陆离扣在襁褓上的手指不禁紧了几分，面上却仍旧笑着，一言不发地凝视着婴儿清潭般的瞳仁，心不在焉的模样。婴儿伸出小手，笨拙地想拉过他胸前的一缕银发，却抓了个空。陆离挑起自己的一缕发丝轻轻地搭在婴儿的手边，然后缓缓抬眸，道了声：“我们俩之间的羁绊百年间怕是磨灭不去了。”

阿竹顿时注意到他额前刘海隐隐泛红，伸出手撩起一看，一片浓晕的血色，再下意识地一看婴儿唇间那一点红，有些失措地小小后退，但很快稳住脚步，面上带着几分长辈的严肃：“你真的准备认命么？”

“阿竹姐姐果然还是将我当年说的那个故事当真了。”陆离颔首微微朝着莫名的一个方向莞尔。

相传百年前有个道士曾与狐王结下不解之缘，久居于狐族之中，却因一场变故与狐王恩断义绝，个中关系旁人无从知晓，后人只道那场变故是自一盏琉璃灯而起。道士重新过上云游四海的生活，不过每当他经过城镇便大肆宣扬灵狐血的妙用，三百年能妙手回春，四百年能延年益寿，五百年即可永生不老。在此之后的十几年狐族草木皆兵，葬身刀下做药引的狐狸无数，不论多少年的狐，逮着一只算一只。实为对狐族的一场浩劫。

“但那是真的不是么？”阿竹微微蹙起柳眉，轻轻叹息，“只是你不愿面对而已。”阿竹是曾听陆离说过他的父母也是因那场浩劫而死于非命。

“确是。”陆离沉了沉目光，又低头望了望婴儿唇间的一点红，道，“既然他的唇已沾上我的血，我须得遵从天命守着他的一生。”阿竹也从陆离那儿听过狐族的不少奇闻逸事，也知一旦男婴饮了灵狐血，须得自五岁起每五年服一次以狐血为药引的奇药，直至束发之年，一次不可少，如若不然便会命丧黄泉。她知陆离生得一副软心肠，却又听得陆离道了声：“自己种下的孽果总是要自己尝的。”

“若我记得不错，今年你修为刚满四百八十载，二十年后便是你五百年大劫，这十五年间定会扰乱心绪和精气，要是你——”

“姐姐不必担心，这四百八十年我不是挺过来了么？”阿竹面露担忧，看了看难得开口打断她的陆离，“现在多了一个人陪我，也很好。”他的眸间不自觉地流露出几分不轻易的温柔，和着清风流云。

阿竹沉吟了一会儿，又重新开口："就在晌午，李嫂夫家的妹子临盆了，是个女孩儿，不如把这孩子先送去他们家，夫妻俩都爱孩子，他不会吃亏的。"

"姐姐——"陆离蹙起眉头，以为阿竹还是不愿自己抚养怀中的婴儿，却看到阿竹的眼底闪过一丝无奈，阿竹向他道了一句："母乳你有么？"

陆离怔住了，这次想到了刚遇上孩子时自己偏偏忘记了快要临盆的李家二娘，哑口无言，半晌唇边才蓦然漾起一抹笑意。

两人又重归了谈笑，穿梭过一片淡淡的山岚，阿竹似是想起什么，不曾停下脚上的步子，踏过一片坎坷的满是大小石块的缓斜坡，望着陆离怀中睡得安详的婴儿问道："这孩子可有名字？"

陆离一愣，低头看去，轻轻咬着下唇摇摇头道："还未来得及起，只是小鬼小鬼地唤着。"后半句被他自觉地咽下肚里，但又换上满是笑意的面容道，"可否请姐姐赐名？"带着些故意装出的狡黠。

阿竹向他投去一瞥，道："这可是要与你一世牵绊的人，还是你取为好。"

"让我想想。"陆离无奈地一挑眉，做出苦思冥想的神态来，忽而心生一念，学出文人墨客的模样微仰下颌，好像意气风发的青年才俊感慨油然——

"横柯上蔽，在昼犹昏。云中谁寄锦书来？"

阿竹面上本是充盈了几分欣赏的期待，但听完陆离的吟诵随即用袖间一本不薄的《诗经》敲在他的脑袋上："背错了，骈文接词，亏你想得出来。"语带几分恨铁不成钢的意味。

陆离撇了撇嘴，腾不出手来揉揉脑袋，便轻声道："昼云这名字不好么？"听得身旁轻轻地沉吟片刻，她缓缓道："倒也不是不好——"刚想道陆离不曾用功，却看到他俊美的面容上满是怨念地伸手在婴儿脸颊上轻轻画圈，心头软了半截，不由得舒了舒秀眉。陆离见状赶忙抬眸补问一句："便叫昼云可好？"阿竹蓦然笑了，道了声："这是你的孩子，你定就是。"陆离的面上倏而沾上绯红，心尖腾起一种莫名的喜悦，愣愣低头唤着："昼云……昼云……"

【第四章】

刚近村口便看到李嫂风风火火地抱着她最宝贝的那只老母鸡全村挨家挨户地说着夫家妹子刚诞下了个女婴，虽说不是男孩，却也是块心头肉，叫李嫂心里疼爱得紧。看到陆离满身伤痕的模样，赶忙上前拉着他的宽袖前前后后地看，一边担心地说道："哎呀陆公子怎么搞成这样了？……"两人这才发现陆离偏偏忘记换身衣裳再来找李家二娘。

"路上不小心摔了一跤，多谢李嫂关心。"陆离又重新恢复为谦逊识礼的翩翩公子形象，半真不假地道出了理由。

"这以后可得当心，前两天刚下了场雨，山路滑得很，陆公子又不住在附近，路上一定要小心啊——"李嫂怀中的老母鸡正襟危坐，用警惕的目光瞥了陆离一眼，又被他不动声色地回瞪过去，李嫂仍旧好心地念叨着，却忽然发现陆离怀中刚被吵醒的昼云懒懒伸着小腿，"哎呀，这是谁家孩子，这么水灵！"李嫂先是猛地一惊，随后抬头用怀疑的目光笑着看了看面露无辜的两人，刚想开口，却被陆离抢了先："这婴儿是我的表亲，父母双亡，我便将他接来抚养成人，只是闻得二娘刚诞下孩子，能否借些奶水？"

李嫂面上先是闪过一丝惋惜，随后便满口答应，说是二娘看到这么水灵的男孩必定会欣喜极了。

李嫂放下怀中那只如释重负的母鸡，便领着他们进了二娘家的屋子，那屋子朴素整洁，一如蕙质兰心的二娘一般。进屋便听到轻声细语，是二娘带着满足笑意的虚弱声音，夹杂着婴儿酣睡时的均匀呼吸。

"妹子？"李嫂轻手轻脚地撩起床前的粗麻布帘，对着李家二娘笑意盈盈的眼神坐在了床沿，道了声，"阿竹先生和陆公子看你来了。"然后朝两人使了个眼色。

二娘一听，便在李嫂的搀扶下背靠枕头半坐起来，捋了捋额前的一缕发，看到陆离怀中的襁褓，微微弯起的眉眼间比惊讶更多的是几分柔软的慈爱："是陆公子的……"

"表亲，是个男孩。"陆离的唇角也不自觉多了几丝温存，看到二娘眸中流动的光彩，便屈身将怀中的昼云小心翼翼地送到她的怀中。二娘如获至宝地轻轻搂在怀中，微微摇晃，看着孩子水灵的五官，不由自主地笑了好一阵子："孩子有名字么？"

"有,他叫昼云。"陆离微微抬起下颌,阿竹瞥了一眼他得意的模样,心道还好他未曾露出尾巴。

二娘是读过两天书的,识得几个字,细细咀嚼了几下便笑着用食指点了点孩子的鼻尖,亲昵地唤道:"昼云,就叫你云儿好不好?云儿……云儿……"

李嫂见二娘这般中意这孩子,便轻轻拽了拽陆离的衣袂,示意了几下,陆离便自然地开口道:"二娘,陆离本想独自抚养昼云成人,怎奈——"他带着几分笑意扫视了一眼自己,又道,"能否借些奶水?"二娘心中欢喜得很,又怎会不愿?未多犹豫马上便应了下来,她道:"岂有不愿的道理?不过,能否让这孩子认我做干娘?"

陆离的面上立刻豁然开朗,笑着躬身施了一礼:"那是最好不过了。"

李嫂听了笑得合不拢嘴,眉梢挑得极高,又前倾了身子去逗二娘的女儿道:"哎哟我的小心肝,你瞧你有个'小哥哥'了!"二娘和阿竹也都忍不住掩了掩嘴角笑了起来。李嫂忽然想起什么似的,抬头看向二娘建议道:"妹子你看,既然阿竹先生都来了,干吗不请她给咱家孩子起个名字?"二娘双眼一亮,征询着阿竹的意见道:"先生……""二娘太客气了,叫我阿竹就好,给孩子取名……只怕,阿竹……"她有些受宠若惊,心下不禁生出几分忐忑。

"先生……不,阿竹你不嫌劳苦,从京城来到我们这穷乡僻壤,办起了书塾,一年多来全村上下哪家不道你的好,请你为孩子取名那是她的福分呢。"二娘说到动情处,将阿竹的手放在掌心轻轻地搭着。

阿竹面上现出一种动容的笑意,愈来愈浓,她又读书人样矜持地点了点头,思忖片刻,道:"既是生于暮春四月,便叫青萝如何?"不料陆离却蓦然开口:"绿萝更妙。"她先是小小一惊,心想阿离今日倒是取名取上兴致来了,后又细细一想,点头赞道:"不错。"

直至离开二娘的屋子后陆离才轻声含带笑意地说道:"青萝不是青菜萝卜么?"随即又换来严格的姐姐冷冷一瞥与"一本诗经"。

【第五章】

冬至这天,村里人家的屋外挂着一串串凉透了的腊肉,窗缝里泄出的冬酿酒的丝甜醉香糅合着桂梢末端的气息,冬至大如年,四岁的绿萝裹着厚厚的棉衣,颜色鲜艳,伸着手从二娘的腿边跑过,嘴上喊着些旁人听不太清的呀呀话语。

二娘还道是她想云儿同她一起玩了，便劝着说："云儿在陆公子那儿呢。"谁晓得这丫头想的根本就不是这个意思，当然这都是后话。

不小的山洞内因为顶部那片狭小的空隙，时不时漏进几缕冰冷的风，陆离踩着一块凹凸不平的垫脚石，扶着冷得彻骨的石壁，不慌不忙地用一些干草将空隙填上，这样的事情他曾独自做过数百个冬天，只不过今夜有个小鬼陪着，也不那么寂寥。

"好了。"陆离轻巧地跃下，飞快地移近洞中央燃好的篝火，坐上烘得发暖的石凳，伸出冻得有些泛红的纤长十指靠近火光。

"你坐到我的衣裳了。"一腔满是稚气的声音，身旁的男孩微微抬眸，冷睨了一眼一旁的陆离，伸出细白如玉的食指戳了戳身旁的人，又低头不易察觉地嘟了嘟小嘴。

"小鬼我真怀疑你是不是才四岁啊！"陆离敏捷地捉住昼云的手腕，发泄着不满，一双墨眸映着三两点泛红的星火，仿似满城烟火骤然肆溢。

昼云收回了刹那停滞的目光，重新看向篝火深处不断蹿起的火苗，手上的力道并不大，他将脸埋进曲起的双腿间，肩头微颤，发出一两声呜咽。

陆离怔了怔，下意识地松了手，直到看到他的手重重垂在石凳边沿，陆离迟疑着将掌心覆了上去，孩子的手很冰，明明一直在火边取暖，为什么还是这么冷？"手痛不痛？我……小鬼……手怎么这么冰？"他看着仍旧不肯抬头的昼云，不觉浮上几分心疼，有些懊悔自己一时冲动，面色也柔和了很多，却忽然听到耳畔边传来一阵轻轻的笑声，是从昼云的腿间传来的，听起来沉沉的，孩子蓦然抬头，面上是不加掩饰的笑意，小小的身躯乐得一颤一颤的，就差前仰后合了。

"你……"陆离飞快收回自己的手，不自觉地一咬下唇，一脸愤懑委屈地看着这个只有四岁的孩子"欺负"自己，却又看到昼云灵动的黑瞳沾染上三分笑意之后的粲然，到口边的话又咽了下去，只是清了清嗓为自己壮大气势道，"死小鬼，我要吃鸡！"

昼云一愣，小嘴一撇，振振有词地说道："一只狐狸连鸡都抓不住——"在那句真丢脸还没说出口之前陆离已经抢先道："我心善！""可你每次看到李婶怀里的母鸡都忘了擦口水。"陆离抚额望了望昼云那一脸"你教得好"

的神情，只得暗叹自己种下的孽果真是须得自己尝。

“阿竹姐姐呢？”短暂的静默之后，昼云仰起头看着陆离的侧颜，抿着小嘴，眼中是未加雕饰的单纯。

这小鬼见到村里的姑娘们一个个“姐姐姐姐”的，叫得好生乖巧，到了自己这儿，倒是轻巧得来一句“陆离”，偏又摆出孩童那副纯真模样叫人不忍苛责于他，这不是欺负自己心软么？他脑中忽而灵光一现，心内暗道：既是我的孩子，为何我叫阿竹作姐姐，他也这般？他默默不平这看似错乱的辈分，回答道：“阿竹——冬至是归家看看的。”他硬生生地把“姐姐”二字咽了回去，“下次不许再叫她姐姐。”面露几分刻意的严肃。

“不然叫什么？”昼云微微噘起小嘴想了想，故意问道，“竹姨？明明阿竹姐姐没有那么老嘛……”

陆离顿了顿，一时语塞，想了半晌只道：“我素来不与小鬼争执。”他拿起身旁的一斜树枝，往篝火里翻了翻，戳了戳底下快成灰烬的干草，有些心不在焉，“明日我要出趟远门。”说着他下意识地侧了侧目，朝小小的昼云那处投去深深的一望。

昼云将脸枕在自己屈起的膝盖上，隔着厚厚的衣料，脸被篝火烘烤得微微发烫，让人昏昏欲睡的沉静目光始终没有离开那跳动的火光。他不出声地伸出小手，从陆离手中夺下了那斜细枝条，又默默地朝着篝火捅了两下。一声不吭。直到手臂感到一阵酸酸的酥麻，掌心热得沁出了汗，还是没有松手。

“小鬼——”陆离环抱双臂，微微侧头看着孩子让自己感到有些陌生的举动，还未说出些什么要紧的话便被他暖得有些沙哑的声音打断：

“——你不会回来了么？”

昼云的声音不响，却重重敲在陆离的心上，他觉得自己隐隐听出一点不甘的委屈，不禁埋怨自己害得这么一个四岁孩童误解即将被抛弃，真罪恶。

“只是下山三月余罢了，明年你与小丫头的生辰之前，我定当归来。”陆离掩饰着自己心里略微泛起的慌乱和自责，又有些不安地用余光望了望一旁仍旧默默坚持不懈用枝条翻着灰烬的孩子，坐直了正色试探道：“小鬼，我勉为其难可以抱你一下作为补偿。”心下却忽然对自己说道：为何要我补偿他？明明是我受累外出要帮他应对第一个五年。想到这里他又矛盾地侧过脸来，半边面颊顿时被热火烘得更暖。

昼云微微一愣，他把左手掌心微微汗湿的枝条斜架在石凳边沿，将蜷在身侧的右手朝篝火伸去，陆离见状心下一惊，连忙扣紧孩子手腕，顾不得昼云因生疼微微嘟起的嘴，板着脸训斥道：“你这是作甚！自残么?”看样子他真是着急了，一蹙眉，“我立誓，不出三月，定当归来。”

昼云愣愣地，任凭自己的小手腕被面前的人箍着，原本在火边暖得泛红的面颊苍白一片，睁大的黑瞳中浅浅映着陆离严肃的神情，过了半晌才缓缓吐出一句话：“只是右手冷……所以烤火……”

一阵“哗啦啦”的轻响，几刀刺脸的冷风从缝隙钻了进来，随后那平摊的干草落雨一般被冷清的月色推了下来，篝火猛烈地晃动了几下，直扑两人，原本不知所措仍旧维持着动作的陆离逃一般松开了手，轻咳了两声又踩上了不久前那块冰冷的垫脚石，心不在焉地重新盖好干草。

翌日清晨，陆离将扯着被子“翻了一夜烧饼”的小昼云拎出被窝，洗漱的时候他望着面前这小小的人儿，轻叹了一口气，嘱咐了一句：“在干娘家要听话，有事多让着小丫头一些，她是妹妹，还有，离李嫂家的母鸡远一点。”看着昼云默默点头时透出的几分反常的木讷，陆离又不禁淡淡一笑，自己不也是一夜未眠么?

今日的山路走得特别安静，没有陆离平时百无聊赖地随意发出的声音，青蒙蒙的林子上空，仅是偶有几只飞鸟轻声掠过，冰凉的湿气裹着周身，并不比昨夜好受多少。

村子的轮廓已经在晨间的冬雾中渐渐勾勒出来，李嫂家的母鸡已经不安分地开始扑腾，陆离忽然停下了脚步，身后一直埋首的昼云也一不小心撞上了他，所幸并不痛，因为他走得也很缓，很慢。

陆离转回身，蹲了下来，双手轻轻搭在昼云还显孱弱的肩上，理了理他乌黑如墨的发，柔声道：“要听阿竹姐姐的话，记得乖乖念书，不许偷懒，等我回来，我会检查。”连他自己也不知道为什么在这次小别之际，他会变得比村里的陈寡妇还要唠叨。

“我会认真背书。横柯上蔽，在昼犹昏。云中谁寄锦书来?”昼云的双瞳中忽而又闪现了几分淡淡的光彩，却发现自己的下颌忽然抵在了陆离的肩头，听到熟悉的声音说了句：“小鬼，真是的。”语带笑意。

【第六章】

“云儿，落雪了，多添些衣。”

柔和温存的声音响在耳畔，自己厚厚的冬衣之上又披上了一件青色小袄。

“谢谢干娘。”昼云的嘴角漾起一片乖巧的笑，微微蜷起双肩，将二娘添的衣物裹得紧些，二嫂用做惯女红的手拂去孩子肩上并不密匝的三两雪丝，双眸里涌动的满是疼爱。

江南的雪本就不比北方寻常，今冬这场即到的漫天瑞雪自是稀罕物。二娘双手轻搭在昼云孱弱的肩头，陪着他静静望着那欲刺破苍穹的枯枝上浅覆着的雪。

“干娘。”昼云轻轻道了声，半转回身子，被裹在衣袖中的一双细白的小手伸了出来，握住二娘的手往怀里捂，“手会冷。”

“云儿——”二娘微微一怔，几缕雪片被凛风夹卷着掠过眼前，眸光亮了几分，她垂下眼帘，轻轻拥住面前这小小的人儿，“雪大了。”

绿萝咬着唇爬在窗沿上，双眼哭得肿如核桃，抽着气愤愤地看着雪中的娘亲和昼云，哼了一声用力带上了窗。

三两盏暖橙的光烛透过薄薄的窗户纸映了出来，投在细软的雪层上，像是一帘幽绕的清梦。竹舍内有些凉，搁在笔架上的一支小狼毫笔尖还未舔墨，烛边垒着几小叠陈旧的古书，阿竹小心翼翼地用素手轻轻掸去书上的灰尘，面上带着几分不自觉的沉柔。忽而一阵低低的敲门声响起，她怔了怔，未放下手上的书，抬眸道：“请进。”这初雪的子夜不知会是哪位稀客。

“阿竹姐姐，是我。”熟悉的声音带着几分不曾退去的稚气，昼云跨过门槛，又稳稳地带上了门，没有了凛冽的风，顿觉暖和不少。他放轻脚步来到案前，对上了阿竹询问的目光，“陆离去哪里了？”对他来说，阿竹便是同陆离、二娘 般的家人，而她也早就习惯于孩子的直呼其名了。

“这……我不知。”她微微一愣，心中默算陆离当初和她所说的第一个五年将至，须得为昼云外出寻觅奇方上所提的良药，手中的古书泛着淡淡的并不刺鼻的霉味，她小心翼翼地搁了下来，绕过书案，微微屈身道，“他很快便会归来。”她将灯下微暖的掌心抵在他的额上。

感到一阵温热，昼云带着几分潜潜的惬意微仰起头，望着阿竹面上的淡淡笑意，他忽而感到喉间一阵哽咽：“我想——他不会回来了。”一双黯淡的黑瞳映着烛火显得有些麻木。

明显能察觉额间的温存怔了怔，阿竹的手沿着他光洁的前额缓缓移至面颊，带着几分不自觉的轻颤：“小云，不要乱想，君子一言——”

“——可他不算是什么君子。”昼云毫不留情地说出了心中所想，“雪都下了近一天一夜。”带着轻轻的不忍触碰的哭腔，他哭了，这是他懂事后第一次哭。

“我与他交往颇深，他是将情义置于首位的人，阿离那般喜欢你，又怎会抛下你一人呢？”阿竹见了泪，心下忽而有些慌，忙用宽袖拭了拭他的眼角，袖角沾上的温热被从倏而吹开的窗透进的风吹得冰凉，她起身欲阖紧窗，却瞥见了一个小而阔的黑影颤抖地踱在雪地上，“小云，我出去看看。”她看到昼云面上仿似彷徨的神情，赶忙补了一句，“只一盏茶便归。”说罢阖上窗出了屋子，带上了门。

徒留他孱弱的身影立在满案的古书前。

眼泪干在面上生疼，爱哭或是爱笑都是孩童的天性，而昼云懂事后直至今夜那一刻前都未哭过。陆离常用一副恨铁不成钢的神情，一边有些扭曲地掐着他的小脸蛋，一边嚷着“小鬼你就不能正常点么，哭一下给我看看”，时常被昼云一个无所谓的目光挫败地在石壁上留下一行载满哀怨的爪印。

他板着一张小脸，肩头时不时不由得颤抖几下，直到被突入而来的冬风袭到，一阵战栗地转头对上阿竹沾了雪花的眼。面上未来得及收拾的泪又滑了下来，说不清是风吹得双眼生疼还是些许其他原因。

阿竹抵着风用力拴上了门，一身青衫怀中露出一个脑袋。定睛一看，似是李婶最为宝贝的那只养得极好的母鸡。昼云一时错愕，不知该怎样言语，只得愣愣站到原地，手心忽而一阵适意的微烫，低头一看，是阿竹递到手中的粗瓷茶杯。

“刚才走得匆忙，都忘了为你留杯热茶暖暖身子。”她面带歉意地看着有些冻着的孩子，满眼关切，几声鸡鸣才将她拉回神来。

“阿竹姐姐……”昼云水光氤氲的眸里带了几分疑虑。

“还是阿竹贴心。”母鸡倏而开口，一腔男声惊倒搁在笔架上的那支小狼毫，滚落至生宣上，幸好未曾蘸墨，昼云本该错愕不已却禁不住心下为那雪白生宣松了口气。

“若不是小云已知阿离是百年灵狐，怎会不被你吓到？”阿竹半带责备地点了点母鸡的脑袋，换来母鸡扭扭捏捏地在她怀中晃了晃，她随即又抬眸望着昼云，面上带着几分无奈的神色，道，“白杨本是人身，却不知怎的错入母鸡躯体，这个中缘由便交予他来道明罢。”语毕，便将母鸡轻轻放到小几上，自己也斟了一杯清茶，捧进手心，落座一旁静静观望。

母鸡见这副情景，便靠着小几旁竹椅背的一角，摆出一个自己舒服的姿态，目光流露几分妩媚，望向一边微怔回望的昼云，清了清嗓，未觉得这一瞬的动作放在一只母鸡身上会有多么诡异：“我本男儿身。”

陌生的语调，陌生的词句，陌生的含义，两人手捧清茶，面露惊色。

足有一炷香的时间，小白杨唾沫横飞，绘声绘色地为他们讲解其与断袖有怎样缱绻缠绵、剪不断理还乱的关联，又描述了他从一个叫作中华人民共和国的国家错入了母鸡的身体的过程，直叫二人连手中的热茶凉得刺手也不曾察觉。

“如何？”这只唤作白杨的母鸡用翅尖的鸡毛扫扫小几，又昂首挺胸起来，扫视着面前不知该做何答复、心头混沌一片的二人。

小白杨满意地看了一眼阿竹推来的粗瓷杯，低下脑袋稍有些费力地啄了两口，又满脸狡黠笑意看向昼云：“听说你一直惦记着陆离？”

“腾”的一声，孩子白皙的面上莫名红了半截，低头掩饰着，忙放下手中早已凉透了的茶杯，裹紧冬衣，有些语无伦次地向阿竹和小白杨道了别，赶忙拉开拴好的门，小小的身躯一下穿梭在漫天暮暮的皑雪之中，颇有些落荒而逃的意味。

【第七章】

“绿萝乖，别闹。”二娘嗔怪着刮了刮正扯着她衣袖的女儿小巧的鼻子，然后转身继续穿针引线。

女孩一边跳着想要看看娘亲在绣着什么，一边忍不住地腻在她的身上扯着衣袖摆弄着。“乖，娘快绣好了。”她将眼神又集在那细密的针脚上，听刚下山赶集回来的人说，下个月当今圣上要选妃，这不，全帝都的官家小姐们都蠢蠢欲动着，几乎个个咬着手帕望着自己能进宫。为了博个好彩头，小姐们看上了那些绣着雍容牡丹纹样的丝帕，霎时间帝都的街上都是被自家小姐差出来抢购丝帕的，就连江南这带也跟着涌动起来。二娘嘴角含笑，一边摇头叹着那些小姐们，一边继续绣着。

“哼！”绿萝撅起小嘴，甩了甩胳膊，二娘见状只得放下手中的活儿俯身抚了抚孩子的小脸，柔声道：“乖，去找哥哥，对了，给哥哥带件衣服披披，这两天一直坐在村口的树下，刚开春风还大，会着凉的。”

绿萝一愣，然后丢下一句“我才不要”就板着一张脸跑出门去了。

早春的风微凉，昼云怀中抱着一本书，侧着脸阖眼倚在平时的那棵槐树下。就是四月未到花未开，槐树也透有淡淡清香。再过几日便是陆离约定的三月期限，一个月前这小小的人儿便天天在这儿候着，可没少让绿萝笑话。

一阵急促的步子踏在村口的土坡上，昼云立即睁开双眼，却看见丫头裹着厚棉袄双手叉腰站在一边，娇小的身子被裹得像个小粽子，煞是可爱。

“陆离哥哥又不定是今天回来。”绿萝又说着同昨日一样的话，看着面无表情的昼云。

“我知道。”他把头偏向另一侧，将从微松的掌心滑出的书拾起，继续闭目养神。

“我还以为你不抱着陆离哥哥睡不着觉呢！”又是一个从小跟着陆离晃东晃西，因争宠而和昼云斗智斗勇得伶牙俐齿的孩子。

“小姑娘家的这么说话小心以后嫁不出去。”昼云背对着丫头撇了撇嘴，像平常那般接着她的话，却没有陆离的纤指在自己的脸蛋上掐着说一句“小鬼你是哥哥要让着小丫头”。

“你……”就算听了再多遍，绿萝仍是气得直跺脚，一张小脸通红，“用不着你管！”

昼云没再多言，槐树的枝干磨得面颊微微泛疼，他回转过来，背隔着衣料抵着不粗的枝干，视线忽而变得很远很远，渺到最深的地方，孩子屈起膝盖，如同去年冬至的夜里，只是少了篝火，少了个人。

三日后——

“哟，云儿起这么早啊。”李嫂弯着腰，手上还捧着一小碗稻米，在鸡舍门口看到穿戴整齐的小昼云向着村口小跑，不由得笑了起来。

“李婶早。”小脸上顿时绽开笑靥，清洌的声音还带着几分稚气，口中叫着腿脚却未停留，“我先走了。”就听得身后李嫂对着她心爱的母鸡啧啧赞叹云儿这般这般懂礼数又那般那般生得比女孩还水灵。

几缕墨黑的发在小跑时被还显几分凛冽的风撩起，遮去了一片视线，隐隐约约眸前是一个立着的人影，昼云不由得停下了步子，面颊因为跑动而微微泛红，喘了几下，将那几缕发丝捋到脑后，原来是站在小土墩上的绿萝，心下顿觉一阵失落与不悦。

绿萝听得身后的动静，以居高临下的姿势转身一瞧，见是昼云，面上露出些许不乐意，随口说了句：“你也来了啊。”

他内心暗道了一句我怎可不来，面上还是没有什么表情，径直朝着旁边的那棵槐树，熟稔地找到了最舒服的位置坐了下去，整了整下摆，倚在树干上一言不发地等着。

“哼，你就一直哑巴好了。”绿萝以为是昼云的挑衅，禁不住喊了一声，“反正陆离哥哥回来也是我先看到！”随即抬头挺胸，朝着与村口连通的那唯一一条已经开始蔓起淡绿的山路望去，睁大双眼一刻也不放松。

日已三竿，小丫头坐在土墩上，本想抱膝小憩，怎奈衣物实在太厚，屈不起腿。她强打着精神，身后已经半晌没有动静了，她暗猜昼云已经耐不住睡去了，便偷偷摸摸地一手撑在土墩上，半转着身子，却对上他平淡的黑瞳，面上立刻显出几分尴尬，飞快地转了回去，继续盯着远处的某一点不作声。

不消片刻，困意袭来，小丫头迷迷糊糊地垂下了头，将身体蜷紧窝在棉袄里，嘴角一片晶莹。忽然觉得面前投下了一片阴影，一种熟悉好闻的气息笼罩着自己，朦朦胧胧地抬起头，吸了吸嘴角的口涎，揉了揉眼睛：“嗯？”陆离蹲下身来，浅笑着从袖间拿出丝帕温柔地伸出了手，轻轻擦拭着，说道：“在这里睡觉的话可是会着凉呢。”

绿萝的面颊顿时红了一片，小小的人儿有些手足无措。

陆离没有停下手上的动作，只是温柔一笑，视线掠过早已站在小丫头身后却一声不吭地看着两人的昼云，笑意渐浓：“小鬼，我回来了，想不想我？”

比平时独处时的声音柔和得多，而此时昼云心内所想的却是：果然是善于隐藏本性的狐狸。

“一点也不想。”他看着绿萝动作僵硬不自然的背影和陆离面上挂着的笑靥无邪，淡淡地扔下一句，有模有样地甩开袖子转过身去。

“真是的，闹什么别扭。”陆离语带几分嗔怪，对小丫头轻声说了句“等我一下”便站起身，白袍的衣袂拂过刚钻出的草尖，仿似染上了几分绿，他将包袱放在地上，微微弯腰伸出纤指戳了戳昼云吹弹可破的脸，笑容顿时变得狡黠得很，遭到了小昼云略带鄙视的一瞥。陆离挑挑眉，轻声抱怨道：“真没劲，一路上好辛苦，我想吃鸡。”他带着几分幽怨地望了望面前的孩子，遭到了果断的无视。“绿萝，回家吃饭了。”说完，昼云径自走向二娘的屋子。

“你凭什么命令我啊！”过了半天才反应过来的小丫头气呼呼地跳下土墩，不忘拉住陆离的手，叫着嚷着带着他一起跟了上去。

临近二娘的屋子，昼云停下了脚步，绿萝一个踉跄却被陆离敏捷地稳稳拉住。她悄悄回头瞄了一眼，对上陆离温润若玉的笑颜，又下意识地低下头，听到地上一阵石粒沙土互磨的轻响。昼云转过身来，小小的身躯立得挺拔，面带几分不似孩童的冷色，但刹那间便换上无邪的笑，唇角高高一扬，撒娇般地抱住陆离空着的右手臂，仰起一张白玉盘似的小脸，紧贴在陆离雪色的衣襟前，稚嫩的声线有如天籁：“陆离哥哥，我好想你。”

恰似一道天雷滚滚，本是颔首面带娇羞的小绿萝猛然抬头，撞到了陆离屈起的手肘，陆离却未回头，只是赶忙伸手心疼地用温热的掌心揉着她的额头。他愣愣地盯着满面春风的小鬼，由着小鬼拽着自己的胳膊来去，一个熟悉的声音传入耳畔：“哎呀，陆公子，你可回来了！”他怔了怔，收敛了尴尬的神色，搂了搂怀中的小昼云，应了声“李嫂”。

【第八章】

上了年头有些湿朽的八仙桌前，李嫂揣着怀中的小白杨满面春风，微微有些发福的身子穿梭在众人间，拂动一阵菜肴的香气。陆离的嘴角带着勉强扯出的笑，他的右臂正被昼云挽得紧紧的，难以动弹，或许习惯的一种方式瞬间转变后总有莫名的别扭涌在心头。他微微颔首，向孩子投去深深的一眼，却溶进了那两湾清潭，仿似昼云这般乖巧中带些撒娇的模样本就是应有的一般。

“小鬼便要有小鬼的模样才好——”陆离见李嫂摆上最后一道菜肴，一脸期待地叫着多少年都改不过来的“陆公子”，催促着他快些尝尝，腹诽到一半也不再去想了，正欲提箸却有些尴尬地发现昼云仍坚持不懈地挽着他的右臂。

李嫂见状，乐得不停地顺着小白杨那洗刷得发亮的鸡毛，合不拢嘴地笑着打趣：“哎哟我说云儿啊，虽说你盼着陆公子归来好生盼了三个月，这顿洗尘宴可得好好吃，一路上风尘仆仆的，肯定没吃好。不是婶婶自吹，婶婶的手艺在村里可是人人叫绝。”

“那是自然，李嫂的手艺陆离喜爱得紧呢。”他唇角扬起，如若初春桃花灿灿，眸光流动，自是一番风情，他无心一瞥，却见昼云玉碗般的小脸上沾了几分淡淡绯红，陆离微微侧过身来，任由孩子紧抱自己右臂，俯下身耳语道：“小鬼还是做自己好呢。”孩子小小的身子怔住了。

一旁对着满桌好菜差些留下口涎的绿萝望见了这一幕还以为陆离在昼云的面上啄了一口，惊得小脸通红，手一乱拂，弄翻了面前的小碗，好在是空碗，她一边拍着胸口一边偷偷朝那里瞄去两眼，又听得娘亲掩嘴轻笑：“瞧，咱们的小云儿脸红了。”“是呀，陆公子。”李嫂跟着附和了一句，也笑着。

“你真是好福分呢，二娘和李嫂这般疼你。”陆离直起了身，语带笑意地柔声说道。

“云儿又是懂礼数又生得如此水灵，叫我们不疼都不行！”李嫂怀中的小白杨忽而昂首挺胸，蹭了两下鸣了几声似是赞同一般，刚从书塾回来的阿竹这下刚刚进门，同昼云不约而同地下意识朝小白杨那儿投去一瞥，对上那意味不明的目光又同时收了回来。

“阿竹姐姐——”陆离望了过去，伸手便要拉她上座，“东西找到了。”他不动声色地用唇语道。

她会心地一弯眉眼，不经意地看了昼云两眼，然后坐到了他的身旁，轻轻揽着昼云的肩头，笑道：“这下他回来了。”

是夜，月华清亮如凉夜之水。昼云坐在铺着厚厚被褥的石床之上，后颈抵着泛凉的石壁，仰头望着那不远处的一丝缝隙。粗略一算也有半个时辰了，难不成是淹死在村前小溪里了？

“陆离。”他微微开口，用不轻不响的声音唤道，过了一阵不得反应便又唤了几声，却不知何时那人已坐在床畔梳理那湿软的齐腰银发。

“小鬼别喊了，别人还以为你招魂呢。”纤长的指轻扣着木梳，一下一下不急不缓，面上挂着几分不浓不淡的笑意映着清蟾。

“还以为你淹死了。”昼云不动声色地撇开了头，掀起被子的一角背过身躺了下去。

或许是出于兽的本性，见到火光心下便有些隐隐不安，因此陆离平日都不惯于用蜡烛，山洞里自是没有摇曳的红烛之影，只依月华造访。他微微转过身梳着发望着孩子埋在阴影里的身躯，心下忽然多了些有趣的想法。

陆离小心翼翼地搁下手中的木梳，雪色的衣袂慢慢攀上石床，他轻手轻脚地压过被角，一言不发地将自己的左臂绕过他的身体环了过去，慢慢俯下身来。

几滴从溪里带来的水珠凉凉地坠在自己的面颊上，顺着颧骨润泽地倾斜滑落，停留在眉角迟迟不肯离去。昼云不由得有些轻颤，攥紧了被子，睁开本已阖上的双眸，看见身后那人的影子投在面前的石壁上，影影绰绰，感到几缕湿湿的银发垂在面上，心尖一颤，没由来地忽而转身，正仰起面庞的一刹，朱唇间一片轻软的润泽，指尖紧紧攥住身下的褥子，一双清潭似的黑瞳瞪大，映着同样错愕不已的桃花眸，战栗得难以动弹。

“唔——”陆离错愕之后本想解释，却全然发不出声音，这才意识到自己失态得忘记离开，慌乱地撑起身子，手下却一滑，又重重地摔在昼云的身旁，面颊贴着自己的湿发，好在有被褥衬着，他蹙眉，难得地没有喊疼，却发现昼云正神色复杂地盯着自己。

“啊……小鬼……我……”善于辞令的他一时语塞，干脆将脸埋在枕头里，一把扯过被子挡住昼云的目光，心虚地用含糊不清的声音道，“我只是……不小心的……”最后的话音也被吃进了肚里。

昼云脸红得发烫，怔了半晌，一声不吭地望着恨不得躲起来的陆离，心下小鹿乱撞，不知该说些什么。

月已高悬，光华也愈发清晰明朗，昼云仍没有阖眼，有些矛盾地又转身看了陆离两眼，见他还是那个姿势不曾动弹，心头一紧：不是闷死了罢……

昼云伸出白玉般的小手，刚刚触碰到他温热的背，眼前的人便马上被惊起，抱着枕头愣愣地看着同样惊诧的昼云，一句话也说不出。

“还以为你闷死了。”小小的身子笼在月华未触及的小片阴影中淡淡晃晃，只有一双月下黑湖般的瞳仁清亮得让人移不开眼。陆离并非不曾这般凝神地望着过昼云，每一次都会深深陷进显得全无城府的瞳中，毫无防备，甚至他会从那里望见自己的眸色陆离。

“我不是有意的……”他有些手脚无措地为昼云掖掖被角，心内慌得有些喉间燥热，再也发不出什么多余的音。陆离心内暗暗斥责自己的失态，一面警告自己凡夫俗子的那些繁文缛节不算些什么，更何况，纵使昼云唇舌犀利，生得又水灵清秀，还是个未满五岁的孩童，可就是无法平复内心，稍纵即逝的唇间轻暖像是坠在心湖上的一片白羽，层层涟漪挥之不去。

“我倦了。”昼云阖上双眼，一下子拽回了陆离沉在他双瞳中的深思，孩子咬了咬下唇，面上露出的神色与其说是镇静不如说是睡意，陆离望着他这样潇洒入梦，唇角不经意地抽搐两下，半晌才又帮两人掖掖被角，躺了下来。

一夜无眠。

【第九章】

月华褪尽，玄黑的石壁上投下流动的水纹的暗影，斑斑驳驳。昨夜昼云眠得极浅，天才刚亮，便被身边人蹑手蹑脚的起身动作惊醒了，他阖着双眼翻了个身，吓得心虚的陆离全身一怔，愣了半晌，小心翼翼地伸出手在他面前晃了又晃直到肯定没有反应才半放下心去梳洗。

这么早就起了么？昼云蜷起身子，侧过头来枕在自己的臂上，不自觉摸了摸一旁的余温，面无表情地将自己的脸重新埋进被子里。

一脸困乏的陆离木讷地坐在竹舍的后院里，手执蒲葵扇，强打精神紧盯着面前的炉火。

“昨夜没睡好么？”阿竹从屋内走出，捧着一小盅清茶，轻放在他一旁的竹案上，取出纳在袖间的书坐在屋檐下读了起来。

陆离用空闲的一手去够案上的茶盅，但中途又收了回来，用两指抵在太阳穴上，揉了一遍又一遍，最后仿似无骨地垂了下来，伴着一声不轻不重的清叹，带着些许倦意。

“怎了?”阿竹不由得将视线从那一列列细小如蚊的字中移到了他身上，短短两字间夹杂了些不自禁的笑意。

“一夜未眠。”陆离百无聊赖地摇了摇手中的蒲葵扇，四肢百骸涩得生疼，恨不得此刻倾在那张石床睡上百年，“些许意外。”他不断克制自己不要去回想，眸前却走马灯般全是昨夜，他刹那有种用爪子毁了自己的冲动。

伴随着陆离有一声无一声的哀号，阿竹浅叹一声，踱到他的身后用书轻轻一敲，惊得那人登时跳起，惹得她忍俊不禁只叫他快些去歇息，药由她看着便好。

陆离捋捋有些凌乱的长发，面色死寂不露生气，只有眸间透出两分不自觉的哀怨，一言不发地站在原地，蒲葵扇离了掌心落在地上，沾了几丝尘土。“莫非是信不过我?”阿竹有些打趣的意味，看了一眼他略显狼狈的模样，“歇息去罢。”语毕又用目光指了指屋内窗棂旁陈着的小榻。

“好。”他咬咬下唇，神情有些恍惚，脑中仍是叠加着的一幕幕，觉得面颊越发滚烫，点了点头后逃似的躲进屋内。阿竹有些莫名地拾起地上的蒲葵扇，面上多了几分笑意，许是小昼云。

仰卧在临窗的竹榻之上，随手拿来她的一本书，悠长凝远的墨香充盈指尖，随意翻开一页遮在面上，陈旧的气息又凑近了几分，萦绕在浅浅温热的吐息间，就着窗外清然傲立的竹枝三两，心下顿觉平静了几分。

眸前是书香遮蔽的一片墨黑，仿似昨夜被某缕浮云隐去的月华背后。

昨夜。又是昨夜。

陆离觉得周身无法动弹，墨黑之中缓慢地现出一幕幕挥之不去的画面，或是某个淡漠的眼神捉摸不透地凝视，面上带着可疑的微微红晕被阴影笼着。

“作孽。”陆离放弃了挣扎，书从面颊上滑落，掉在胸前雪色的衣襟上，随着他快透不过气的胸膛一起一伏，恍惚了一片冬末春阳。

再睁开眼的时候窗畔已然日暮，浑身一片轻暖，胸膛上的那本书已被小心翼翼地收起，不知是谁为自己添了床被子，想是阿竹？陆离心内默默猜道，偏过脸来，恰好能望见窗梢竹枝，原本清亮的叶片上覆着浓重的一层黄昏暮色。从丛叠叠的挺秀竹叶的间隙之间，他就着刚醒的惺忪眸子望见了一个孱弱的身姿蹲在院子里，紧紧挤在被子里的身躯微微一怔，却听得门边的话语：“醒了？”他蓦然回首，见是阿竹手执书卷倚在门边，目光却落在他身上。

“嗯。”他唇角一舒，弯起一笑，眸光却又有几分不自觉地看向窗外，“我出去一趟。”他掀起被角，下了床，凉风袭得身体微微轻颤，他紧了紧衣带边步出屋外边用纤长的指捋顺有些睡乱的发丝。

“果不其然。”阿竹望着他渐出的挺拔背影莞尔一笑。

“昼云昼云昼云——”小白杨扑腾着翅膀，被李嫂养得滚圆的身体上上下下不嫌劳累，神情怪异地喊着蹲在它面前半晌的人的名字。陆离刚出屋便听到响得翻天的熟悉男声，面带无奈地望了母鸡一眼道：“你是怕旁人不知你会说话还是怎的？”又养肥了。他不禁又有些口舌生津。

“那是——”小白杨长长地拖了一个尾音，眼角一挑胸膛一挺，侧着身子竖起一根褐色的鸡毛指着昼云，重重地叹了声气，“陆离你又怎么欺负人家了？瞧这爱理不理的小样儿。”说着蹦跶起来，欲用鸡毛去戳昼云的面颊，未果。

“我……”陆离迟疑一阵，到口边的话却被生生咽了下去，只是低了低眉，喃喃问道，“还是没有原谅我么？”

“不是。”昼云蓦然回头，习惯性地伸手扯住他恰巧拂过五官的雪色的宽袖，双瞳原本的麻木染上几分急切，但随即面色错愕了一瞬又放下了手，转回了头恢复原样。

陆离对上小白杨奸商似的灿灿目光，眉头轻蹙，手不经意地抚过刚才被扯住的袖口，心下涌起一阵担忧，半晌道：“昼云，我们谈一谈——”话未说完便被嘹亮得不像母鸡声的鸣声打断，他仿似听到不远的村里其他鸡跟着一同叫嚣，小白杨神色坦然自若，笑得花枝乱颤道：“你们何必为了这件事纠结一天？陆离你一只狐狸至于为了亲一下就颠覆世界观昏天黑地么？我看你们两个挺般配，大可一起看雪看星星看月亮从诗词歌赋聊到人生哲学——”

“闭嘴！”两人同时转头，神色均带着几分鄙夷，却又有不同。陆离面上酡红，有些气急败坏地像是急于撇清什么，而昼云蹲在他阴郁的天空之下满脸冷冽。“昼云你心情好像很差的样子……”小白杨一语刚出便恨不得咬下自己的舌头，“败在一个五岁的孩子手上，我——”他又感受到陆离灼热的目光，连忙止了声用左翼委屈地掩面。

虽然几日前停的雪化了，但他们真的一同赏星星望月亮了。

只是不知不觉地从黄昏暮色坐到月华初上，却相对无言，更不用提从诗词歌赋聊到人生哲学了。

不远处的村子里闪烁起几缕柔和的星火，越积越多融成暖洋洋的一片透过窗纸映了出来。陆离手托双腮，宽袖滑落下来，露出一截白皙的腕子，昼云忽然莫名地想到他都未见过狐耳和白绒绒的尾巴，面无表情地微微移过视线却发现那人正望天得专注，便不自觉地用眸光勾勒他面庞明晰的线条。

“小鬼，今夜的月好圆呢——”陆离一脸沉醉地瞥过头来想征得共鸣却发现昼云神色平常地凝神望着他，就这样僵持了片刻，昼云没有丝毫放下目光的样子反而愈发认真地看了起来，这让陆离周身发麻地想起某年在人间见过的某个寒窗苦读十余载的书生对待圣贤之书的态度，“小鬼……昼云……？”仍旧毫无反应。

陆离不由得抽动嘴角，硬生生地将自己的头掰转回去，继续对着皓月渺渺的夜空，凉风浮动，他清咳了一声，却差些惊倒身后屋内窗畔挤着的一鸡一人——

“阿竹姐姐，它好吵。”绿萝嘟着小嘴向伏在案前作画的阿竹抱怨着这只低低啼个不停的母鸡，换来阿竹的一声微带宠溺的轻笑。

小白杨不服气地又挤了挤，趴上窗棂的小格，待眼中看到两人后又闪现几分激动的神采，心内却又暗暗恨自己听不见他们所言什么，一双眼睁得快要从眼眶里跳出来。

拂动而过的风引着几片轻云藏住圆月，片刻间只剩星辰悄然，陆离感到面上洒落的月色被隐去，身体笼在一层不浓不淡的阴影里，他忽而觉得自己似乎该交代些什么。

“昼……昼云。”他有些迟疑地开口，故意将脸撇开一些，因为他知道小鬼正在看他微妙变化的面部表情，“昨夜我当真是无意……但是……”他在腹中竭力搜刮着措辞却越说越有些慌乱。

“陆离。”一个带着稚气的声音响在耳畔，如同蝉翼般清透薄亮。

“在！”他不自禁地倏而起身，被自己的反应吓了一跳，但下一刻一句话又铺天盖地袭来——

“我又没怪你。”

“……”陆离俯视着坐在一边很久不曾变换过姿势的小昼云，愣了半晌，如释重负般地又重新一下子坐在他的身边，挨得更近了点，“没白疼你！”他笑得一脸灿烂，胜过繁星和重新露出的月华，伸手搂了搂对方孱弱的肩，就差扑上去蹭两下了，可昼云却一点反应也没有，“小鬼……不是……昼云昼云？”他笑靥如花地偏下头，却对上一张安静的睡脸，“原来是梦话……”

陆离有些无奈地抚额，可是看到这张沉静淡然中透着稚气的面容后，心情却又好得离谱：“果然小爷取的这与世无争的名字真适合他呢。”说罢眉梢轻挑，又搂紧了两分，语气中带着显而易见的欢愉：“回家睡觉。”

“偷听的两位早些休息。”这是他抱着小昼云归去前丢下的最后一句。

【第十章】

那夜的一同看星星看月亮换来了陆离一月余的安生日子。天天垂涎着巴望两眼养得油光水滑的小白杨，有事没事“欺负”几下昼云，或是在阿竹的小院里优哉游哉地品上一天茶，偶尔正经地为五年之期备药，日子走得倒也快，过眼云烟般。不过现下陆离正颇有些烦忧，为的便是近日而至的这五年之期所带来的前兆。

“小鬼，这两天脸色不太好，身体不适么？”陆离凑了上去，半带殷勤地弯了弯眉眼，紧紧挨着昼云，见这小小的人儿却不着痕迹地避开了，板着一副近日愈演愈烈的棺材脸，陆离又有些心虚地道，“怎么怎么，与我说说。”

“没怎么。”昼云神色淡似水，原本就白皙的小脸这两日竟越发如纸，习惯性地将脸庞埋入横在屈起的腿上的臂弯内，忽觉一阵席卷而来的晕眩，“又来了么。”他轻声喃喃。

陆离将身子侧得厉害，想去窥视藏起的孩子的脸色，却发现他躲得滴水不漏，不由一阵失落，翘起嘴伸手戳在了他的发丝之上，指尖一阵清软，有些试探性地问道：“许是风寒了罢？嗯？”见不得回答又追问了一句，“不然今日请李嫂炖鸡汤御御寒罢？”话音刚落便对上了昼云蓦然投来的目光，夹杂着一两分鄙夷，他忙着辩解，“不是我想喝鸡汤……”却有些越描越黑的嫌疑。

“你晓得婶娘是不舍得白杨的。”熟稔地听出他话中之意，弦外之音，冷瞥了一眼，视野有些恍惚，由不得自己想要看得再清晰些。陆离听罢心内一抽动：“这古怪的鸡妖把你也骗去了！”都混了四百八十多年的日子了，还是这般天真。

昼云未语，只觉眼前恍然一黑，斜着身子落在陆离的臂上。

孱弱的身子安分地裹在偌大石床之上的被褥里，一动未动，蝉翼似的睫毛在颧骨上方投下一小片浅浅的阴影，遮盖了孩子那一双清潭般的黑瞳，苍白的面庞没有多少生气，连一丝愉悦或是落寞的神情都翻不到。

“还未醒么？”阿竹眉头轻蹙，“明日便是五年之期，到时候……”“我明白。”陆离坐在床畔用自己的右手掌心覆上昼云微凉的前额，眸间凝视，耐心地抚着，“或是需用我的血先唤一次，我知道药只有一副，错失良机就挽回不得了。”他脸色平静，掌心缓缓下滑，来到唇畔，微微启开后便轻轻搁了上去，左手食指的指甲伸长几寸，停留在自己的右腕上。“轻些，别赔了自己。”阿竹立在一旁又投入静默。

不知怎的眸前就是恍惚的一片黑蒙蒙，沾染了几分不太明了的光一晃而过，朦胧间觉得腕子上透来一阵微凉刺痛，如同细密的雨丝漫过。陆离趴枕在自己的臂上，感到一阵酥麻，极不情愿地抬起头，用另一只手慢慢揉了揉眼，低头看去，自己腕上的那道红线正被一人极轻地摩挲着。“嗯……嗯？我睡着了！我……”陆离揉着揉着就顿住了，禁不住跳了起来，“我”了半晌说不出一句话，只是对着昼云依旧波澜不大的眸光手足无措，见他缩了缩原本抚着伤痕却因陆离的动作落在石床上的手，又上前覆了上去。“醒了真好。”昼云看到他眸中一片晶莹，忽然又在莫名中带了些哭笑不得。

“姐姐！”陆离忽是想起什么似的喊了一声，却又对上小鬼带着几分无奈和鄙夷的眼神。“我一直在呢。”阿竹笑叹了一声，从石几旁的石凳上起了身，缓步踱到床畔，“不该喝药么？”

“药……”昼云拢了拢眉梢，面上现出一副平常不易见得的不情愿，不着痕迹地将身子向里挪了挪。

“乖，你这不是病了么，病了就须得喝药，这样好得快呢。”陆离深深吐纳，用自认为无比温柔的语气，唇畔带着温存胜春阳的笑意，接过阿竹手中的瓷碗，另一手搂上孩子的肩，“药不苦呢，真的。”一边“循循善诱”着。

昼云微微睨了他一眼，眸光浅浅流动，沉寂半晌忽道：“你先喝。”

扣着碗口的指关节有些颤抖得泛白，微微清咳了两声，故作镇定的陆离缓缓开口：“生病的是你，该喝药的自然是你。”

“……不喝。”昼云感到他搂在肩头的手稍稍加紧，故意撇过头去，做出一副坚决的神态。

“昼云……”他甚至听出那人的声线里带着些许隐忍的咬牙切齿，心下顿觉一阵莫名的淡淡欣愉，“我喝……！”几乎是从牙缝中挤出来的字音，像是在陈醋老酒中泡了七七四十九天一般变了味，昼云投来余光，见陆离的桃花眸中满溢怨念之色，仿似要看穿这盛药的普通瓷碗，望着暗色的药汁，喉间已经泛起一股苦涩。陆离偏过脸来，面色一如往常的略带苍白：“那我……喝了？”言语末尾音调微微上挑，带了些讨价还价的意味，却换来昼云忍笑正色的神情：“喝罢。”

陆离轻咬下唇，指尖传来透过瓷碗壁的药汁温热，看着愈来愈凑近唇畔的碗沿禁不住暗暗腹诽：小鬼你是恨不得给我灌下去是不是？是不是！

不淡不浓的苦药香蹁跹如蝶，停在鼻尖又忽而远逝，没有意料之中滑入喉间的良药苦口却发觉手中空空如也。“嗯——？”他眉梢一挑，却见昼云一声不吭地蜷在半乱的被子里，双手捧着微湿大的药碗，神色安静地慢慢饮着，偶尔蹙起眉心，怕是实在太苦了些。

待到碗近见底的时候昼云的喉间发出一声轻轻的闷哼，一直倾身看着的陆离这才反应过来，忙不迭地寻着蜜饯，阿竹看不下去这带着慌乱的场景，无奈地笑着将装着几枚早已剔了核的蜜枣的小碗塞进他的手中，又接下了昼云刚尽药的瓷碗，陆离伸出纤长的两指挑夹了一枚最大的送到昼云还沾着些药汁的唇边摩挲了几下，道：“昼云乖，张口，啊——”

虽早已习惯却还是禁不住愣愣地张口，半晌才觉察到口舌间蔓延开来的丝丝片片的甜意，枣肉糯而香软，融化在口中，某一刹那覆盖了原先的苦涩，紧接着唇边又是一触的甜，到口边的“够了”却在陆离光华的眸色中生生咽了下去。

“小鬼真乖，这么苦的药都喝得下呢。”语气中满是对孩子的宠溺之情，却听得小小的昼云仿似二娘针脚细密的精致女红上冒出的线头未去，刺得心头不知哪处别扭。

“嗯。”他莫名地对着热情只是低声应了。

“讨厌，真冷淡。”陆离本想伸手轻掐他的左边面颊，却又缩回了手。

【第十一章】

对于陆离提前交代好的每隔五年的出行，昼云只消一次便镌在心上，时不时会有意无意地想此刻离下个五年还有多远。陆离曾说过，每五年要提前一季，没有说清缘由，一句带过，昼云也未多过问。他有个习惯，喜欢在洞内的玄色石壁上用一端尖锐似刀口的小石块每日画上一笔，以计年月。记不清是哪一岁，他随着阿竹念书，她秀挺清丽的行墨流转，书下了“昼云”二字，一笔一画地手把手教着他写。回到山洞，陆离支起手臂侧身卧倚在案上看到昼云迟疑地站在正临石床的玄色壁前，伸手轻轻抹去一小片细薄水珠后，沉寂了片刻，久久没有抬起攥紧石块的右手。他倏而发现，昼云长高了，怪不得二娘总说小云长大了，他忽然“扑哧”一声笑了出来，不带言语地微微狭起眸子，看着他仍远不及自己的高度和肩头稍露的清瘦，在这不长不短的十年一轮回中，他对于年华没有过多的顾盼，只是今日心上想好好看一看时间摩挲过昼云停留的痕迹。

后来过了一炷香的工夫，陆离觉得臂弯泛麻，他终于抬手动笔了。在眸光的斜上方，昼云白皙的指扣着玄黑的石块，尖梢被磨得钻出了天光下萌发的亮，深深一笔，神情极为专注，他终究还是忍了，将“昼云”两字分了十三日才完笔。陆离花了很长时间才不去笑他默默的固执，再后来看到他黑瞳中透出的认真也就笑不出了。

终于，在昼云的石块划下不知多少笔的时候，他装作信口一问：“陆离，你还有多久走？”身后的人正对着一面铜镜用木梳梳着头——陆离喜欢边梳边轻唱老老的曲调，那是百年前在山下一顶四周空无一人的大红轿子里，新娘子含着哭腔半带痴傻地红肿着一双杏眼，十指掰着金柳木梳，唱着“一梳梳到尾，二梳白发齐眉”。梳头的人停下了手上的动作：“明日罢？”句末音微上挑，带着询问的意味。

“大约是的。”昼云的目光没有从自己每日愈发挺俊的笔画上移开，抹去一些石屑，这次的“昼云”还未写完。

又是翌日清晨，陆离远行的背影穿透淡淡秋晨薄雾，深深地映在昼云清潭般的黑瞳之上，他想起白杨给他讲过的故事，似是一弯水中月，捞不到。

这夜是昼云第一次听到阿竹抚琴。

晌午还听得绿萝趴在窗畔呼着热气白雾抱怨多年冬天迟迟未雪，夜里就落了，纷纷扬扬地将尘土深深埋下，四百年前的雪夜破庙，黑瞳白狐，琴留凉歌，黄泉初遇，所有的模糊都清晰得呼之欲出。拨弹最后一个断音，一双素手按在了琴面之上，颤颤地截断余音。

昼云握笔的右手顿住了，在宣纸上留下一点瞬间晕开的墨迹，他搁下笔，侧目望去，今夜阿竹放下了平日高高束起的长发，两行青丝垂在面颊旁，颔首隐去她的所有面色，过了半晌，她才缓缓抬眸：“小云，我说一段旧梦，你可愿听？”

双眸微红。

这年他不过九岁，却听着阿竹说着四百年前的事。他从未想到过平日里最像极凡人的书塾先生，自己熟稔不过的阿竹姐姐，带着往生记忆早已流连百世。

“那世的我不过是个无依无靠的人，抱着一把素琴，循着上一世的足迹寻着我自己也难以名状的意象，正如四百年后的今夜，风雪浩大。我衣衫单薄，虚弱得快无知觉，恍惚间进了荒废无人多年的破庙。就在那日，我遇上了陆离。”阿竹的眸间忽然柔了几分，她径直望着窗外模糊的飞雪，“我们一同取暖，他那年还只有十九载，未修成人形，眼神真是惹人怜爱得很。我为他抚琴，音音轻颤，我知道我的年华不多了，却没想到会那么早就被冬雪掠夺全无。”她倏而翳翳下来的眸光停了停，弦上的十指微张摩挲着，“但终于，漂泊多少世，让我找到了。”

“找到了？”昼云一直不曾说话，静静地听着，刚开口嗓音稍稍沉了，“那个你难以名状的意象么？”他若有所思地重复道。

阿竹敛下睫羽，案上的茶早已凉了，昼云却不觉掌心冰冷，而是静默地坐着等待下文。“是，在黄泉。”她沉寂了半晌，才缓缓开口，清如竹叶相碰于风中的声音，又平添了些悠远，似是在追忆着什么，“黄泉昏色的天穹之下，我第一次看到他的面庞。那时候我不明了他到底是谁，不过将那惊鸿一瞥归作萍水相逢，他说他是病逝的，我信了。奈何桥前，看着过桥的人饮尽孟婆汤，无怨也好，不甘也罢。那桥上的白衣姑娘远远就望见我了，她朝着我淡淡笑了，我自是知晓她不会递予我那碗孟婆汤，可她却让我一诉前世衷肠，她定是以为我当时不禁落泪是因为害怕忘记前世所念。”她语带温柔，又夹杂了一分无奈，“可我全然不知我前世所念为何。”

“后来……？”昼云微微低眉，不知什么时候窗梢被风半开，临窗的椅背上滚落丝丝点点的雪珠，他反身伸手却被阿竹倏而拉住，她面色静然地摇了摇头：“任它去吧。”

“好。”他稍怔一下，乖巧地点了点头，重新落进被灌满风的冰冷竹椅。

“后来？后来便没有什么后来了。往后我又轮回了近四百年，永无止境地不停循环，我在寻觅着的指引，我隐约觉得就是那年黄泉奈何桥前的他。这样没有尽头的不知所措的茫然直到我投胎进了帝都的陆家才终而得止。陆将军那年正是风华正茂，从北疆凯旋荣归，当今圣上将自己那早已芳心暗许的皇姐赐婚于他，一时间传为满帝都所津津乐道的英武将军抱得美人归的动人佳话。好一对璧人。”她眉目微锁却透着难尽的柔光，言语间却又夹杂了难以言喻的悲恸，摇头轻叹道，“只不过，他们只恩爱了短暂的一两年，将军夫人在那个冬夜难产了，命悬一线。夜很深，雪很深，将军府上上下下急得手足无措，门外那个男子负手而立，长袍映雪，眉目似画。将军闻得下人来报，说那门外所立之人称能保全他的女儿。将军拭着夫人鬓角沁出的汗珠，他并不愿只保小而舍大，可夫人却挤出一丝笑意轻轻握住他的手道：‘见罢，我想让她活下来。’后来，将军夫人果真诞下一个女婴，眉眼俊俏。”

“那女婴……是你罢？”昼云迟疑着开口，带着些试探性，心内却早就有了底。

“是啊。呵，冬夜，又是冬夜。我偏偏与冬夜相生相克么？”阿竹略带自嘲的口吻轻笑了一声，眸角晕开了几道水纹，“她终究还是香消玉殒了，就在翌日冬晨，天色还很昏暗，带着往生记忆的我就这样看着她在我眉心烙下一吻就阖了眼，无能为力。我还是选择逃避，蜷缩起身子不去将之后将军俊朗面容上的悲恸收入眼底。我知道他怨我害他与夫人阴阳相隔。我早已带着过往轮回千百世，无法将他们看成爹娘，但他待我很好，好得让我心生歉意，他终究还是无法怪罪于一个小小的婴孩。”她叹息了一声，身子前倾，微微悬腕，指尖稍舒，撩于弦上，却又放了下来，“他见我尚幼便‘自通琴艺’，心上欢喜得紧，请了全帝都最为技高的琴师来教我抚琴，没想到——是那人。”

“可是当年黄泉的那个男子？”昼云有些恍然大悟般的心绪，微抬眉梢问道。

“正是。”阿竹颔首，微微狭了狭双眸，一片水光氤氲，恰似一汪琴音袅袅，“当时我并不知晓，他便是我那一世雪夜抚琴的余音所化。”

【第十二章】

风已然疏了些，但不大的飞雪依旧愈演愈烈，在撕裂拉扯的冬风中翻卷而至，谁道江南的冬日是温柔的，不过是以缱绻的曲调将你拖入更为潮湿阴冷的深渊罢了。满屋摇曳的烛火翩翩，映着两人染印上火光颜色的面庞。

“夫人在阖眼前曾替我取名，苍琴。她曾问将军之女名唤苍琴会否太文了些，而他眸溢宠溺，不会，女儿家的名字便要文雅些。”说起这，阿竹仿似又想起些什么，心尖一跃，似是回忆半晌后才缓缓开口，“那个男子的容颜从来就不会变，所以在我望见他夜色勾勒的眸子时，我不顾一切地将所有的往生记忆摊在月色下细数，那时模样还很年幼的我躲在将军的身后，脱口而出要向他习琴。”阿竹的唇畔忽然现出几分平时悄然的娇羞，微微抿着，带着笑意，“月华之下，他捋发轻笑道，他名作凉歌。”

“他很好，每日后院修竹庭畔我们会一齐共研琴艺，他也教我吟诗，自昼生及月上，日子久了丫鬟们都纷纷扶着亭柱微醺着睡了，倒也奇怪，我们都不觉倦腻。此后，将军请他住在府上，替出征在外的自己多照顾着我些。又过了些年月，将军又一次大捷归来。

他带了一个江南女子归来，眉眼间与夫人似是一个模子刻出来的。

满城皆惊，当今圣上居然赐婚了。

夫人予我有莫大的恩情，就算当时我的模样不过是个刚落世的婴孩，仍是忘却不了她温存的一颦一笑。大婚之夜，将军府红绸绫罗高高悬挂，宾客满堂，夜色被炫目的灯笼染得通红，我也被丫鬟们催促着换上喜庆的红裳，听着爆竹齐鸣夹杂着宾客的道喜声。我似乎能看见将军俊毅的面庞年轻了十岁。但我终究还是忍不了，推开她们，独自逃到那片修竹之下，眼泪流得狼狈得很。

‘苍琴’，他在身后出现得悄然无声。也不知怎的，我回过身猛地扎进他的怀里，将他的长袍前襟沾湿了一大片。我从未告诉过他，我是带着往生百世轮回之人，我也从未告诉过他，在重逢的那一刹那我便记起了他。而凉歌却用掌心徐徐摩挲着我有些散乱的发，不急不缓：‘苍琴，人世间有很多我们无法掌控的东西，你须得学着释怀淡然。’他收了音，松了手，我以为他要走了，却感到凉歌的袖沿抵在了我的后颈，‘但你可以抓紧我。’

他说，他是那个雪夜我抚琴的余音，他为寻我，觅了千百度。”

字音刚落，她的泪便决堤了，顺着颧骨流淌到下颚，摇摇欲坠，弹在琴案上，四下晶莹。

忽一声闷响，门闩落地，竹门霎然大敞，来来往往晃着，一个颀长的人影踉跄立着，撑在门上，北风夹杂飞雪从那人的发际大肆拂过。

“痛——”那人倒抽一口气，苍白的手死死抵住左肩，额上冷汗涔涔，腿间一软坠倒在雪地之上。

一地的冰冷倾透了背上的衣物，冷得深深钻入骨髓，陆离唇色泛白，肩头渗出的血色蔓延开来融进白雪之中，疼痛被微微麻木，只闻得耳畔一声清响：“陆离！”他微微侧过头来，银发在雪地上划出一片亮色，眸色朦胧：“真的好痛啊。”

“你怎么搞成这个样子！”显而易见，心疼大过于责备与惊异，昼云不顾膝下的冰冷，跪在雪地上陆离的身旁，眉间蹙在一起。不过数月，昼云又长大了些。看到昼云，好像不那么痛了。“你——”见陆离面上挤出一丝笑容昼云一时语塞，忙和阿竹将他安顿进屋内的榻上，像是准备一刻不歇地守在床前，阿竹则是迅速备了药为他清理伤口。

“昼云……我想喝鸡汤……”陆离撅着嘴，满眸“泪汪汪”的模样，央声说着，见那人顿时黑了一半的面色又补了一句，“其实鸡腿也是可以的……”越来越轻。

“我看他根本并未伤得怎样严重。”昼云微微蹙眉，脚下却还是往屋外走了，紧了紧衣衫，在经过那扇已被大开的竹门时回头用余光又瞥了一眼。

陆离稍稍抬起了脖颈，有些窥视地等着那个清瘦的背影一点一点消失在风雪中，掀开棉被，半带吃力地支起身来，对着阿竹投来的目光回了句：“这点伤，不碍事。”说罢伸手正欲接过搭在阿竹手中的外衣。“你支开小云是有什么话说么?”她将外衣递了过去，柳眉轻锁。

“是逢上些不妙，阿竹姐姐，烦你陪我走一趟了。”他语稍带急，不顾左肩刚绑的白色布条上渗出的斑斑血迹，动作略带迟缓，全然没有平日的轻巧，将外衣笼在肩上。

“好，待我收拾一下，交代些书塾的事情与二娘，请她替我。”阿竹微蹙眉头思忖了稍许，点头转身却闻得“当”的一声，陆离怔了一下，随即伸颈望去，霎时喉间微涩，发不出声响。

他望见昼云清瘦的身子愣在门外，漆如夜色的发上覆着清浅的白雪，清潭般的双瞳里映着说不出的隐忍，十指在身前微笼着，摔在门槛上的瓷碗碎了一地，瓷片没入雪地，一脚踏下去怕是鲜血淋漓，零零落落散了几枚黑红的枣子和当归，他似是在酝酿着什么，半晌道不出一句。

少顷，陆离轻按了按伤处，面色复杂，缓步来到他面前，微微俯身，用右手够着雪地上的当归红枣，怎奈左肩撕裂拉扯般疼痛，陆离不由得紧抿双唇却没叫出声。

“别捡了，你们要走——便走罢。”昼云面色清冷，语中微滞，伸手意欲止了他的动作，陆离却一声未吭继续捡着，“别捡了。”他重复着，看着陆离执意捡着，心头有块莫大的空隙怎也填不满，他叹息了一声。

末几，陆离有些摇摇欲坠地扶着门立起身，面颊微微有些泛红，右手骨节依着身子捧了一把的当归红枣，默然望向昼云。

昼云觉得心间透不过气，笑也不是，哭也不是。

门外雪下得很大，被风席卷地从背后死死抵入心上，忽而一阵晕眩，昼云微微抬眸凝了凝那人意味不明的桃花眸，眉头一锁，在雪地上拖出一步，最后瞥了一眼之后一句不道地跑进了风雪之中。

阿竹愣在原地，望向陆离怔在门口凝视着飞雪的身影——左肩的血顺着衣袖缓缓落地，盛开出一朵妖艳异常的浴血之花。

她闻得一声微不可闻的叹息，举轻若重。

“尽早上路罢。”

陆离用两指夹起一枚红枣凝神半晌，置入怀中。

（若是红豆，那便最好。）

【第十三章】

昼云蜷起身子，双臂紧紧环膝依偎在小院角落最为隐蔽的那片竹子下，肩膀的微颤触动竹叶，剪玉扑簌簌地凌乱了一地，惊起的飞雪溅落在他的瞳仁里，映得剔透见底。目光从袖底探出，不出意料。

写于2009—2010年间

（未完）

一梦阑珊

【楔子】

一

这是一块被遗忘的土地。

凛冽的风从未名的北方刺着天穹，也割着新生的人们脆弱的黄土肌肤。人们睁开眼，这片土地仍被桎梏于鸿蒙，从它望不见的一个尽头到望不见的另一个尽头。

人们纷纷拱起手腕，揉着方苏醒的懵懂的眼，腕上的混沌黄土却让他们忽然明晰——自己是如何由黄土凝聚再生出精神思想的已然不重要，他们要活下去。

二

人们还不曾摸索出语言。

当他们面向一大片止不住蔓延着、想要触及迟暮红日的广袤蓝色时，仿佛听到它澎湃作响的野心正要吞噬世界，但这种延伸看起来比红日和黄土更为深邃，更为诱人。

于是他们莫名地将自己的嘴唇向两颊咧开，却只无措地发出了些许气声伴着湿热的水雾。

第一个冬天来了。

三

今夕冷得好像迟了些。

人们蜷缩在离大海不远的大大小小的山洞里，裹着腥气刺鼻的兽皮，用残冬里的枯枝腐叶遮掩着透着热乎气的洞口。忽听得“哇——”的一声，惊起了山山微弱的篝火和沉酣的梦。

第一个孩子的诞生弄得大家都手足无措。她“哇哇”地恣意地大声啼哭着，破晓的飞鸟把她的哭声带到很远很远的远方，惹醒了山尖的一棵扶摇。

近乎所有人都围着这个洞口，将它堵得密不透光，大家都未曾注意到冬阳已然快被冰凉的海水缓慢托举起，正要以默然的姿态福泽着大地苍生。倏然闻得海边一声高叫，围着洞口的人们忙直起猫着的身子，遥遥又直直地往大海看去，红日初上。

它好红，比每个清晨伫立山顶高鸣的那只巨鸟的冠还要红。

云脚被沾染得不见白裳，像是漫山遍野的瑰红的沉紫的鸟都倾巢而出，虔诚地学着女娲娘娘般弥补了所有的白的裂隙。

在淡淡的晨霭中，一个光点徐徐踏浪而来。

【第一章】

一

渡云舟慢慢悠悠地在天河的浩渺烟波里摇着。

晃过一片开得正盛的桃花林时，暮癸抬起手，想要折下最近的一枝，长袖滑下，露出小半截苍白却有力的手臂，船尾缓缓掠过最末一株桃花，他却迟迟不曾折下半枝。

“你只有对着桃花，才有些人情味么?”九阏蓦然开口，微锁眉头。她侧身立在船末微微颔首，看着虚无的天河水拂船而过，这是她能离同舟人最远的距离。

暮癸低眉摇头，不作答，只是屏息坐听一条平白无奇的鱼柔着身子淌过月华的细腻声音。半晌，他收回悬着的手，沉着面色冷声道：“天河本无鱼，心中有鱼，便有了鱼。你口中所谓的‘情’，亦是如此。本就是虚无缥缈的东西，你却被它牵绊住。都自身难保了还不知悔改。”

“悔改什么?”九阏并未露出畏色，抬眸反问道。

“你是天妃，你有万民的景仰供奉，你有左右天地的权力，你有那些凡人修了十几世都宿不得的天辰宝境。”暮癸斟了半杯酒，透过细雕精琢的玉面，狭眸看酒内乾坤，“可你却贪恋凡尘，铸错如此，你负了你的子民，也负了你自己，此时却问悔改什么，天经塔里的那些书你算是白读了。”

九阏摇头轻声一笑，随即秀眉一扬道：“暮癸，你说得倒是义正词严，不过，从我受封至今，我们相识已有三百余年了，这些年你暗地里密谋了什么，别人许是蒙在鼓里，我可是明晰得很。”一身岚裳沾了浓重的夜雾，一只纹于袖口的蝶从浅眠中惊醒了过来，“还要我点破？”

“你也知道三百年了？”暮癸避开九悯抛下的辛辣一问，一饮而尽，又挽袖俯身舀了一盏的天河水，淋在案上，道，“你终究是为了琐事而误天下事，悖了众人的厚望。这一盏敬那些被你负却的臣民。”

九悯的眸色中闪过一瞬的失神，却又佯做出强硬的模样回道：“莫不是只许你放不下凡间的酒、放不下凡间的人？”

“荒唐！”暮癸拍案而起，面色露了些愠怒，却怎么也不接下文。

一时无言。

海底断层的鲛人守卫昨夜呈书密报，裂隙口的珊瑚树上挂满不知其名的死兽，皮毛皆灼热异常，裂隙的生长已初现端倪，加之今年不雨，节气不稳，这些当真都是我的过错么？想到这，九悯禁不住用指尖按了按太阳穴，深深倒抽了一口气，缄默着。

约莫一壶茶的时间，船尖蹭上一株从东海植来的鲛人草。

九悯望见不远处燃起千百点星子似的天火，细细一看，是朦胧在红幔间的数不清的红烛，染赤了一片的水光。

暮癸定稳了渡云舟，却不下舟，只是起身整着华袍的下摆，道：“终是到了，红烛阵。”

“我走了之后，莫要为难阿飞和朝癸，纵使她们与你的道不同。”九悯取下绾住青丝的一根凤骨簪，扔进了天河，又抬起右臂，放生了那只纹在袖口的薄翼蝶。

“朝癸是我的亲妹妹，我断不会无情到骨肉相残。更何况，她又是代替天妃治理大海的御水。”暮癸忽然笑了一声，仰起脸，似是有些很难以抒怀的东西闷在胸口，“至于阿飞，我是很久不曾这样唤过凌涯了。呵，你和朝癸向身为羽人的她学飞的模样，今夕还历历在目。只可惜——都是你们年少轻狂时的事了。”

“是你为了权与私欲背叛了我们，背叛了我们四人毫无猜忌的年岁。”暮癸话未毕，九悯便一针见血地接了一句，语带颤抖。

“我喜欢这罪名。”

二

瑟瑟槐枝上立的那只寒鸦不安地动了动，干涩且短暂地叫了一声，在死静的长夜里突兀地惊动了树下凝神聚思的少年。

“挽风——”倏而感到眼被一双大手蒙住，听到来人熟稔地唤着自己的名字，少年便将那人的手从眼前放下，浅笑道：“云舟哥，别闹。”

“手怎么这样冷？数九寒冬的，也不知多穿些衣服。”他说着便抓起挽风的手塞进怀里捂了起来。

挽风虽是私心暗喜，却只得抽出手来，轻声道：“还要读书。”

杜云舟略带不满地扬了扬眉，无奈地放下手，绕到少年跟前，随手挑起面前案上摊开的一册古书，扫了两眼，看着挽风被冻得微微发红的脸道：“怎么，又是这些老古董了？若是缺书读，怎不对我说？我悄悄请九阙娘娘从那天经塔取几本与我，你也知娘娘向来厌那些繁文缛节的。”

挽风习以为常地从他手中接过书，爱惜地轻放在案上，回道：“娘娘与你对我的好，我又岂会不知？只是并非书荒，今夜星象有异，大辰宝境内，星芒黯若无光，天河水阳，天火肆虐，怕是灾变之兆，特向师父借来初代娘娘传下凡间的古籍，想寻寻可有先例。”

云舟会心地点点头，抿唇不语，侧过身子望向远空，正欲接话，挽风似是想起什么，又忙追了一句：“你私来会我，那渡云舟又如何是好？暮癸大人令你掌管天河，你这样擅离职守难逃罪责，天上不比凡间，云舟哥，快回去罢。”

眼前这看似二十出头的俊朗男人忽而孩童般笑了起来，说道：“何来擅离职守之说？今日暮癸——大人特意遣我下凡，因是要事，封了天河和桃花林。”他又像是献殷勤般绕过书案，俯下身子用手臂蹭了蹭挽风的袖口，“再者，你我是八拜之交，为了兄弟即便是违了那只手遮天的人的意愿也无妨。”

“——小心隔墙有耳。”挽风微拢眉头抬眼看了他一眼，却噙不住唇畔的笑意。

三

“娘亲？”孩子呓语着从梦中冻醒，映入眸中的是张熟悉面孔，“飞姨。”他低下头稚嫩地轻唤了声，然后忍不住哭了起来。

凌涯除下自己的外衣，紧裹在孩子孱弱的肩头，听着他毫无遮掩的哭声，她不由得重叹一声："地宫里寒气重，冷得紧。你这么一个孩子——"想想日后他要久居于此，凌涯心头不由得一阵酸涩，眼眶湿热起来。

"飞姨……不哭……"泪滴在孩子的脸上，他咬着牙用力忍着眼眶里的泪，抽噎着轻轻拉了拉凌涯的前襟，"九铭能照顾自己！"

凌涯用手背拭去面上的泪，道："你和你娘亲一样勇敢。"说着，正色着双手捧起孩子的小脸，"九铭，看着飞姨的眼睛。你可记得你娘亲给你起的这个名字有何用意？"

"记得，是让九铭时刻铭记'贪、痴、嗔、恨、爱、恶、欲、忮、仁'。"男孩如同背书般背了出来，他还小，并不懂得所谓是何，但他知道这是娘亲所交代的最重要的事。

"阿悯——也就是你的娘亲曾说过，有些事物铭记是为了铭记，有些事物铭记是为了摒弃。"凌涯从袖间取出一根巧夺天工的玉色簪子，"这是你娘亲常戴的那对凤骨簪中的一根，她临走前说留给你，要如惜命一般惜它。"说着，塞进他小小的手中。

九铭抽噎着将簪子凑近鼻下闻了闻，那是他再熟稔不过的发香，是一种极温存的暖香，又渗了些眼泪的咸味在里头。

"离这儿不远有一位鹤故先生，与我们是旧识，他每日会遣弟子前来教你为人处世、读书写字。总得学些要紧的，将来能成人。"凌涯抚了抚孩子额前才留的发，九铭红着眼眶狠狠地点了点头，又用棉衣的袖口擦了擦面上的余泪。

安顿好九铭后，凌涯便狠下心出了地宫。她抬头看了一眼天，亮了有一会儿了罢，白得真是麻木。

凛冬的风向来是不甘消停的，像是极细又极利的针，密密地锐刺着裸露在外的肌肤，湿冷总是让人难过的，它会冷进骨缝里，寒进心里。

凌涯仰着头深深吐纳着，呼出的白雾还未晕开就散了。这个冬天让她觉得难受极了。羽民的记忆是令人艳羡的，她忽而想起她的第一个冬。

从她记事起，她就一直在飞，落单地飞。

她不知道自己从哪儿来，只是依本性，凭着背上日益丰满的翼不断地在苍穹下飞着。倦了，就在不停息的风里云里眠一眠。可是看不见终点的过程总让人觉得太心慌，她于是决定下去看看她俯视惯的东西。她费了好大劲才迫使自己停了下来。

她先是以如在空中飞翔般的姿势在地上匍匐，锐利的石子和泥土磨得她伤痕累累，满身尘埃。后来，在经过一户农家时，她颤抖着躲在黄泥和起的房子后偷偷看着农妇忙碌地来来回回。于是，她学着踉跄地站了起来。当她的双足初碰大地时，一种属于万物的灵息润泽地钻进了她的身体，她想她开始爱上这片硬实而宽容的东西了。

羽人的语言天赋向来不低，她在这家农户周遭躲藏了好几天，揣测着体会着，才有机会学到"谢谢"那句话。可当她踌躇很久，好不容易才对那位农妇说出"谢谢"二字时，那农妇却被她的形态容貌吓得抛下剥了一半的玉米，逃回屋里紧闭门户。

她是伤心了。她本想着回到容得下她的天空，可却怎么也舍不得丢弃这种脚踏实地的踏实感。所以她"借"了两件他人闲置的不称季的衣裳，牢牢裹住自己。

她初到一座小城，低着头在满眼的春锦秋裳中突兀地披着棉袄，埋在过路人炙热如夏阳的目光里。

衣衫虽能遮掩她颈上覆着的白羽，但再厚的冬衣也藏不住她背上的双翼，终于，几个孩子出于童真和好奇，悄悄地欲从背后扯下她的棉袄，她像是被针刺似的用力拉了回来——

下雪了么。

她呆呆地看着棉絮从裂口中掉落，被秋风一吹，飞得满天满眼，而忘了躲藏。

出乎她意料的是，那些本该嘲笑她驱赶她的人却都忙不迭地跪了下去，就连刚才的孩子都被强按着低下头跪得老老实实。人们都知道，羽民世代守着天辰宝境——他们信仰的所在。

她不明所以地被留了下来，虽不清楚是怎么一回事，却第一次觉得心里很暖。

新鲜感过去后，她身边的人开始越来越少，她从人们的瞳孔里读到一种敬畏则远之的意味——这里终归不是她应在的地方。

对待异类，人类总是选择一种渴望却排斥的矛盾情感。

她逃了。她只能继续飞。

有一天，在云里，她低下头，看到地面是无垠的茫白，她终于又禁不住诱惑，好了伤疤忘了疼。

这是一大片广袤的森林，它们太高了，高得凌云。她的羽毛第一次被雪打湿，雪冰凉地拍打在她身上，不知轻重却激得她精神抖擞。她想，即使不驻足好好倾听自己的心跳声，也知自己此刻是怎样的紧绷了，她在这片覆雪的幽林里嗅到了同类的气味。

她禁不住周身颤抖，仰视着这些真正的羽人们。她的双翼在身后努力扇动着，她听到羽毛的扑簌声和自己的心跳声混在一起，声响盖过了整个世界的落雪声。他们的身上有着太明晰的天空与森林的味道，好像是将云与叶捏碎揉进骨子里一样，这种味道如此不浮夸地从他们身上无可争辩地散发出来。

她的瞳色已被世气浊得混沌了，但她还是被族人收容了。她无法忘记首领清透极却无法看透的瞳孔与雄壮丰满的硕大羽翼。她卑微地低着头，这种气息让她显得孱弱，双翼快要自卑得无法动弹。

她追随着族人的脚步，守林、筑屋、祭月、试炼、变形……她拼尽全力，瞳色也日益澄清。直到才只十岁的九悯亲来甄选贴身女官，当她很清晰地听到首领向九悯敬而有礼且不卑不亢地道着她的好时，她才意识到自己存在的价值。

她也清晰地记得，个头不高的九悯站在同样年少的她的面前，身为羽人的她身形瘦长，她半跪着低着头，九悯却执起她苍白细长而半覆羽的手，笑着说道："别这样，是我太矮了。"

或许是从那句话开始，她就决定——要护着陪着这个女孩，这个有副傲骨却对凡事都易投入感情的女孩，直到最后。

滴答——滴答——

凌涯以为是泪，便伸手去抹，却又针刺般缩回手来。它们不是温热的，而是冷进骨子里的。

"阿悯，我食言了。"她颤抖着将脸埋进掌心，忘了藏住原形的她感觉双翼被雨打湿了，沉重如铅。

久违霖雨于万民都好，只不过在此一瞬，旧人已去。九悯早已交代，要她无论如何定要抢先寻到刚诞生的新天妃与御水，且务必保全她们。

可是啊，冬雨，你别来多好。她在心里骂着自己自私，却无法迫使自己停下。

【第二章】

一

冬雨下得急了，比往常更冷更密，重重地打在男子背上的薪柴上，他也不知该喜该忧，难得年末下了场雨，却打湿了刚劈的柴，也淋得人瑟瑟发冷。他感到背上愈发沉重，便用衣袖擦着额上擦不完的雨说："兄弟，去那儿的小茅棚歇歇再走？"

"哎，好啊。这雨……哎……"孟二哥像是也想不出什么词来形容这场雨，摇摇头，又囫囵地抹了一把脸，将薪柴又往肩上抬了抬，便踩着泥泞的路往茅棚走。

茅棚窄矮得很，两人只得将湿柴扔在地上，半猫着腰，不停地搓着手。孟二哥像是想起什么似的，问道："大哥，嫂子快生了罢？"

"是啊，也就这两天了。"孟大哥往掌心呵了一口热乎气，天太冷了，穿着一身湿透的衣服着实难受极了。

"一定是个大胖小子！"孟二笑着双手交叉在胳膊上来回搓着取暖。

孟大哥仍是忙着抓拧袖子里的水，但面上却盖不住欣喜的笑，又说了两句话后，他打量了下棚外的天色："这雨看来一时半会儿停不下来啊，兄弟——"他回转身子，正欲拍弟弟的肩，却拍了个空，他奇怪地扭过头，果真不见人影，"兄弟？"他又叫了声，探着头左顾右盼着。忽感到背上一瞬就沉重了许多，像是什么趴在自己肩上。夹杂着浓重腥气的喘息喷在他的颈上，气味令人作呕，他怔着身子不敢动弹，只是颤抖着抬起右手沿着自己的肩向后慢慢摸索。

尖、锋利、庞大、长毛。

他吞了口唾沫，想扭头却又怕是那种趁机咬断猎物脖子的狡黠大狼，他倏然感到肩上一片腥气的湿热，止不住地哆嗦着摸了摸，满手的黏稠。热呼呼的喘息凑近，锐利的獠牙抵在了他的手背上，他屏住了呼吸——

“啊——！”手上连心的穿透般的疼痛迫使他大喊了起来，也就那么一刹的事情，叫声便被血与肉的迸溅撕扯声压了下去。

二

凌涯气喘吁吁地收了羽，倚着井边坐了下来，雨好容易才停了，地上已湿泞成一片，脏了白衣，她却全然不顾。她颔首看了看怀中的放肆大哭的女婴，略微松了口气，又忙将自己的衣裳找出一块干净的，撕下来裹住女婴，女婴这才止了几滴泪。

刚才的事想来还是有些后怕。孟家大娘子刚诞下女婴，身子极虚，忽来一阵妖风破开了门，风寒侵体，她一见到它们狰狞的嘴脸，又受了惊，吓得死了。这班妖魔似是受了谁的指使，群起来夺杀女婴，幸逢凌涯嗅得一路妖气追来此处，才捡回这婴孩的一条命。

“好在这群妖物挑错时机，在自己功力减退的白昼来袭，不然倒真是一场死战了。可这近百年来，它们都悄无声息，却在此时倾巢而出，莫非——”凌涯平复了气息，蓦然像悟到什么，又看了一眼四周暗忖着，“这院落里并无妖魔狂躁过的腥臭，妖气至此也就断了，井水的味道倒也很清净，不像被浊气染指过。”她眸光一亮，像是气力又回来了一般，起身往井里看去，却见水下灵息不寻常，她忙用闲着的左手拉起了井中的吊桶，却见桶内又卧着一熟睡于襁褓中的女婴。凌涯心下猛地一惊：那婴儿并无鲛女的鱼尾，身上也未覆鳞，却能眠于水中，定是不凡之辈，难不成——

忽然凌涯右手抱着的女婴又哭了起来，孩子像是感应到什么似的，两脚在衣料里乱蹬，双手则向着她们身侧乱挥乱舞。凌涯转过身，却见院内一株微小难辨的天辰花正开。

当初在这片土地上，人类文明初现的时候，从海上曾漂来一朵硕大无朋的半含着苞的七瓣白花。此花之白并非甜白，也非月白，更非云白。乍看是纯粹的白，可这白中又暗蕴着红，像是在极纯澈透净的白的光晕里悄悄淌过一朵红云。而当红日跳出大海时，天辰花也就盛开了，花中走出一女子，即是初代天妃。

历代一旦旧天妃玉殒，新天妃所现之地便会开出一株天辰花，这花认主，会随主人的成长变化而变化。

凌涯屏息凝神注视着怀中的女婴，又看了看水桶内意欲翻身的小家伙，心中已有定数。

三

刚入云霄，身披甲胄的两行帝阍肃然而立，不过九悯已去，个个由神情上都可见心内是酸涩的。见到凌涯，他们便躬身施之以礼，见其怀中还有两个婴孩，便皆以询问的目光看向她，凌涯朝他们点了点头，收敛起心内又被引出的苦楚，向宝境深处飞去。

“阿飞！”忽听得身后一熟稔女声，凌涯收羽落在云面上，回过身看，来人并未着橙衣，也不见了素日里的笑靥，而是换了一身鱼摆尾浪纹素裙，红肿着一双杏眼。

“朝癸……哎。”凌涯想劝慰两句，可自身也是痛心不已，便又问道，“还见得到么？”

朝癸重叹了一口气，摇了摇头：“你也知道，投入红烛阵就湮灭了，哪还得个全尸。”

凌涯倒抽了一口冷气，不由得抱紧了怀中的两个孩子，她们于是“哇”地大声哭了起来，在她怀里闹个不停。

“难道……”朝癸一怔，看着两个不知者无畏的小家伙胡乱翻身，凌涯点点头，将左臂环着的孩子小心翼翼地给了她，应了一声又道：“发现她的时候她就睡在井水里了，想来不必吞鳞便可居于水中。”

朝癸半蹲下身子双手接过女婴，自言自语道：“奇了！莫非是蛟人之后？”又信手拈来一片冬阳刚暖过的薄云替孩子擦了擦身子，蓦然发现在襁褓内层绣了两个隽丽的小字，两人侧过身来细细一看，齐读道：“明瑟？”

“是这孩子的名字么？”凌涯抬起头疑惑地望着身旁的人。

“想来是的。”朝癸迟疑着，还是点了点头，像是想起什么，便摸着凌涯怀中那女婴的小脸问，“她有名字了么？”

凌涯摇了摇头，道：“我赶到时，她的母亲已被妖魔吓死，我将她安葬了。她的父亲下落不明，怕是也遭遇了不测。后来略加打听得知那户人家姓孟，朴实本分，中年才得一女，可惜——”说着悲叹了一声。

“不如就叫阑珊罢？”朝癸说道。

凌涯微微蹙眉问：“阑珊未免凄凉了些罢？”

朝癸抿起了唇，唇角下弯，愁着眉，过了好一会儿才噙着满眼眶的泪，说道："孟阑珊，梦阑珊。但愿这一昼夜里的变故都是阑珊一梦罢了，日后一切都好。"

凌涯抬起手，用食指抹去她刚流在面上的泪痕，正欲开口，却听得背后一人道："可这日后的事，谁——也说不准。"折扇开。

她们锁眉转身，只见暮癸扬扇而来，袖间携一枝天河畔的桃花，面无表情，眸色意味不明。他伸手意欲摸一摸朝癸怀中抱着的女婴，却被她挡住了手。

"你的目的已经达到了，何必再对这么小的孩子下手？"朝癸面带愠色，听得来人唤自己"妹妹"，怒得高了声，"别叫我妹妹，你我的兄妹之情早在阿悯魂殒红烛阵之时就断得干干净净了！"

"你的脾性我最清楚不过了，你不是个能狠得下心来的人。"暮癸并不作怒，只是沉声道。

朝癸气极，刚止的眼泪又从眼眶里争相逃了出来，她狠狠地摇着头，因匆忙赶来而未束好的发又披散下来："我是狠不下心来！我不能放着几百年的情谊不顾亲手让她万劫不复！我是狠不下心来，是啊，我狠不下心来，最狠得下心的人是你啊！"

"是她自己走上歧路在先。"暮癸宽实的肩极轻地颤着，像是在隐忍些什么，他倏地阖了扇，过了很久，才缓慢地开了口，"那个孽种被你们藏在何处？"

"歧路？孽种？"朝癸失望地看着眼前的人，面上爬满了清冷的泪痕，苦苦地笑着，长发沾泪贴在了面上，"如果她走的是歧路，你走的就是断路！"

"告诉我，那个孽种在何处！"暮癸似是被戳中痛处，翻了脸，发力将手中的折扇捏碎。

"哪来什么孽种？他是阿悯的亲儿子啊！"朝癸咬着牙，一字一顿地说了出来。

暮癸将碎裂的扇骨和扇面统统掷下云端，怒声道："可他的父亲是个凡人——"

"你到底还是在纠缠'凡人'。"凌涯颔首闷声低笑了一下，其中掺了些苦涩，"凡人是无罪的。"

"凡人是无罪，可他做了有罪的事情。"暮癸冷笑道。

朝奚立刻大声反驳道："他们不过是出于爱情忠于爱情而已！"

"你怎么能这样轻易地将——'爱情'说出口？你对'爱情'究竟明白多少，敢这样揣测？"暮奚难以置信地轻蔑一笑，摇着头，觉得这简直可笑至极。

"我是不如你明白，毕竟你也和那个酿酒的凡人女子痴痴缠缠了那么些年。"朝奚拨去紧贴在颊上的发丝，晌午的冬阳在云端上看来格外冷漠却刺眼，她红肿的眼因刚被风干了泪而隐隐生疼。

就好像那凡人女子是暮奚的死穴般，仿似针刺，他的心猛地一挣，于是一些话到了唇边，又悖心地变了模样："我和她已无半点瓜葛。"说着掠过她们的肩，向着天河畔桃花林一步一步地走去，也不顾身后两人的言语和她们怀中孩子腹空无物的大哭声。

凌涯拉了拉朝奚的长袂，拉回了她矛盾的眼神，两人短短地说了一番话，叹了叹，抹了抹泪，又忙走进了天沉宫去安顿两个孩子。

日子，还长着。

【第三章】

一

上山道上栽的两行梨花又白了一遭，青衣少年照着往年用石盏集着开春前最后一点雪水，他抬头看了一眼天色，清清的，和那日无甚两样。

"不忮。"闻得师父唤自己，少年应了一声，停下手头的事，遥遥看向半山亭里的无面人。"有多少年了？"师父问道。

他明白师父的意思，双肩不自觉在棉衣里缩了缩，答道："师父，大概六七年了。"

无面人微颔首，不多言语。

也是一个天清得让人心慌的日子，九悯立在无面人身后，雪簌簌地落在身上，小徒不忮的竹笛声被长风吹得散了很远。

无面人抬手指天，问道："你以为，我所指为何？"

"天。"

"是心。"他摇了摇头，指了指脚下的冷土和枯木，"这又为何？"

"地。"

“是心。”他又摇了摇头，用掌心拍了拍自己覆着雪的肩头，“这又为何？”

“人。”

“你真固执。”无面人兀地闷声笑了起来，他转过身来，苍白的空荡荡的面上落了几簇没融化的雪花。

“是，我真固执，可我再固执，这雪还是要下的，这火还是要烧的。”九悯神色平静，看着对面那张比天还清的脸。

“这两句有何关联？”

“不知。”

隔了很久，不知不觉，竹笛声已经被冬风捞得七七八八了，半山亭里的小徒有些嗓子发紧，拘谨地朝高十几步的石台方向说道：“师父，茶沏上了。”兴许是怕他未听到，又稍稍扬声。

“到亭子里避避风雪，品品老茶罢。”无面人语毕，便从石台边际退了回来，步向小亭。九悯点点头，随其后。

方才还是滚烫的茶汤已经有些温了，指尖触到的刹那，九悯还是怔了一怔，她心上一麻，这才觉察到自己是真实存在的，是活着的。约是受封后的二百多年罢，九悯开始觉得活着是一件很乏味的事，天辰宝境的云是可以看腻的，活——亦是能活腻的，但她只能把活着作为本分，好好地去恪守。记得某年，她偷偷地让阿飞在回森林时把她捎到人间看两眼，她还记着那天阿飞矛盾地绕着天辰宝境飞了三圈才咬牙答应下来。初到人间，她不明白为何天上人人心里总匍匐着个念头要下来一趟——街头有人趴在裹尸草席上哭丧妻之痛，客栈外有苦着脸抓虱子闻着烤鸡香的叫花子，织布机前有白发老妪边咳边泣……但她也看到了纸鸢、糖葫芦、花灯、兑了不少水的高粱酒，还有——她不能说。

死亡、贫穷、病痛，这些在天上是不存在的，但远离它们的代价被生生地拧成了一条无形的绳子，牢牢羁绊天上每个鲜活的心，就是这太阳，教她没有自由，就是这月亮，教她越活越怕。

她要找个不见丹乌亦不见清蟾的小巷子，好好地让自己清醒清醒，她生怕自己做出些什么——

“这茶不好。”九悯艰涩地开了口，风忽而大了，差一些盖过她的声音。

“可你还没尝。”无面人道。

九悯似是想起些什么，又问道：“不忮哪里去了？”

一旁新到的小徒以为自己的茶沏得不好，战战兢兢，双肩微颤：“回禀娘娘，不忮师兄他……师兄刚下山……师父……徒儿不知……师……徒儿……”他的脸在寒风里冻得发红，急得有些语无伦次，无面人抬手摆了摆，他像是得了赦令般点着头跑开了。

“他很有些可爱之处。”九悯缓和了脸色。

“约是去年春天罢，能让那孩子抱着已经僵冷的母亲在我的梨树下跪了三天，让我想到了不忮，我就将他带了回来。”无面人道。

“你还是最把不忮放在心上。”

“他的身上有一些我所没有的，让我欢喜也让我耿耿于怀啊。”

九悯摇头笑笑，忽来一阵急风吹得茶水皱了，她抬头看风，却看到一只形容怪异的长喙鸟叫个不停，向西边的岚山飞去。九悯不由深吸了一口气，起身道：“这山风来了去去了又来的，也不知何时才能歇歇，但这山风去处便是空。该了断的事总要了断的。”她顿了顿，“这茶很好。”

无面人目送她一步步地走下半山亭、踏过山路上渐渐不成气候的雪，展开掌心，看着刚刚她不着痕迹留下的字条——却是无字。

“师父？”不忮唤了一声，看着无面人鹤故方大梦初醒般，回头凝视自己，半晌才定了神，有些不自然，“我去了？”

“什么时候了？”他的声音带着久未开口的干涩。

“寅鸟飞过已经一阵了。”

“是该去了。九铭这孩子近来如何？”

“并无懈怠，带去的书须读的读了，须背的背了，须悟的也悟了，每日的帖也临了。”

“好。”鹤故颔首，自言自语，“一切都‘好得很’。”

“师父？”不忮试探地看看他，而那人有些恍惚。

“来，不忮。”他若有所思地看着他，认真地唤他的名，去拉他的手，“你来尝尝这茶。”

“师父——”他不着痕迹地避开了鹤故的手，“时候差不多了，徒儿先去了。”也顾不得等一个回应，便匆匆别过脸拎着食盒转身。

鹤故似是想说什么，却迟迟不开口，只是点点头，就像是在回味自己方才的所言所行，一会儿又惶惑地蹙起眉看天。

不忮走后许久，鹤故看了一眼案上早已凉透的茶，凝神良久，才道了一句：“茶是好，可你们为何都不尝？”

二

不忮往后退了两步，才没被赶上的浪尖湿了脚。

从小螃蟹的螯中接过鲛人草，根部覆着的几片逆生的鳞刺得掌心有些生疼，他蹲下身来，冲它一笑：“这次又让你烦神了。”

“哪有哪有！”小螃蟹喜滋滋地挥舞着双螯，立在一旁岩上的白鸟颔首啄啄身上的羽毛，嘟囔着：“瞧你这得意劲儿，壳都红得跟熟了似的。”“我……我哪里得意了！我才不得意呢！虽然确实有点得意……不！我一点都不得意！”小螃蟹左右往返地移着含含糊糊地回着，看见白鸟略带鄙夷的眼神忙岔开话题，费劲地想回头望两眼海，“说起来，刚才在采草的时候听两个鲛女说四小姐来了，看她们匆匆忙忙的，问她们也没有怎么搭理我，后来又游过两三群大头鱼，也是一副忙坏了的模样，好像在为四小姐找什么东西。”

不忮若有所思，问道：“是哪位四小姐？”

“必然是南边蛇族的四小姐，是个出了名的火爆脾气，听说她与朝癸大人可不是一般的交情。”白鸟用喙比了比南方，答道。

“你抢我的话！”小螃蟹“哼”了一声，又洋洋得意地说，“不过你肯定不知道其中的故事，那是自然的——这只有我们海里的才最清楚。”

“那你倒是说说看。”白鸟投去一瞥。

小螃蟹暗叫夸口之失策，忙道：“其实我知道得也不多，只听说四小姐还是个蛇蛋的时候就和朝癸大人瓜葛不少了。”

“这样说来，那四小姐来就不是新鲜事了。那她丢了什么，这样兴师动众的？”不忮面带惑色，问道。

小螃蟹忙答道："好像是朝癸大人送的，据说四小姐家的那位十九祖宗不知为了什么闹翻了天，四小姐因看不惯骂了他两句被蛇王训斥了一通，气得说要来海里永远不回去，走得太急连东西都落在半路了，现在御水娘娘的人快要把海给翻个底朝天了！"

"你所说的十九祖宗莫非就是——"

"是，他就是蛇王的第十九个孩子，唤作燃玉。在他前头的那些兄长们都早夭了，所以蛇王对他极是溺爱，全族上下对他也都像供奉祖宗一样，这'十九祖宗'之说也就传开了——"白鸟话未毕，小螃蟹就不服地直嚷嚷。

不忮忍俊不禁，半带玩笑地调停道："师父一直教导我们，要对自然万物怀有敬畏之心，我一直心存疑虑，今日我才知道，我的所学比起你们真是浅薄极了。"

"哪有哪有！像不忮哥哥这么……"小螃蟹搜肠刮肚地寻着词，"这么好的人！我们是绝对比不上的！再说了，不忮哥哥你也是自然万物中的一个，你就是自然呀！"

不忮一怔，凝神一悟，半晌才笑道："我是自然，自然是我……比起你们我果然还是浅薄了。"

看到小螃蟹急红了脸，话憋着却表达不出来，白鸟便向它道："你别支支吾吾地耽搁了他，这鲛人草采来不是要去送人的么？"

"这正是送给我那小兄弟的，他因患有眼疾常年不能外出，一直惦记着外面的世界，所以托我带些'外面的东西'。"不忮忖度着措辞，并非他信不过这两位朋友，只怕隔墙有耳，误了大事。

"你从前都没有提起过……他好可怜……代我……代我们向他问好！"小螃蟹难过地耸了耸双螯，看向他。

不忮点头，笑着谢过别过小螃蟹和白鸟，带着鲛人草起身离去。

三

听得来人在甬道里愈近愈响的脚步声，九铭从一张无甚雕饰的木椅里抬起头来，他偏过身伏在圆椅背上，咧嘴一笑："今天你可来晚了。"说着便跳下木椅，从不忮手中接下那株已然有些萎靡的鲛人草，放进一旁盛了半满水的玉鼎里，"这些鲛人草长得一天比一天好，再过些日子玉鼎都容不下它们了。"

不忮笑了笑，搁下食盒，道："你对时候的掌握还是出奇的准。今天确实耽搁了些，遇上了一个故事，倒很有意思。"说着从食盒最下层取出一个形容极素极雅的瓷碗，"这是能让新做的梨花糕，他说一定要带给你，你先尝着。"于是又将方才听到的话说了一遍。

九铭笑着谢过能让后，将两人的椅子搬来，不忮摆手不坐，九铭便独自坐了，一边听着一边提箸揀起一块梨花糕入口，味敛不涩，自有一段芬芳："嗯……好吃——什么？那'祖宗'这样'得势'——他到底是为了什么在家里闹？"

"半路遇上两只雀儿，原想向它们打听，我还未开口它们倒叽叽喳喳地抢着说给我听。"不忮道。

"哈——我就说昨晚耳边窸窸窣窣的声响怎么总不间断，原来是雀儿们说了一宿的话！"九铭恍然大悟般一笑，咽下一大口梨花糕，未曾留意对面那人的一怔，兴致勃勃地追问道，"快说与我听听，到底是为了什么闹？"

不忮仍是在笑，长明灯静谧摇曳的焰尖映在他面上却有些不自然，他暗忖：这地宫与地上世界隔绝，理应不得闻鸟雀之声，莫非……这焰尖不像映在他面上的，像是在他心上不慌不忙地挠，可越挠越慌，越慌越挠。他唇角的笑意敛了大半，埋首理起食盒，做出斟酌措辞的模样，答道："南方蛇王同××××久结嫌隙，但说来奇怪，十九祖宗的名讳倒与××××家的长子迟鹭颇有缘系，至于是何缘系外人也说不出个所以然，只知这一鹭一蛇自幼便在一起，处得极好。前些日子××节方过，迟鹭便被——"不忮顿了顿，顾念九铭年幼丧母，打击不小，他避开了"天辰宝境"几字，又道，"便被云上人接了去，在××家看来这也是本分，倒是那年纪小小的祖宗如五雷轰顶，哭闹了几天几夜，粒米不进，至今还不见好。"

九铭闻得"云上人"三字，先是一怔，而后顿觉心头一阵野火烧，眼前闷黑一片，四肢如铅重，后头的话也不曾听进去，只是随口叹了几声，又塞了几口梨花糕。不忮有所察觉，看在眼里，也不多言，只是坐在一旁。过了半晌，一大碗梨花糕已尽，九铭蜷缩在椅子上，两眼盯着上方，无意地撅着嘴，又隔了好一会儿忽然开口道："大哥，我常在想，我以后恐怕都要待在这破地方了，可是这些年来你每天给我说外面的故事，我也常说故事里的人可怜，也不知是哪天，我开始疑惑，如果——我是说如果——我逃出了这地方，我是不是也会变成故事里的人？我真是只是在说‘如果’——”他抬起上身争辩着，却忽然停住了，他抿抿嘴，声音又低了下来，“我知道我不该有这样的念头。”

“我向来不相信这世上有什么‘命’，就算有朝一日你离开了地宫，我也不会感到奇怪。”不忮感到喉头有些紧涩，他终于放下理了又理的食盒，正过身来看向九铭，“可说实话，我们早已是故事里的人了，在我们出生之前，不，或许是在更早的时候，在我们的远祖出生的时候，甚至当我们脚下这片土地醒来的时候，我们就注定了成为故事里的人，谁都逃不掉，逃不掉。”

“大哥……”九悯看到不忮的眼里有些什么异样的东西，倒抽了一口冷气。

“每个人都拼了命想往别人的故事里钻，到头来却落得——落得无以家为。如我早知今日是这般模样，当初何必非要拜入师父门下？”

“大哥你怎么了？先生不疼你么？先生他最疼你了！”九铭忙道。

“师父是疼我，他越是疼我，我便越是——”不忮的话音戛然而止，他咽了咽口水，怪自己多言了。

“大哥你的脸色不好……”九铭的面上露出了畏色，他有些无措地站了起来，这是几年来他第一次见到不忮现出如此神情。

“我没事，许是近来太累了。”不忮抚额移开目光，不自在地理着自己的情绪，又道，“忽然想起山上还有些琐事，今日我便先回去了。”九铭点点头，看着不忮提着食盒离去了，心下仍未平下来。

甬道变得长得可怕，静得可怕。那些缄默的往来无度的气息恣意地挤进他的身体，又争相冲出去，不厌其烦地反复着、穿梭着，比任何时候都更为湿黏，更为阴冷。不忮攥紧食盒，继续走着。他心里本就是乱的，方才一吐为快却又因怕为日后落下祸根而更乱，他明白自己再也不能同别人诉说自己的乱，因为人本就该是“乱”的。

今日仍同往常一样，被无孔不入的光灼了眼，春泽霏霏不止，从他的领口滑了进去，他觉得有些寒意，伸手在颈间抹了一抹。忽听得身后一声“大哥，忘了伞”，他有些恍恍然地回头，那人止在暗处，唯有伞尖刺出黑暗裸露在还不成气候的春阳之下，待到他回过神来，那永远在暗里的九铭已从少年长成男人了。不忮有种说不出的感觉，暗叹打那六七年后又太快地溜走了好几年，他笑笑接过伞，撑了起来，又似是想起什么，从怀中掏出一本老旧纸脆的书，在伞下交与九铭道：“这本《婴顿录》，师父交代要好生读，好生悟，下月初八师父会亲自过来一趟。你拿了书就快回去罢。”

九铭闻得书名一愣，欲言又止，只请不忮代向鹤故先生、能让问好，道过别后便转身往深处去了。

【第四章】

一

复明曰一手敛裾行在天河旁的小径上，另一手托着翠玉纤腰小盏，身后跟着的白衣姑娘忙着抬头逗桃花，脚下未稳，一个踉跄，裙尾将近岸的花瓣都扫入天河之中，引得几条好奇的鱼试探地一啄，春阳正好。

“两位姑姑，今日这么早？”

白衣姑娘听到河心忽然传来的这句话，柳眉倒竖，故意怒嗔道：“你可吓到我了！你瞧这花，又不会泅水，好端端地让你也吓了，倒全栽进了天河里头！”

“这样说来，我倒要向小姑姑和桃花姐姐们赔不是了。”原本侧卧船内的云舟翻起了身，整了整衣摆，深深作了个揖，掩着笑意。

“你可别再欺负他了。”复明曰轻轻推一推那白衣姑娘，“时候也不早了。”

白衣姑娘禁不住扶着树干笑了起来，冲着云舟道：“哎哟——你瞧她这‘呆头呆脑’的样儿——”

知她只是平常的玩笑，复明曰也不放在心上，笑笑又催了一催。云舟一莞尔，随即问道：“两位姑姑这是往天沉宫去？”

复明曰微一点头，答道：“正是。这一眨眼又是十五载，又是暮癸大人下界的日子，眼看离受封只有一年——”

“——这不是多亏他‘有心’，还给脸预先来我们这儿发难了么。”白衣姑娘一挑柳眉，面露不屑地抢白道。

“眼下绿初必定手忙脚乱，将天沉宫闹得人仰马翻。但愿这次别像上次那样，好让阑珊心里也好过些。”云舟挤出一个勉强的笑容，摇首叹了叹。

又隔水说了一小会子话，两位姑姑便与云舟暂且别过，忙往天沉宫走。

约莫离天沉宫还有几十步的样子，一个侍女慌慌张张地抱着一瓶开了好一阵的红梅跑了出来，白衣姑娘正欲责备两句，那侍女一见她们却匆忙上前，红着脸喘着气道："两位姑姑快快去看看罢，这天沉宫都快给绿初姐姐翻个遍了！"

复明日忙带着白衣姑娘加快步伐赶去，还未推门，便听得绿初的声音："哪儿呢哪儿呢？我看看——哎呀不是这串！你手上那只是颗寻常的鲛珠，说了多少遍是明月珠，明月珠——姑姑们你们总算来了！"

复明日推开门，只见连绵迤逦的云阶上摊满了大小不一的敞开的锦盒，高低起伏的书柜里书东倒西歪得到处皆是，就连近门处也被各式迷得人眼花的玩意儿堆得无立足之地。

"你们这是——"白衣姑娘看得怔住了，秀足半抬，怎么也找不到落脚之地，"阑珊何在？"

"回小姑姑的话，在后殿找那串明月珠呢，那位大人不知是听谁说找不到了，点名说要欣赏明月珠的光彩。"近门的一个侍女从杂乱的书堆里抬起头，用袖口擦了擦鬓角急出的汗回道。

"为何不早些告诉我们，明月珠这样珍贵的东西必定是放在这儿。"复明日抿了抿唇，心下松了三分，略带嗔意地扫了一眼众人，将手中的翠玉纤腰盏交付给一名小丫鬟，同白衣姑娘一起取下了没入发间的两根乌金鸦形簪，并成钥匙，穿过两排耸立摇曳的长灯，云烟一晃眼，还未来得及睨上一睨，她的掌上便多了一个锦盒，"绿初你瞧瞧，可是这颗？"

绿初长吐了一口气，方接过手，启了锦盒，未料不见珠光，定睛一瞧，盒内空空如也。她吞了吞口水，缓慢地侧过脸，扫了一眼满屋神情各异的丫头，颤抖着阖上了锦盒，喃喃道："一定是哪里不对劲。"说罢深吸一口气，像是酝酿着什么，丫头们点头称是，复明日抚额转过身去，白衣姑娘双手叉腰气势汹汹地盯着，绿初受不住这目光，回过头来，又猛地打开，"啊——真的没有！"

满屋的姑娘顿时慌作一团，连手脚都不知道搁哪儿了，一个形容还未长开的丫头急得直落泪，身旁的人忙低头在袖间找帕子，一时无言。

忽听得后头屋内传来一阵接连不断的箱柜坍圮声，众人连忙赶去，绿初背上有翼，冲得最前，伸手扶稳一尊将倒未倒的云灯、低头避过刚采撷的霞光后，方才见到倚叠如山的箱柜下露出的一方衣角。倏地一只胳膊推开身上的小柜费劲地伸了出来，里头的人终于喘了口气：“绿初——拉我——”

绿初匆匆收翼俯身，用力将那人拽了出来，边理正阑珊身上歪往一处的衣裳，边瘪着嘴打趣道：“您这是想趁着抢命的没来先寻个短见，顺便拆了天沉宫作陪？”一屋子人忍着笑，那白衣姑娘刻意板起脸道：“死丫头，说话也没个忌讳。”正说着，便见复明曰引着阑珊坐下，又唤了三两个丫鬟，忙而不乱地帮她篦起头来。

阑珊直着身子不敢动弹，抬着眉看着顶上笑了一声，又低下眼来借着镜里恍惚的光勉强瞥一眼，道：“去年从明瑟那儿‘搜刮’来的一本杂谈里说，在下界讲了你这样的话都是要掌嘴的。”说罢又努力瞥了几眼，想瞧瞧她的反应。

绿初正蹲身帮着整理满地乱跑的物什，听到这话，得意地抬眼一笑道：“你可不舍得掌我的嘴！再说了，刚才小姑姑不也说了个‘死’字么，纵然要掌嘴，于情于理我也要拉着小姑姑做个垫背，一道痛快！”

“这张嘴！”白衣姑娘“扑哧”一笑，一屋子禁不住都跟着笑出了声。阑珊不由得想扭过头，却被复明曰轻轻回转过来：“都快别说笑了，再寻不到明月珠一会儿就真要‘一道痛快’了。”

“你们那里不曾找到？我这里处处都留了神摸了摸，就连柜顶也爬上去了——”阑珊还未说完，绿初便又抢白道：“怪——不——得——呀！嗯？这不是要‘掌我嘴’的那本杂谈么？”她吹了吹封面，翻了两翻。

“我记起来了！绿初！去年明瑟带了那颗明月珠过来，说好珠要养，明月珠更要养，又说平时须将它封在后海井的水里，还要傍着桃树根埋着。”阑珊倏地大声道。

“想必它就躺在桃花林里躲着咱们呢！”白衣姑娘松了口气，叉着腰笑了，眉目间又是一股子气。

忽闻得前殿一阵脚步慌乱，转眼便见一小鬟低头抑制着喘息，吞吞吐吐道：“暮……暮癸大人他……他来了……”

“简直是抢命来的！”话还未完绿初便气呼呼地自言自语道，她又重手重脚地搬起地上的书瞥了阑珊一眼。

“这么快——”镜前的阑珊倏地起身，身后的丫鬟手上一抖，篦子牵出一绺子发，突兀地乱在外头，复明日抿了抿唇没开口，白衣姑娘蹙着眉头上前，欲掐那丫鬟的胳膊，却又没下得去手，“啧”了一声便骂道：“死丫头，篦头也篦不好，净会乱里添乱！”

那丫鬟似是才回过神来，赶忙“扑通”一声跪在地上，手指绞着裙子不敢吭声。阑珊忙向白衣姑娘道：“小姑姑快别同管儿计较，本就是我不好。”复明日见状便道：“管儿这丫头平日里处处做得得当，今日许是锁儿不在，她服侍也难得分了神。”

白衣姑娘抿抿嘴，既然阑珊在，本来也不好当着她的面管教丫头，加之她与复明日又都来好言，便不多说什么，叫管儿起身。此时复明日已将阑珊按回镜前，用簪子把那一绺子发小心翼翼地塞了进去，说道：“眼下也来不及文饰了，虽说兀在那里，从后面看难看了些，好歹还能撑上一阵。”说罢，又转向绿初道，“这里就数你脚力最好，快去桃花林跑一趟碰碰运气。”

“这——”绿初面露难色，望向镜前的阑珊。

“既然大姑姑发话了，你就跑一趟罢。”阑珊诡谲一笑，从镜里向绿初扯了扯自己的袖口，绿初没法，只得长叹一声瘪着嘴应了这苦差事，又冲阑珊拉了拉自己的头发，匆忙绕开正门出去了。

二

暮癸定定然地在天沉宫前已有一阵子，身后默立着三个看不清眉目的少年。他抬着下颌，阔着肩，那是一种无法描摹的万事皆于胸中而有丘壑般的姿态，久了又免不了露出些自负。他们等了一阵后，从东南一隅闪出个人影，暮癸不动声色地看着，待到那人已远，便偏转过身子唤了一声：“瘦冬。”

“大人，瘦冬身子骨弱，脚力也差，还是我去罢——”立在一旁的酣春话音未落便被引秋拉住，酣春瘪着嘴朝身旁的人睨了一眼，身旁人放下手，回瞪一眼，唇语道：“闭嘴。”

“我去就好。”那唤作瘦冬的少年摇摇头，说完便跟了上去。

酣春有些紧张地抬眼看了看暮癸，而他仿似没有听到般，不过微微颔首，看着自己颀长的影子晃在走星的余晕里，起风了。

天河畔的桃花是暮癸亲手栽的，生了几百年，而桃花依旧还是不安分的桃花。

绿初在荫头里歇了歇脚，匆匆甩去额上沁出的汗，暗骂着突然发难的“抢命的”，一边四面环顾意欲寻出当年那棵树。

“树呀，树呀，你可快出来呀。”她半蹲着身子，探着脑袋在桃花林间往前挪，挪着挪着便心焦地随口骂道，“花和主人一个德行，不讲道理不通情理，偏爱明里暗里地向我们发难。十几年来天沉宫安安分分，连实权的尾巴都没碰到，这是担心哪天我们‘意图不轨’还是瞧着我们宫好欺负，隔三岔五地上门‘关怀’？要是换做凌涯大人，你‘关怀’一个试试？来呀，试试——嘶——”许是桃花听后气了，又放不下架子同别人生气，便趁着风故作无意地摆弄着枝条，那些枝尖在绿初的面上刮了好几道。绿初心下正不痛快，忽听得一阵咳嗽声，她并不回头，只是冷笑道：“那位大人座下无人了么？是酣春忙着偷酒还是引秋只顾琴谱，要让走两步咳三下的带病之人下榻？依我看，与其在这儿苦站着吹风受罪，不如回房，我让锁儿蒸些新蜜雪梨送去。你看可好？”

“你何时才能少些玩笑。”

“等你帮我找到明月珠的时候。”

瘦冬不接话，只是咳了两声。

“乏——味。”绿初拖长了调子，翻了个白眼，“和你说话都落了要命的事！那位大人叫你过来要做些什么我都明白，我只希望你念在天沉宫没有为难过你，手下留情，脚下留步。”

“你明白？不，你不明白，你亦无须明白。”瘦冬的面上难能现出了细微波澜，他又咳了两声，苍白的颊在桃风里飞起了些些红。

“我——我打一开始就不该同你白费唇舌！宝境虽大，但我们隔几日还能见一次，虽然没有深交，但那么多个照面，我以为你会顾念顾念。再说阑珊，不错，上下是有别，但她这么些年来如何对待我们的你应该很清楚啊，你记不记得以前你背着那位大人夜半溜出来掉进了天河，好在阑珊在天经塔勤读到那时才歇，喊上云舟大哥救起了你，你怎么就——活该你现在落下一身病根！”绿初气得直跳脚，她本就是个真性情的人，在瘦冬面前更不加掩饰，可又悔自己说得太冲，憋着话鼓了腮帮，而后干脆愤愤地不顾他了继续往前。瘦冬握拳咳着，看着她狼狈的背影也不作声。

曼然一声“绿初”倏地打破无言，她抬起头左顾右盼，只见天河另一岸有一丛锦衣姑娘迤逦而行。先入眼的是两个打头引路的稚面小鬟，看着眼熟，半晌才想起那是御水的人，她忙把目光后移，恰好对上了两潭清波。天上海里的人都说明瑟姑娘生得眉目姣姣，尤是那对潋滟过后海井水的眸子，较之凡间传作绝唱的羡夫人还要胜过三分。方才叫她的人立在明瑟身侧，双眉上挑，满面桃意春风，只是腿脚似有些不便，僵僵微弯。绿初正望着，听得那叫她的人又笑着喊道：“××，你在呆什么？”明瑟扯扯她衣角，轻声怪她太过张扬不合体统。

绿初回过神来，一心只想着救命稻草来了，没顾上瘦冬，一面暗自庆幸这里并不宽，一面忙展翅越过天河，转瞬便到了她们身边，收羽躬身行礼：“明瑟姑娘。”

明瑟欠身扶她，见她额角净是汗珠，衣衫上也沾了斑斑花泥，便问她怎么弄得如此狼狈，绿初忙将整件事都说了一遍，自然少不了一番添油加醋。

赤槿听了不由得“扑哧”一声笑了出来，绿初睨了她一眼：“鱼尾巴你笑什么笑！”

“我笑你贵人多忘事！”

“你才是贵人多忘事，上来宝境前也不多服些药藏藏你的鱼尾，你看你的腿——”绿初同赤槿素来就甚为亲昵，也不顾什么礼数，便弯腰伸手去撩她的外裙看她的腿，却被明瑟按住，明瑟摇摇头，开口道：“阑珊那里还不知如何焦心，就不要说说闹闹了，赶紧取了明月珠去救急才是正经的。”

赤槿同绿初这才扁扁嘴，互相瞥了一眼，收敛了几分。

瘦冬还未踏入门槛，便听得阑珊往来调停，措辞谨慎，语带无奈。他向里面望去，阑珊站得挺直却很不自在，脖颈僵着，不敢妄动，很是拘束。身后两侧分立着两位姑姑，小姑姑杏眼圆睁，高抬下额，却又不敢太过火，大姑姑倒是一脸平和，笑而不怒。随后的侍婢个个低头，皆被这股凛冽的劲吓得屏息。瘦冬整顿衣衫，跨入门槛，行过礼后，暮癸向他望了一眼，他点点头。

“虽欲一睹明月珠华彩，但眼下风急天高，星火并上，凡间尚有诸多琐事，我也不便耽搁。阑珊现今二八不足，复明日、又一宵两位姑姑仍需多多提点她，但要有个分寸。”暮癸意味深长地看了一眼小姑姑，“莫要僭越。”

未待又一宵张口，复明日便笑着回道："暮癸大人心思缜密，顾虑周全，一心为宝境上下，如此金玉良言，我们两姊妹定然谨记于心，不敢稍忘。"

"正是。"又一宵强压怒火，掐着自己的指节，从牙缝里迸出了这两个字。

"阑珊也必会克己勤学，听从两位姑姑的指点，不负暮癸大人重望。大人此去路途遥远，是非繁多，也请大人爱惜身子，小心为上。"阑珊恭恭敬敬地说完了这一番话，待到暮癸颔首告辞转身走后，才敢松下精神来，锁儿搀着她落座，她这才发觉自己背上已然汗透。

阑珊遥遥看到天沉宫外明瑟一行恰好碰上了暮癸，又忙从椅上跳起，见明瑟送了个万福又往来了几句话，面带浅笑进来了，阑珊忙迎了上去。

【第五章】

一

"祖宗——哎——祖宗！别烫着！"红衣侍婢绞着衣袖立在一边，心惊胆颤地看着主子在新起的小炉边摆弄着刚润过的茶具，又不敢伸手去帮，"祖宗，万一您烫着了，奴婢怎么担待得起啊！"

"翁言，你还记得昨天来拜访的那位老先生么？"燃玉眉都不曾抬，随性一问。

"记得，老先生足足说了两个时辰，枯燥乏味得很！但他倒兴致盎然，唾沫横飞，全然没有自知之明！后来就连六小姐都听得险些睡了过去。他一走后，十二小姐就说——"一讲起这些事，那唤作翁言的红衣侍婢不由得眉飞色舞起来。

"你同他一样。"燃玉毫不留情地打断道。

她连忙闭上了嘴，忍不住悄悄抬起眼来看主子的神情，却听得身后平平稳稳走来一个人，来人说了一句："这丫头的嘴上永远热络，总有大把说不完的话，不过今日好像有个人更为热络些，小心太过热络把手给烫了。"

燃玉听得这话，硬生生把手一撤，不再理会茶具，摩挲着指腹的余热不接话。

"六小姐！"似是看到救星般，××不动声色地将身子慢慢挪到六姑娘身后。

“六姑娘，长久不见。”坐在燃玉身后石凳上的男人起了身，欠身一揖。

“迟鹭。”燃玉一莞尔，抬了抬眉，虽已从远处见了来人的轮廓，到底还是十来年不见，模样身板都难再摹出幼时的影子，心下不由一惊，“巧了，前些年你来的时候，我都陪着父王去请灵泽，今年十一她要出嫁了，赶着她这些天还在家里，就由她伴着了，倒真是巧了。”

燃玉不等迟鹭接话，也不理会六姑娘所言，便兀地道：“热络是好，但天天热络，月月热络，年年热络，不该热络之时偏偏热络，这不是热络得有失偏颇么？”

“祖宗，您别动气，奴婢错了，奴婢……”

“知耻近乎勇。好极。不过若要你就此冷冷清清实在残忍了些，你便到三寸崖边，把你那满腹的话向着崇山峻岭说，不满一个时辰不许回来。”燃玉冷声一笑，又转向自家姐姐，“六姐不如也去听听？”

六姑娘小怔了一下，随即笑道：“也好，方才听得蓊言这丫头说到了我头上，我倒也想听听了。”说着向两人道别，带着一脸委屈的蓊言往远处去了。

“她一定没舍得走远，不过也一定忍着没有回头看，你看她走之前望着你的神情，就好像你是一只皮香肉嫩的小家燕。”燃玉半扭过身子看向身后之人，弯了半边唇角，语带戏谑，“这两年你的话越发少了，不过你的平和倒是没变。”

迟鹭蓦地笑了起来，有如舒云：“我自己都不曾发现。不过每次回到这里，重又看到这七步湖，心确实静了。”

“这片湖终究是比不上天河的。”燃玉毫无征兆地冷下面来，他转过身子来，面朝着迟鹭，“那位将来的天妃娘娘待你如何？”

早已习惯了他的喜怒无常，迟鹭心里也就并未生出什么不痛快，只是笑道：“每次我回来，你总要问我一遍。”看着眼前人阴着脸等答复的模样，便又道，“阑珊很好，不娇纵。”他知道不能多夸，只此一句就停了。

“阑珊阑珊，叫得真亲热。”燃玉看着脚下凌于湖面的木板桥，狭起了双眸，低语道，“你可记得这湖何以叫作‘七步湖’？据传……但凡从湖边往湖心走的，恰好七步，湖水必定没过头顶，在这湖水中失了方向，水性再好也难以寻回岸边。倘若有一天，你看惯了天河而忘了这片湖，我会要你和我一起走完这最后的七步。”他忽而抬起下颚，扬起脸看着迟鹭，用一种从未有过的狠毒的眼神，这眼神好像辣得他自己的双眼也疼得厉害，泛起一阵酸痛的雾，他忙用骨节去揉，却被迟鹭一把捉下了右腕，拉到木板桥的尽头。

“你这是现在就要同我走那七步么？”燃玉倏而急了，却不挣脱，只是任由他将自己带至湖边。脚下的木板嘎吱作响，带着附在木板下不知其名的小生命四处逃窜的细微动静。木板闷哼了最后两声终于静了，剩下一些余音在风里游走。

迟鹭仰着面，他收敛了惯常的笑意，屏息听着燃玉在他身后不住的喘息声，他听出那人心中有气，但他也并不像往常一样即刻安抚，只是握住他的腕，望着面前的湖默然了一阵。沉睡四周的老林，天天年年在梦里将自己的树尖向着天心攒聚，发出一种密不可闻而又掷地有声的梦呓。青雾也不是这年才有的，它说它本是最无瑕的，现在这副模样，分明是被这些或浓重或苍翠的绿和匀了强添上的，它说了千百年，不厌其烦，而且愈发愉悦。

迟鹭又笑了。燃玉也笑了，他笑那人总是笑，多大的苦楚都可以在心内碾压冲淡，然后理所当然地返出一个笑。

迟鹭终于接了话：“我就算再容易忘事，也不会忘了这七步湖。”

燃玉不出声。自他去了天辰宝境的那个冷春算起，至今已有五六年余，燃玉最喜欢的那棵梧桐的叶越发少了，而迟鹭的话也一年比一年少。燃玉深知言多必失的道理，也知迟鹭每一日处处留心、收敛锋芒有多累，他担心得最多的不是那人身体发肤有何损伤，而是——燃玉觉得周身发凉，他每每想到这里心便不住地寒了起来。他总是过多地去在意迟鹭每一次回来时的态度，若那人不再是笑着的了，他便疑心四起，不停地问自己那人是否变了。他着实“恨”那个永远为了旁人而粉饰太平的迟鹭，但这也比规行矩步明哲保身来得好太多。

燃玉觉得喉头难过极了，他费劲全身气力才开口道：“我不是你，那样会隐忍，对你我更是藏不住话。”他哽咽片刻，颤颤伸出手，指着上空，“父亲总是说那是个不如面上来得漂亮的地方，（大意是白→黑，比喻手法），我一直不以为然，可是看到你我越发害怕有一天——我会说：‘这话说得真好啊，你看它把我的迟鹭变成什么样子了。’五六年不过弹指一挥间的工夫，比起五百年它太微小了，比起我们漫长的‘活’它更是小到尘埃里去，可这五六年足以让一个人的性子慢慢从南走到北，也足以让我因为——呵，我想起小的时候，我开口说话特别晚，族人都急坏了，但你总知道我要说些什么。后来，你们都说我的嘴越来越厉害了，可我在我的滔滔不绝里一点也不快活，因为再也没有人愿意忙前忙后为我传情达意了。而现在，就算我有一张再厉害的嘴，有些话我憋了这么多年却始终说不出口。明明我说了这样多的话，还是无法——我宁愿你笑我词不达意、笑我迂回、笑我拖沓，因为我再无法说下去了。”他扯了扯嘴角，苦笑了一下，然后用力地吸进一口气，意图纾解胸腔里的郁结。

“为你传情达意了那么多年，你要说的话，我想我早已了然于胸了罢。”迟鹭沉默良久，用一种故作明朗的声音说道。

“你这个明白人大可以继续扮糊涂，继续去做你那忠心规矩的‘迟鹭’。”燃玉冷哼一声，生硬的调子却早已软下半截了。

“明白本就是一种糊涂。”迟鹭倏地攥紧了燃玉的腕，“父辈们势同水火，当初你我结为至交本就是意外之事，如今——每当我来，他便离开蛇谷去请灵泽，实则已留足了情面。”

迟鹭总爱含糊其辞地带过他们的相识，这让燃玉觉得他是着意要淡化那份恩情。燃玉从不认为自己是个十足的好人，但终归记得有恩必报，可他早已将迟鹭视作家人，家人之间是不用“恩”这个沉重的字眼的，而他也不知是该责怪迟鹭的有意淡化还是该庆幸那和自己一样的心思了。

燃玉还未接话，蓊言便从远处莽莽撞撞地小跑过来，喘着气理着额前的乱发，看到迟鹭抓着自家祖宗的手腕也没当回事，忙吞了口口水道：“祖宗祖宗，老爷突然回来了，正铁青着脸训斥十一小姐呢，骂得可凶了，几位在场的小姐都看得一愣一愣的，看那架势——哎呀出大事了！您赶紧回去一趟，消消老爷的气，祖宗啊——”燃玉一抬手，打断了她的长篇大论，蹙眉不耐烦道：“我稍后便到。蓊言，你就不用跟我一道去了，罚你去帮竹先生晒书。”

“祖宗，这个以前罚过了……”蓊言低着脑袋，瘪着嘴轻声嘟囔。

燃玉一怔，狠狠瞪了一眼掩盖笑意的迟鹭，随即又道：“几时轮到你来定了，再罚一遍不行么？快去！”

“是……可是祖宗——祖宗您别动气，奴婢马上去……”

二

复明曰引了明瑟落座后，便从绿初手里接过明月珠所在的盛着后海井水的坛子，坛子很沉，抱在怀里有些吃力，坛里的水打着坛壁，走起路来不停发出一声闷一声脆的声音，不知怎么竟有些像抱着个半哭半闹的婴孩。

“你们听这声音，就连它们都觉得不平。”又一宵冷然来了一句，引来复明曰责怪的一眼。复明曰叹了一声道：“净说些没上没下的话。”

阑珊尚未坐稳，听得这一句本想说些什么要两位姑姑不要多想，但还是没开口，只听得明瑟道：“大姑姑只需吩咐旁人去做，何必劳累自己呢？”

“姑娘有心了。可一来这明月珠矜贵得很，她们年纪小难免捧在手里不踏实，别一不当心摔了这坛子；二来我们姑娘只习惯我们几个服侍，所以这些侍婢们多半不常留天沉宫，在宝境内上下走动，万一下回暮癸大人仍要赏珠，怕是没有运气再碰上姑娘了，寻人还要寻一阵，不如我这个常在这里的走一趟了。”复明曰略一低头，并不直对明瑟的目光，不疾不徐地答道。

“我也随姐姐一同去罢，毕竟我们姊妹二人一起惯了。”又一宵也低头道。

“那便辛苦两位姑姑了。”明瑟含笑说。

复明曰、又一宵行了礼告了退便出去了。阑珊看着她们的背影想着：姑姑们怕是仍拿明瑟她们作外人，往日说要能免则免的礼今日一样不缺，不过想来也与方才的“僭越”之说逃不了干系，大姑姑向来是个玲珑剔透的人，改日和她说一说心里话，想必也就好了，只怕小姑姑又结起了心结。

阑珊重起了话头，说：“若不是明瑟你过来，今天恐怕又是更为不快的收场了。”

明瑟笑了笑，道：“也是巧了才碰上的。不过，暮癸大人不曾等到明月珠便离去了，也不知是何缘故？”

“一定是瘦冬那个病痨！”绿初乍地高声说，“他一路跟着我到桃花林，还说些奇奇怪怪的，说什么暮癸大人的用心我们不明白，后来我听见鱼尾巴喊我，只顾着去找她们，把瘦冬给忘了，兴许他那时候就回去报信了。这个瘦冬——”

“人家也是要交差的，哎，大家都不容易。”阑珊看着对面的一盏云灯，无奈地靠在椅背上，云灯的焰色被风吹得忽明忽暗，有些晃眼，她又收回了目光，重又看向面色不一的众人。

“你还真是好说话，暮癸大人数年如一日地想尽方法发难、责备，你倒也不还击。”绿初白了她一眼，站在一边一脸不平之色。

“暮癸大人总是教导我——旁人说我，必是我哪里做得不够好；旁人不说我，我也未必做得够好。话说回来，和暮癸大人说话每次都要咬文嚼字的，能说‘更不用说’偏要用‘遑论’，真不痛快。”她有意添油加醋地模仿了几分暮癸的神态，语毕扁了扁嘴。绿初“扑哧”一声笑得直拍着阑珊的椅背，赤槿则是死死捂着嘴不让自己笑出声来，明瑟忙拉拉她的袖口示意她不要笑得太过放肆，其余众人都会意地左顾右盼着偷偷笑，待到阑珊自己也忍不住笑了出来，大家这才也都笑出声来。

“怪不得上回偷听到朝癸大人私下夸赞阑珊姑娘，说是‘洁身自好’，没着了暮癸大人的道！”赤槿终于得以放声，笑得仍是花枝乱颤。

“真是越发放肆了。”明瑟板起脸来，嗔道。

“明瑟明瑟，都是一家人，我们关起门来说自家话，还要那么严苛干什么呀！况且凭暮癸大人的作风估计早已到了凡间，说不定还喝上酒了；飞姨忙着羽民祭月的事，一月前就回去了。只是可惜，迟鹭大哥也回蛇谷和他的小祖宗叙旧，按理说今日是回不来的，他一走我们这儿就真冷清了不少。”阑珊半转过身看着众人，满是笑意，“不过还好，你看我们这有一屋的人，她们也不比我大几岁，别看她们今天斯斯文文、正正经经的，其实她们一个比一个会说笑话。”

满屋的侍婢这才好像获赦般都松了精神，有些不好意思地彼此顾盼。倏地，灯下传来一阵闷笑，众人忙回过头去看，只见一名模样俊俏的丫头正以袖掩面笑个不停。天沉宫的人都笑了，只剩明瑟绿初两人存疑而相视。

“明瑟姑娘、赤槿姐姐，你们二位有所不知，方才笑的叫杏哥儿，较之旁人她总要慢上许多，她多半是在笑我们刚才笑的。我们姑娘说了，这屋里的都会说笑话，可要去掉两个人，一是管儿，二是杏哥儿。杏哥儿的笑话和她的人一样木，我们都说她这名儿也不知是谁起的，真是个‘木口’！”站在杏哥儿旁的那个带头说起了话，周边的丫头都试探性地附和着，见两位姑娘面上没有以为不妥的神色，便一个两个“斗胆”起来了。

大家正笑着，赤槿突然失声道：“差点忘了正事！”

明瑟倒没有因她的一惊一乍而不悦，像是被她这一叫唤起什么似的，用着半责怪自己半说笑的语气道：“也怪我，光顾着说说笑笑。海里没有这样的光景，只有在这儿，才真是快乐得在云端里。”她笑了笑，再起话头，“阑珊你也是知道的，朝癸大人同南方蛇族的四小姐素来相交甚好，前些日子四小姐陪蛇王去了北方一趟，归来时顺道来了海里。四小姐说蛇王定了主意，要将十一小姐嫁与北方蛇族的世子，以固南北之交，听说十一小姐生性懦弱，也不多问就点了头。”

听到这儿，阑珊蹙起了眉头，但随即又试探性地问：“那朝癸大人的意思是？”

明瑟禁不住笑了起来，道：“我还未曾找些委婉的措辞便被你点破了。长久以来，天辰宝境与南方蛇族都无甚深交，顶多就是些台面上的礼节。”她的语调变得很柔，好像在竭力遮盖一种无意的反客为主的意味，“朝癸大人以为，说起来虽为君臣，但到底南方蛇族这些年纵横势力，四面结盟，现今又要与北方联姻，不容小觑，加之你我都尚未被封，天上海里的震慑都未免弱些，若不先放下‘君’的架子，去笼络这个‘臣’，恐怕后患无穷。不如趁着十一小姐远嫁北方，先备些厚礼，而后再写一封言辞啥的亲笔信贺对方嫁女之喜以及安慰对方同女儿分别的伤怀让绿初送去，厚礼蛇王自然不缺，所以小事上的体贴更易打动人。这些都是朝癸大人的意思，可我又想，大人素来为天上海里操劳，心力交瘁，难得得一知己，若是打点好我们与南方蛇族的关系，想来大人也能宽心不少。”

“你这一通话说得也真够累的！”阑珊也笑了，她笑得很真实但又很无奈，“我们两个都是在几位大人还有上上下下这么多人的关照下长大的。小的时候，朝癸大人常托四小姐偷偷给我们带些凡间的小玩意儿，而现在我们要面对更多的东西，她也为我们操劳得更厉害。我实在很感激。其实天上海里都是一家的，不用这样生分。”说完这番话，她伸出手握住明瑟微凉的手，心下倏地一顿。

“我明白。”她太得体。明瑟说话吐字就像最好时候的春风吹皱一湖澄水，开始是静的最终还是静的，但往往风都过了好一阵子，人却终于坠在早已平复的那些温存的波澜里。

好像就是这三个字——阑珊知道这三个字必定会出现，但她还是松了口气。她并不嫌这太简明，好像冗言会显得多诚恳似的。她只知道自己又一次伏在了明瑟的“恰到好处”之下。

三

午鸟刚过，不忮坐着，看着躺了满院的书走着神。前些日子，天一直绵着春雨，好容易才晴了，他和能让便搬了些熬了一个苦冬的书出来晒。他不知自己在想些什么，只是盯着石桌上的一处凹痕看着，他自问也并没有什么好看的。看的时间长了，他的唇不自觉颤动了一下，好像他的唇害怕他会这样入定了刻意来试探，他倏地笑了起来，起身去给书翻页。风不大，却总霸着那一页不让它过去，不忮面上有些冷淡，看着风和那一页耳鬓厮磨、缱绻难分，想着自己这般堂而皇之地坐看真是破了戒，不过自己本来就不受什么清规戒律牵绊。

“师兄，我来帮你。”话音未落，不忮就见能让宽实的背挡在了自己面前，替自己翻起了页。也就几年的工夫，能让长得很快，比九铭还要快。他已不是那个在九阙面前畏手畏脚的孩子了。鹤故常说，若非看见不忮眉间常聚不散的阴翳，能让倒更像师兄。

“那你都翻一遍罢。”不忮清清淡淡说了一句，但不显冷。能让很勤快地忙活着应了一声。不忮又坐了一阵，看能让翻了一阵的书，思忖时辰差不多了，便同他说了几句，过了一段抄手小廊，进了鹤故的屋子。

屋内陈设很是简单，并无烦冗，窗格把过午的光毫不拖沓地筛进来，好像它早已知道孰是孰非，大片的瓦灰色的阴影爬在墙上，用细密紧促的喘气来昭告它们还活着。瓦灰愈来愈多，有时来回晃动不停，屋内像是一个静谧汹涌的水牢，而他自己走了进来。

不忮一如往常，先是留了一道窗缝，然后径直上前点了一支安宁香。

他往塌上看去，师父已背过去安然侧卧。无面人爱在午憩后喝一碗他亲手熬的羹。在熬羹上，他着实欠些天赋，论起厨艺能让较之他要高出太多，可师父偏偏爱他的那一碗笨拙。他也就日复一日没有怨言地重复着他曾经最厌恶的笨拙。他叹了一声，然后同往常一样愣了愣，像是在自省是否叹息得太重，之后又收回了神转身往厨房去看看炉上之物，方踏出一步，忽听得身后人道：“你坐下，我想和你说说话。”

他怔住了，过了半晌才硬生生地将自己的步子调转回去。

“好。”不忮坐在不近不远的一张凳子上。这水牢里有两个明白人，有些东西他可以放下，有些东西他更要恪守。

“能让近来很勤快。”鹤故阖着眼，很自然地道。

“是，他方才还帮我晒书，这几日也都是他去地宫替九铭送东西。”不忮答得却不太自在。

“能让长大了——我仍记得他在雪地里跪着的模样，我见他那神情有几分像你就留了他。可他和你截然不同，简单快活。”鹤故笑了笑，似是想起什么，说道，“你还记得你小的时候么？你来这儿的第二年才开始笑，后来成天追着天上报时的鸟儿跑，问你在做什么，你就笑着说你在追时间。现在想想，时间真是过得太快了。”

“我忘得差不多了——我要去熬羹了。”不忮还是不太自在。他回想起小的时候，仍会驻足在那片突兀的简单快活，塌上侧卧的人会教自己认字、吹笛、放风筝，时常沏一杯茶看自己追着鸟儿跑。好像是用刀剜去一般，他总记不得自己是如何选择了现在的路，而他唯一记得的是——这刀是他自己动的，动在他的胳膊上，动在他的心上。

“今日的羹就不必了，这么多年来，你熬得很辛苦。”鹤故仍是以背示他，那张他惯常戴的面具搁在枕边，在他的手下一遍一遍地被徐徐摩挲。

不忮不开口，只是听着，听了那么多年，他的声音仍是没有变，并不苍老，轻且有力。他突然感到一口热气在胸腔里游走，他甚至来不及去抚平它便逃窜到了另一处，他忙斟了一杯冷茶灌了下去，片刻才道：“我是熬得很辛苦。您要我晒书，一本本一页页地摊开来晒，那我们何时可以摊开来说话？”他说得不像在发疑问问，而更像在说平淡无奈的话，他又故意生硬地补上一句，“师父。”

“你这个坦率的人总爱做些不坦率的事，而我这个不坦率的人却总想着做我不能做的坦率事。”鹤故没有停下摩挲自己的面具，他以为——自己摒弃师徒之别卸下面具卸下所有防备来迎接这个人有意的冷言冷语——是他做过最蠢的事亦是最不能逃避的事，“你近来不太对劲，能让熬了很久直到昨日傍晚才忍不住告诉我。就连能让也发现了。”最后一句轻不可闻，大概是说与他自己听的。

“自我选了这条路以来，我一直是这样，您心里最清楚不过了，不是么？若是放在从前，您是不会说出来的。”明知鹤故背对着自己，不忮仍刻意地转过身去，半伏在桌沿，透过窗纸隐隐约约听得有几片薄叶子窃窃私语，扰得他心神恍惚，他便攥紧手中的茶杯，起身往窗前走去，嘴上梦呓般道，“您也变了啊。”

“世间万物皆在变，岂有唯我不变之理？”鹤故一笑，个中有万般滋味。

“您总是把话说得很漂亮。”不忮低头看着掌中杯，也笑了笑，“也就是这十年，您开始做从前发誓永远不做的事——泄露天机，您发誓的时候我还不知在哪里等着投胎，后来我来了，您时常会提起这件事，说得信誓旦旦，可现在呢，好了伤疤忘了疼，您是同万物一起变，但也未免太善变了些。”

不忮依旧低着头，转弄着已被焐热的茶杯，他说着这些听着云淡风轻的话，心里却极汹涌，他竭力去感受那种热，不知自己的身体何时又有了这样的温热。倏地，好似平地起了一场风沙，让他迷了眼，其他的感官被自己夸张地放大，掌心的温热在刹那间变成了余热，待到他回过神来，茶杯已四分五裂地坠在地上。他抬起头，看到了一张脸，一张自那天起就不曾变过的脸。

鹤故很久没有看到不忮这样失措的模样，方才那些到了口边的过激的话都无处寻踪了。风从那一道窗缝里溜了进来，吹在没有面具遮盖的脸上，有些发凉，他忽然想起来，好像从不忮来的第一天起，鹤故就没有在与他独处时戴过面具，他自己不知哪里来的习惯——与他坦诚相对。在熬过的漫长年岁里，他不知自己洞悉一切是福是祸，大概在浊世里保留清醒是福，但当清醒与自己执意所追求的不清醒碰撞之时，他便觉得这一切都不是福祸可以简单描摹得了的啦。眼前之人有别于旁人，他选了一条极陡峭极坎坷的路，甚至都不能说是路了，鹤故很高兴能见到一个追求清醒的人，但他将这条路走得让自己无比心寒。广知如鹤故亦无法给自己、给不忮一个可以令他们都信服的答案。

“师父。”不忮的声音里饱含的都是隐忍的意味，他也被自己吓了一跳。啊，自己何时也这样能忍了？也怪不得鹤故同自己如此亲近，果然人以群分。鹤故双肩一颤，面上是不符师徒之分的一种微妙的神情，好像就是不忮这一唤，一些向来只好暗流涌动的东西都争着抢着——要逃出来要活在阳光下，他一边竭力喝止它们，一边又骂自己对自己都这样狠心，他狭起双眸，眼底浮闪出一种压倒一切的渴望，与此同时他极快地攥住了不忮的左臂。

“嘶——”不忮蹙着眉头，抽痛地想挣脱。鹤故倏地就放了手，旋即挽起不忮的袖子，怒声道：“你又这样任性！如果你非要在你的胳膊上一刀一刀地划才会痛快，那你便划罢，我只当没有看见这些也会伤到我的伤。可你痛快么，你真的痛快么，你问问自己你这样做真的痛快么！”他觉得胸腔里仿佛敞亮了些，但面上还停有愠怒，好像还滞留在自己方才那番话的余温里。

不忮的脸苍白得吓人，他蠕动着双唇，觉得心里有一股莽莽而上的气，不吐不快：“我不痛快？我还可以痛快么！我并没有您那样会隐忍。您太会忍了，那样多的东西郁结在您的心里您都可以不温不火地慢慢让它散了，可它哪里散了，就算都化雾了还是在您的心里绕，您大概是再也不愿意忍了罢，于是您就把闷了那么多年的话都说出来——早上您告诉蛇王，十一小姐心里是不愿意嫁的，又说这个世界不过一两年的命了，不如让她任性一回。您所受的教训还嫌少么。我的胳膊可不比你的痛啊。”他抽动唇角，不自然地用气声断断续续地笑了，伸出手想去摸上鹤故那张不变的脸，又悬停在了半空，“一两年。一两年。你都熬过了多少年还在乎这最后的一两年么，我——你当初立誓了！你的誓言太不值钱了。”他说着说着有些语无伦次，到后来好像最后的那一口气郁在喉头，简直喘不过气，他已经不知道自己在说些什么了。

“难道我连这最后的一两年都不能真实地度过么？在这么长的不真实的岁月里，你看我拥有了什么？”鹤故冷笑一声，看了一眼地上的茶杯碎片，“我大概拥有这满地的碎片。”

“往前太长的年月我不敢说，但这十来年你拥有我——还有能让、九铭，你还有——”不忮很快地接上话来，却被鹤故打断——

“这些都很虚无。”

“你怎能说我虚无？”不忮抬高了声音，“我站在你面前！这样活生生地有血有肉地站在你的面前！”

“因为我没有在最好最对的时候拥有你。”鹤故看着他的眼睛，面上没有任何表情。

“就算你觉得这实在错得离谱，那这也是一个活生生的有血有肉的错。你怎能说这虚无！”不忮气得发颤，“如果你必定要个‘真实’，那在从前你说给我听的往事里你又为什么因为说了真相遭了天谴，你那永远不变的脸，它啊，逼得你来到这山上逃避世人，可你——可你还要找那个害你的‘真实’，我开始庆幸我在你眼里只是虚无了。”

“你病了。回房睡一觉罢。”鹤故慢慢坐了下来，不去看他。

“那我便回去了。”不忮有些负气地背过身去，可迟迟没有听到他的挽留，直到鹤故唤了一声“不忮”，他短暂的企盼和狂喜瞬间又被这样微妙的语气浇灭，他的心冷透了，说，“徒儿知道，出了您的房门徒儿就把方才的一切都忘掉。师父您的嘱咐只消说一次，徒儿便不会再忘。”

鹤故重又看着他的背影，一时间说不出话来。

不忮有些踉跄地走了出来，只见能让早就抱着一叠老书立在屋檐外头等他：“师兄，我在那里就听见房里好像动静挺大，怕出什么事就过来看看，师兄，不是我多嘴，你的脸色好像真的不太好……”

不忮摆摆手，说不出话，他仰起脸看了看，又抚额不再看它，好像被温和的日光晒得有点发昏。

春日何时也毒辣起来了？

四

十一小姐垂首跪着，紧闭着嘴，像是刚哭过一场，拭着快干的泪，不敢抬眼看高高上座的老者。老者阖眼抚膺，疲态尽露，不时从喉间发出一阵混沌的声音，然后将一口浊气吐出，又咳几声。身后立着的六小姐，锁着眉伸手去替他舒一舒他锁着的眉。

“您看您，又动气了。瞧这眉间深得，像七步湖。”说着，给丫鬟使了个眼色，让她们点上龙涎香，沏一杯茶，“您自己也知道，一动气，心腹就闷痛，点了香也只是缓一阵。不如不气了，让十一在这儿跪着思过，我扶您去躺躺，您也舒坦些。”下座的四小姐、十二小姐两位小姐也纷纷开腔附和，唯有八小姐冷眼看着一言不发。

正说着，门外风风火火地走来了一人，虽刻意放慢了脚步，仍动静不小，在一阵衣物窸窣、玉器珑璁之间，来人已入堂中，单膝跪下请安。

“十九，起来。”蛇王睁开眼，面色稍有缓和，在椅内变了个舒服的姿势。不带怪责地问道：“怎么这么迟？”说着又微微抬袖叫他坐下。

“回来得急，怕父亲与姐姐们久等，便抄了小径，却沾了一鞋底的春泥，怕污了父亲的地毯，便忙回去换了一双。”燃玉一边答一边在姐姐们对面落座，理理衣裳。翁言跟着起身，一路低着脑袋站到了椅后。

想起父亲对十九的步步骄纵，又想到自己，十一委屈地抬首和十二相觑一眼，却听得六小姐清喝一声：“跪好了！当心再惹父亲生气。”十二向上看去，却见六小姐刻意板着面摇摇头，劝她们不要自讨苦吃。

“父亲今晨不是携十一姐前往太清境请灵泽了？怎么这么快就回蛇谷了？”燃玉琢磨着眼下的局面问道。

蛇王抬手示意垂着肩的六小姐停一停，不动声色道：“让你十一姐自己说。”

“我……我……父亲，我错了，您惩罚我罢！”十一吞吞吐吐，不知是想不出措辞还是不愿说，噙了满眼的泪。

“父亲，您——”四小姐蓦然开口，欲替十一解围。

“老四你给我闭嘴！”蛇王怒骂。

燃玉心里已暗暗忖度到父亲所谓何事，于是不痛不痒地试水道：“十一姐历来温顺内敛，话也不多，从没有违背过您的心意，若是些无心之失或外人挑拨，您说她两句就行了，不必大动肝火，伤了身体。”

“哼。”蛇王冷哼一声，“说她几句？‘温顺内敛’的小十一真是长大了，懂得为自己打算盘了。我这里聘礼也收了，嫁妆也备了，日子也定了，喜帖也发了，这丫头却说不嫁了，闹出这样的笑话！这叫我蛇谷的脸面往哪里搁，该如何立足于天下？”

“是十一姐自己开口的？”燃玉问道。

“鹤故先生道出了她的心思，她倒好，也不否认。”蛇王有些恨恨道，“当着先生的面，我也不便发火，灵泽也无心情请了，就回来了。”

燃玉缓和道：“鹤故先生之灵验天下有目共睹，既然先生都说十一姐不宜远嫁北方，不如暂且搁下，待与北方重商榷后再做定夺？”

“先生并未说过‘不宜’二字。十九你不要胡闹了。”蛇王用力地摆了一摆手，厉声道。

原本打算帮腔的众姊妹也一下子缄口不言。

蛇王扶着桌沿站了起来："你们以为我们这个家族是靠什么支撑下去的？在外人看来，我们这些年纵横势力，好不风光——皆是表象！都是靠你们那些嫁出去的姊妹维持的姻亲关系所勾画出的表象！外人再亲还是外人，靠外人终究不是长久之计。而王族现在只有十九这么个独子，将来南方必定都是要交给他的，可他既无伯叔，终鲜兄弟，只有你们这班姊妹。"蛇王蓦地叹了一声，摇头苦笑，"可你们这些女儿家除了女红诗画还懂什么？能辅佐他治理南方么？即便是老四老六这样书读得多些的，到底还是女儿家，抛头露面像什么话？我也知道你们心里爱惜臣民，可若真是心为臣民就该记得自己的身份，就要做出王族应有的样子来。现在只是要你为了你的臣民嫁去北方，又不是要你去跳七步湖！再者，北方世子有哪一点配不上你了？"蛇王狭了狭双眼，说得很慢，却掷地有声，他看向几个女儿，眼神里变幻莫测、沟壑遍布，远越过了一个父亲的纯粹感情。

六小姐怔住了，有千万般的说辞却说不出来，她有些木讷地看向她的四姐，说不清渴望什么样的回答，可她的四姐正蹙眉看着地毯上的一处斑纹，不作声。她又看向十九，心里有些惶然，他也正看着她。她忙收回眼神，做个样子草草去看其他姊妹，心里却闷得难过，也不知看到了什么样的眼神。

"姐姐兴许只是没有出过远门，有些惧怕。"十二站了起来。

蛇王知她与十一素日里最为要好，只是睨她一眼，却忽然问："老八，你怎么看？"

十二有些尴尬地坐下。身边的八小姐仍是冷着脸，恭敬地答道："父亲，罚十一闭门思过，想必过几日就想通了。"

"就这么办罢。不得不说我也老了，经过这一顿折腾就乏了。"蛇王自嘲地摇首，"你们都回去罢。"他转而又道："十九，你留下。"

"是，父亲。"燃玉应了一声，忽视了六小姐甚至可谓嫉妒的目光。他低笑叹惋六姐不是男儿身，他知道自己唾手可得却毫不在意的是她日日夜夜翻来覆去魂牵梦绕求之而不得的东西，他大概从未有过这样的"恨"——不，他有，迟鹭……想到此处，他回过身轻声吩咐："翕言，死丫头别走神，听我说。父亲这里一时半会儿也消停不了，你让他去东海滨的别苑先落脚，明日我再去找他。记住了？重复一遍。"

“翕言，死丫头别……”

“不是这句！”

“哦是……你让他去东海滨的别苑先落脚，明日再去找他！”翕言露出了自得的笑，等着自家主子夸赞，却忽然想到什么，忙问，“祖宗，‘他’是……？”

“迟鹭。”燃玉颇为无奈地瞥了她一眼，便叫她赶紧去，省得自己看着心烦，却又暗笑自己竟然选了这样一个贴身侍婢，心里大呼奇哉。

五

日落前的风吹得很急，吹得阑珊眼里酸酸的辣辣的，她忙伸手去揉，揉完留恋一会儿又放下手，继续托腮看着虾红、麟紫、龙黄漾成一片的晚霞。明瑟与她挨得很近，一同坐在天沉宫前的石阶上，肩上披的那件牙色披风在晚风里欻欻作响。

绿初和赤槿带着天沉宫的丫鬟们忙着打扫大殿并在殿内铺被褥，阑珊留了明瑟她们过夜，又想趁着几位大人不在，和大家不分上下地围着火炉睡在一起说说话，一干丫头仍是心存顾忌，除去绿赤二人只有管儿锁儿和杏哥儿兴致极高地从了命。阑珊本嚷着要和她们一起忙活，却因手笨被大家“赶”了出来，而明瑟则是因为丫鬟们怕主子做得比自己还周到也被请了出去，另外得了两把椅子。阑珊赌气，不愿坐椅子，拍拍衣服下摆坐上了台阶，明瑟便也随她一起坐在了冰凉的台阶上。

明瑟很难得在云上看日落，她一时竟想不出什么词来形容眼前沉静得要命的风卷云涌。她往远处看去，天河淌到她没有到过的地方，淌到浓重成一片的霞色里，然后天河里的水搅成了云，弥散到“天”里去了。她觉得吸进去的冷风不停碰撞，不由得咬着右手食指的骨节，把眼眶里的热倒流回去。

“你听。”阑珊兀地道，“他又在唱那首歌了。”

“那是什么歌？这样好听。”明瑟听了好一会儿，顺着阑珊的目光看去，在天河上荡着一叶渡云舟，舟上仰躺了一个人，一腿屈起一腿横搭，一手枕头，另一手似乎逗玩着什么细巧的东西，看不明晰。

阑珊不答反道：“小的时候，我总是到了很晚也不肯睡觉，飞姨就让云舟大哥给我唱歌。我问他那歌叫什么名字，他说这是与他结拜的小兄弟教他的，不知叫什么名字；我问他什么是结拜，他说就是把生命交给对方，我当时听了有些害怕；我又问他怎么没有词，他说这是大地的声音，无词就是有词。”阑珊低头眨了眨眼，随即抬起头重又看向天河，“后来有段时间他不肯再唱了，飞姨也不肯告诉我是什么缘故。于是我又不肯睡觉了，飞姨就总是搬出暮癸大人来吓我。”

她们都笑了起来，笑声随着晚风一直飘，飘到很远的地方，然后去撞凡间的某一口钟。

“你说大地是什么样的呀？”阑珊转向明瑟，问道。

“我说不好。”明瑟婉和地抿了抿嘴，“我也鲜少离开海里，不过我印象中的大地，大概与这里所差无几罢。”

阑珊站了起来，袖口很快地拂过明瑟的脸，她张开双臂，十指指尖竭力地向外伸，好像要将整片天地都纳入怀里：“我想大地一定比这里的天还要广阔还要宽容，大地上应该有湖泊有江河有林海有雪原有丘陵有山脉——还有好多好多我从未见过的动物，它们可能有健壮的四肢、灵敏的感觉，还有……”她闭起眼睛，嘴里滔滔不绝地说着，听着干净凌冽的晚风朝她扑来的声音，好像她便可以乘风到那些自由无忧的地方一样，她说了好一阵，也知明瑟在专注地看着她专注地聆听，她一边说一边在心里问自己：我是否能接触到“真实的世界”？脑海里忽然浮现出了很多张脸，她顿觉有些凝重，嘴上的话戛然而止，双臂也不自觉僵硬起来。

“怎么了？”明瑟放下攥着的轻轻顶着下颌的右手，直起腰来看着她。

倘若要妥妥帖帖地将自己的不安和惶惑藏起来，再恰如其分地找一个托词，着实是件难事，在明瑟面前她办不到，索性也就不办了：“我大概这辈子都见不到什么大地了。”

“说什么一辈子，你才活了短短的十几年，往后我们有很多的日子可以活，只要你愿意总能见到大地的。”明瑟温和地责备了一声，转而又去拉拉她的衣袂，轻轻地抬了眉给了她些希冀。

“也是，你看晚霞这样绚烂，明天想必是个好天。”阑珊像是安抚自己一样，松懈了精神，放下了胳膊，敞亮地说道。

“姑娘们先用膳罢，绿初姐姐说两位姑姑已从桃花林回来，正在桌前候着呢。”背后传来锁儿的声音，她刚从殿内走出来，手捧一瓶红梅。

“哎——这红梅哪里来的？”阑珊从她手里接过，细细端详起来。

“回姑娘的话，早上绿初姐姐命我折些红梅插给在天经塔抄书的姐姐们送去，可到了那里却寻不到姐姐们，便将那瓶红梅抱了回来，方才大姑姑命我给暮癸大人那里的春、秋、冬三位送去。”锁儿长得很像是个伶俐的人，双瞳如星子，她半低着头，目光始终巧妙地避开姑娘们的眼，唇畔带着有礼的笑，“姑娘若是喜欢，锁儿便把红梅抱到姑娘屋里，闲时看两眼，以解乏闷。”

“不必了，放在我那儿真是故作风雅了。”阑珊摇摇头，半自嘲地与含笑的明瑟对视一眼，“你先别去送，今日没有旁人，大家坐在一起用膳。我们也快些进去罢，并非我自夸，椒娘的手艺那真是——锁儿快去喊上大家！”说着做了个回味无穷的表情。

锁儿略有犹疑，却不敢扫了阑珊的兴，于是恭恭敬敬应了一声，而后进去了。明瑟一路看着她瘦弱的背影消失在云灯之后，心道这天河比海水还要深。

白日里藏起来的日光被用来点了灯，遥遥可以望到天经塔上一层层一幢幢的灯火影子映在天河里，引了几条不更事的鱼空空地啄。天沉宫内的灯却被吹熄了，只有殿中央的一个大火炉在炭黑里闪出赤黄交接的焰光。焰光映在阑珊刚沐浴毕被热水蒸得潮红的脸上，显得更滚烫了，她垂着发盘腿坐在铺好的被褥上，一床缎面棉被裹住她的后背又被她揪着交叉在胸前，她正看着管儿，管儿踮着脚掩好门窗后也钻回了自己的被窝里，大家围坐在火炉周围，看着彼此不出声。

终于阑珊打破沉默开口道：“怎么平时一个个都能说会道的，这下都大眼瞪小眼了？”

“姑娘……这还是不太好罢……”管儿面上有些为难的神色，畏手畏脚地化坐为跪。

“别跪！快趴着——哎——只要不是跪着，怎么舒服怎么来。”阑珊无奈地看着管儿一笑，她坐得更随意了，耸着肩将自己裹紧些，又向着大家道，“这样有什么不好的？夜里凉意重，我们围炉而坐，温点酒，亲近地说些话来取暖有什么不好？每天你们都用暖炉帮我暖好床铺，我躺在棉被里身子是暖的心是凉的。我听说下界的姊妹都能同睡，临睡前还会说说贴心话，好容易逮到这个机会，趁着大人们都不在，明瑟赤槿又在，你们就陪陪我罢。平日里你们总说听我的话，可我现在要你们不听我的话，你们又不听，这到底是听我的话还是不听？”说到末了，她本佯装正经的脸也被众人姿态不一的笑带出了笑。

明瑟温和地打趣道：“好了，你这一番话说下来，我们也没了谱。听话与否倒也是一门学问。”她又调转话锋，“阑珊，你总提下界，我向她们问了方知道你喜爱我偷偷带给你的那本杂谈。在我们面前还好，若是在大人们面前不能自已，恐怕追究起来我便成了‘罪人’了。”她双眉平舒，唇畔漾着一种冷静却又温存的笑。

有一瞬阑珊看到了一重熟稔的影子，转而又不自然地眨了眨眼，看见的还是永远得体的明瑟。她挪了挪身子，隔着棉被拱了拱身边的明瑟道：“你净喜欢说这样的话，可谁叫你次次都说得在理呢。正如你所说，今日趁着大人们不在宝境，我才敢这样没有顾忌地提起下界，可话又说回来，我这样可不单单是你那本杂谈惹的祸。”她忽然挺直了背来了精神，又往前凑了凑，故作神秘道，“你们想，暮癸大人为何每两年就下凡一趟？尽管每次都找了各式各样的托词，但都掩盖不住他那颗贪恋凡尘的心——不许笑！你们再想，迟鹭大哥素来沉稳谨慎，他也要下凡去找他的小祖宗叙旧，就连那看似无牵无绊的云舟大哥也在凡间有个结拜兄弟。难道说下界的人当真比宝境里的要好？”

“姑娘说笑了，天底下有多少人想一睹宝境圣容，又有多少妖愿意牺牲道行来此宿一宿？”赤槿坐在明瑟身侧的水缸里开了口。

“是呀是呀，我们这些丫头能在宝境伺候，实在是莫大的福分。”正温酒的锁儿附和道。

“听你这样一说，我倒想到了，以前就想问了，你们都是怎么到宝境来的？都是同两位姑姑一样从初代娘娘起就在这儿了么？”阑珊又问。

“我们可受不起！我们都是在凡间各地的天妃祠前被抛下的弃婴，蒙天妃娘娘垂爱，有幸入宝境为婢。唯独杏哥儿在下面比我们多待了几年，姑姑们不曾同我们说过是何缘故，她自己也不知。”管儿替锁儿答了，两人暗暗相视一笑。

“这样说来，你们是从九悯娘娘那时起来到宝境的？自打我记事起，你们的模样从未变过，这在天上海里本也就不稀奇，但我还是疑虑，你们是在宝境里长大的？”又是一问。

管儿垂下头，面上有些羞愧的神色：“我们都按捺不住，缠着小姑姑，她才肯说，当初我们这些婴孩被抱到一个叫‘濯心洞’的地方，向那里的姑姑学习宝境里的规矩和伺候的方法。待我们满了十六岁，方可以进入宝境伺候娘娘和诸位大人。”

阑珊重重一掌拍在枕头上，掌心有些发麻，她双眉倒竖，怒目圆睁，不平道：“真是过分！都是人，何来的三六九等，何来的奴婢和主子？”

管儿和锁儿正襟危坐，低着头愈发不敢对上阑珊的眼睛，管儿忙声道：“姑娘息怒，姑娘息怒。若不是被抱到濯心洞里，我们必定都要夭折在天妃祠前，幸得主子们垂怜，才捡回了一条命。倘若不尽己力报恩，岂不是悖了做人的道理？主子们对我们有救命之恩，又有养育之恩，更成全了我们不悖为人道理，我们只有感激更甚的份儿，哪有逆反之心！”锁儿正拉着杏哥儿一起低头，听得管儿的话，暗叫聪明。

“你们三个都快别这样，一副吓得胆战了的模样，好像在天沉宫里说两句话，天就真要沉了一般。”绿初出来打圆场，见赤槿瞪着自己，便知说了晦气话，忙又接连不断地说着，像是在赶走方才的话，“阑珊又不是在气你们，你们平日里侍奉得仔细，帮着两位姑姑将天沉宫打理得井井有条，夸你们还来不及呢。”

于是明瑟接道：“也怪我，净是偷带那些的闲书，带坏了阑珊。”觉察身边人急要开口，明瑟将手覆上阑珊的手背，紧紧按住，示意她不可言，又带笑地继续道，“好好的围炉夜话怎么生出这样的尴尬？来，大家都斟上一杯暖酒，边饮边说。”话未毕，管儿便已斟上了两杯酒，边谢姑娘们体谅边送到阑珊与明瑟手边，明瑟接了自己的酒，又对管儿说了句“我来”，从茶盘上拿起了阑珊的那一杯，回过身子，递给了她。阑珊正欲接酒，见明瑟攥得紧便抬头看她，小怔，明瑟的双眸里波平浪静，泛着笑涟，她却知道这看似平和的水下滋长攒动着暗涌，也就是须臾的工夫，明瑟向下睨了睨。她觉得自己知道明瑟想对她说些什么，她点了点头，又像是要掩盖似的接过酒杯道了声谢。锁儿又为绿初、赤槿二人斟上了酒，最末才是她们三人自斟。

阑珊执杯送到嘴边，杯壁抵着下唇，温热的酒液顺着上唇滑进喉腔，她只顾悄悄看明瑟，待到追悔没有细品时，沾齿的谷香倒也安抚了她几分。酒喝了几口，人又多些暖意，话也多了，众人未想到倒是杏哥儿先开了口："我小的时候，在凡间住过好几年，别的事不太清楚，就是每年祭天妃的时候，特别热闹！"

"你快说说！"阑珊搁下酒杯，不见了方才的踌躇，双眼放光。

杏哥儿有些为难地笑笑，双手在胸前绞着衣袖说："我也不太会说，就是好看，就是热闹！正好是冬天，下着大雪，家家都杀猪宰羊，穿得红红火火，有好多规矩好多事情但也好开心，大家都忙得很高兴！"说着说着，她自己的脸上也笑得像炭炉里烧得正旺的火。

"我也有所耳闻。我们鲛人虽然长居海里，但有时也同水鸟来往，水鸟会说一些或是亲眼所见或是听闻的陆上的事，我们便记在贝上，回到居所再誊写下来。"赤槿用下巴抵着叠起的双臂，趴在水缸的边上，鱼尾在温水里搅动发出一阵阵的"吞吞"声，"听说近几年，在祭天妃的时候，凡间不知怎么多了两件新鲜事，一是要要干嘛！！一定要炫酷，二是要去'太清境'向一位鹤故先生求灵泽，也不知这位鹤故先生到底有多大的本事。"

闻得鹤故的名字，阑珊与绿初相视一眼，满眼的话。明瑟不动声色地打量了两人几眼，正欲开口劝酒跳过这"鹤故先生"的事，忽听得不远处传来一句"天经塔的人真是越发不像话起来"，阑珊手上一抖，杯中酒一晃，她慌乱的脸色便在酒里宕了开来。

六

近门的管儿锁儿立即起身，拎着自己的棉被贴在门上来挡住炭炉的火光，而其余众人则噤声躲在她们身后，唯有绿初禁不住伸头探脑，赤槿则是一边按着绿初肩头一边抿嘴以示不满。

脚步声近，周身的寒气冻得两人连同两条棉被直打战，棉被的影子投在门上摇摇晃晃，如同阑珊的杯中物，阑珊看着醉醺醺的影子，自己仿佛也醉了似的，她偏了偏头，脑海里汹涌了短促的片刻，一阵痉挛，手中酒杯掉在了搁在身旁的枕上，漾开一片。

她觉得自己倒了下去，喘息很急促，炭炉的焰色跳得比酒气要慢，在一片摸不到的黑里，恍惚而扎眼的光一会儿匍匐在她的眼睑上，一会儿挤在她的耳畔要她看些什么——不，她不要看！可在这长久的十来年，偶尔且失败的反抗显得更像欲拒还迎。

……

她猛地睁开眼，有一刻的不适应，待到清醒过来才发现自己枕在绿初的腿上，颤颤地紧紧抓着明瑟的纤手，一时说不出话来，只发觉自己的眼角被风一吹凉飕飕。

“可算醒了！你昏了好一阵子，比以往都要长，还胡言乱语的，平日里也都诊不出什么所以然，也不知——哎，你看我，都语无伦次了。”大姑姑用帕子拭去急出的泪，宽慰众人地笑笑。

“你可把我们都吓坏了。”明瑟反握她的手，她这才注意到明瑟的手已被自己攥得发红，又抱歉地轻轻回握，道：“最近几年来这是常有的事，躺躺就好，别放在心上。倒是两位姑姑……”

“两位姑姑例行巡夜，听见我们这里动静不小，就来叩门，谁知你又倒了，不过趁着你昏着的时候，两位姑姑也被我说动了同大家一起围炉夜谈，说是忧心你，我看也是起了游戏的念头了罢。”绿初半带调笑，理了理面上的神情。

“来一口热酒，压压惊。”小姑姑睨了绿初一眼，不去回她，给阑珊递上酒杯。

她坐起身接过酒杯，一面想着今夜饮得太多，一面囫囵地将所有的惶恐和酒吞下。

她被酒呛了，咳了两声，绿初拍着她汗湿的背，问她可要另换一件，她推说不碍事，又反问小姑姑：“方才听见姑姑在门口说天经塔的人不像话，这是什么缘故？”

小姑姑本就仍在疑心她的无事是佯装的，心内想着一定要追查清楚，听她提到这事，之前的火气又涨了上来：“天经塔的人仗着从前九啊娘娘疼爱，又成日与笔墨纸砚打交道而自命清高、越发不服管束起来。从前不过是闲闲散散，做些自以为有情有趣的琐事而误正事，近日来竟抄起了凡间的杂书，也不知是哪里弄来的，趁着两位大人不在宝境，这群丫头就猖獗起来了，她们眼里还有没有规矩了？”又一宵越说越气，时不时挑两下眉，辣意十足。

阑珊一时不知怎么接话，唯有借着微恙低头扶住太阳穴，方能掩饰自己对“杂书”的盎然兴致，恰在此时绿初劝道：“小姑姑莫动气，就是我们姑娘去她们照样给些脸色看，您别同她们一般计较，气到后来呀，她们也听不到，照旧抄自己的书，您自己心里还不舒服。”锁儿也忙附和：“也怪天经塔那位掌事的觅君姐姐没有好好管教手下的丫头，才容得她们对我们姑娘和两位姑姑不敬，且又犯了私藏凡间杂书的大错。您去找那位掌事姐姐，她在您面前是小辈，您说她几句，让她管好手下的人，不信她们在两位姑姑们面前能有多大的傲气。”又一宵的眼角禁不住被捧出一丝笑意，双眉也不像原来那样凌厉了，不论见没见过的，天宫海府都知道小姑姑生得是一副辣脾气，但心眼极好，怒火烧得快熄得也快，很是痛快，复明曰只是等她怒斥完，然后默默地安抚地隔着窄袖去摸她的腕子，来平息最后一点火苗。赤槿看在眼里，待到小姑姑面上的余愠也去了后，就笑道：“说句僭越的话，我最喜欢小姑姑这样的性子，痛快极了，您生气就好像我们海里的一种祭祀用的烟火，盛放之时犹如火烧云，让人敬畏，但开得快谢得也快。”又一宵笑了笑，说她们的嘴厉害会哄人，就是哄错人了，要哄也是先哄两位姑娘。往来了几句，竟没有人提起九悯。

“话说回来，两位姑姑早在九悯娘娘之前就在宝境里了罢？”一片笑声罢后，果然是阑珊起了话头，问道。

“姐姐，便让我来说罢。”又一宵一口饮下锁儿递上的“消气酒”，开口道，“姑娘说得不错，自初代娘娘建成天辰宝境起，我们两姊妹就在这里伺候历代天妃娘娘。”

阑珊面上有了神采，追问道：“还是头一次听两位姑姑谈到此事，这么多个五百年，两位姑姑想必知道的故事不少罢？”

复明曰先是一怔，而后带着一种惯有的温和道：“姑娘问了，本该毫无保留地答，可惭愧得很，竟不知从哪里说起。”

“姑娘有所不知，每当宝境易主之时，我同姐姐便被带到一个叫作濯心洞的地方，濯去先前的记忆乃至脾性。回到宝境，我们两姊妹也分不清到底谁是谁了。”似是看透众人的疑惑，又一宵便道，“大家都知道，姐姐沉稳而我躁些，便是单看这一点认定长幼，可我们的脾性也被濯洗，想来我从前是姐姐也说不定呢。”又一宵本来板着脸，说到这里由不住地朝复明曰颇得意又亲昵地一笑。

“姑姑怎么知道——”绿初禁不住问。

“本来我们是不能知道这些的，可凌涯大人还是私下里告诉我们了，但回想大人当时的神色，恐怕这也只是九牛一毛，更多的她也不能再说了，或许——更多的她也不知道了。”又一宵收了笑，眼底闪过一丝复杂的颓色，仿佛被埋在了一个土堆里，就在快要认命昏死过去之前，有人慈悲地拂去了一些土，空留了一些不着边际的企盼。

锁儿管儿相视一眼，杏哥儿双唇微张说不出话来。

“两位姑姑何以不问九悯娘娘?”明瑟已静默良久，此时突然开了口，“九悯娘娘的通透豁达就连我亦有耳闻。”

“九悯娘娘不肯多说。”复明日短短地答了一句，眼中包含万千。

阑珊重叹一口气，想问为何不反抗，却害怕起自己的念头来，忙开口为别人不知道的念想掩饰：“待到明年，我与明瑟都满年纪了，承了天妃御水之位，知道了些什么都告诉两位姑姑。”

“都这么多年了，也不求别的，只求姑娘们都好——”复明日满眼感激，话音还未落，瞥见窗外天色微微泛白，又道，“哎，都这样迟了，姑娘们快些休息罢。”

众人又说了一些话，阑珊说不如就地睡罢，明瑟也顺着她，没法，姑姑们只得命锁儿管儿伺候好。

用过午膳后，送走了明瑟一行，阑珊重又回到天沉宫前的玉阶坐了下来。

绿初立在一旁，周遭多闲人，不敢坐，只问：“没阖眼罢?”

阑珊将脸枕在臂弯上，左右移了移，而后抬头望着遥遥的天河不答，却唤了一声：“绿初啊。”

绿初应了一声，本想去搀她，她却自己站了起来，转过身往里走，擦肩之时用极轻的声音道：“我又看到了一些东西。”说罢，精疲力竭地跨进了天沉宫的门槛，剩绿初一人站在天沉宫前，好风又吹了几遍。

【第六章】

一

绿初一路过关斩将离开宝境，又遮遮掩掩地辗转来到不问山脚。未入太清境内，便听得一阵笛声破云而过，她会心一笑，循着这清老笛音摸到了半山亭。

“长进了啊！”趁着不忮背过身，绿初猛地往他肩上一拍，颇有些“自家人”意味地逗他。

不忮闻得动静，巧妙地一侧身子，避过她的手，不着痕迹地笑笑：“还是那副拖沓样子，不曾长进。”说着收了笛，拎起石桌上要送与九铭的包袱就走。

“你去哪里？”绿初忙问。

他顿了脚步，谎道：“师父有个老朋友，取道不问山，因要匆忙赶路，不能上来坐了，师父便要我去为客人送些食用。”似是想起什么，他又道，“我们以笛声相约。”

“真是雅气得吓人。”绿初一撇嘴，忽觉得不对，道，“我是从山下上来的，怎么没瞧见有哪位客人？”

正有些僵着，只听头顶不远的上山阶上传来一句：“不问山这么大，姐姐你碰不上客人也不是什么奇怪事。”两人抬头，见能让一身短装拎了桶水稳稳实实地向他们走来。

“你也不冷，穿这么点！”绿初亲昵地打量着他，朝他喊，“又长高了。”

能让有些不好意思地笑了：“不冷，师父叫我来擦擦石桌，干干活也驱寒。”

“才开春，先生也让你用这么冰凉的水。”她睨了一眼桶中水。

“姐姐，师父待我们很好，也不要我们扫石阶、擦栏杆，就来擦擦石桌。”能让赶忙开口替师父辩白。

绿初伸手在桌面一拭，指腹无灰，于是抬眼问“石桌都这么干净了，放着那些石阶栏杆不管反倒来管干净的？”

“师父说那些浮灰不用理，自然就有，心里干净就好，这石桌……我也不太明白，师兄比我聪明，姐姐和师兄说罢，我还是好好擦石桌……”能让摸了摸后脑勺，进了半山亭，找了个不会碍脚的地方放下了水桶。

绿初喜爱能让的恭谦敦厚，也不去欺负他了，一直不言的不忮却开口：“绿初姑娘难能来一趟，想必不是来拭灰的罢？”

“看你总是面上带笑的，说起话来真是绵里藏针。”绿初抱怨了一句，心里暗骂：为何处处都有这样的人？想起正事，便又不情愿地说，“我们姑娘有话带给鹤故先生，还请引路。”

不忮的面色不多改变，只是手里攥得紧了，能让却似是害怕包袱被攥疼了，眯起眼瘪着嘴，一副受难的模样，忙开口：“还是我来带姐姐上去罢！桌子晚些时候擦也不要紧，师父不会怪责的。”又朝不忮说，“师兄快去罢，‘客人’该等急了。”

不忮的嘴唇颤了颤，原本他还欣慰能让长大了，识得揣摩了，听了能让此言便又不禁逼问自己：为何要将与师父相对的恐惧这么不吝啬地显露出来？恐惧么？一阵痉挛般的痛从背脊攀到后颈，并狠狠地咬了下去。“恐惧。”他脱口而出，被自己吓了一跳。

风过得很急，绿初并未听清，偏过头问他是不是说了什么，他矢口否认，又说午前赶不回来，叮嘱了莫忘熬羹——又是一痛，他恨自己的一惊一乍——又交代了几件琐事，下了山。

能让遮不住满脸愁容，引着绿初往山上走。

鹤故常笑这不问山终年蒙雾，到底是不问还是不愿问又或是不可问？绿初出了神，脚下一空，幸得能让扶了一扶，才不至于摔得难看。她仍有些后怕地拉拉耳垂。山路带了些春意地湿滑，灰蒙蒙地衬出两旁绿幽幽的林子，它们比冬日要好看，想来大家都是“绿”，绿初也就不怪这上山的石阶了。她爽快地将裙撩起一截攥在手里，好让双腿更灵快些——腿真是不如翼。

“你怎么愁眉苦脸的？先生不给你饭吃？”绿初抽空看了能让一眼，自然地问道。

能让像是被逗笑的模样，却又笑不出来，绷着脸走了好几步，才松了下来，反倒换上像是孩子撒娇的神情：“实在是忍不住了，姐姐你听过就算完了，别向师父多问。”听得绿初连连保证，他迫不及待地说，“姐姐你刚才也看见了，一提到师父，师兄的脸色立马就不对了。师兄从前不是这样的！以前九——不——以前……就是好多年前，我还小的时候，师兄偶尔会不经意地抱怨两句，可没有现在这么厉害！前些天我和师兄晒书，师父歇午，师兄进了师父的屋点香，可没过多久就听到什么东西摔在地上的声音，还有吵闹声，动静太大了，我就放下书跑了过去，就看见师兄板着脸一颤一颤地走了出来。这几年师兄和师父之间好像发生了很多事。”他的话还没有说完，就被自己吞了一半咽回肚里，暗暗骂自己太多嘴。

绿初忽地叹了口气，能让支支吾吾地问她是不是也在忧心，又求她不要在那两位的面前显露出来，她笑着摇头，眼里像是有些怜悯：“我是叹你总顾着操心别人的事，自己的事倒不怎么想。”

“自己的事？”能让不解。

“听说在凡间，你这年纪离娶亲不远了。”绿初煞有介事地敛起笑容，认真地说道。

能让飞红了脸，使劲地摇头，摆着双手，不去看绿初，只是满口说着“不不不”。

绿初迸出一阵大笑，也摆着手，不知是说笑得不行了，还是在说能让说的不是，又或者在替能让说着不，她摆着手，忽然感到莫大的自由。

二

惘然堂前有燕巢。是从前趁着春雨新筑的，经过一番来来回回磨磨，燕巢方才像回事。鹤故斜歪在堂内的一张竹椅里，头上是一副木匾，未书“惘然堂”三字。隔着面具，他冷眼看着门槛上的白日光，它的怀里有燕影双双，好不得意。他发出了轻哼，像是掩盖住自己的艳羡。这轻哼引得白日光伸手要来捉他的脚，却又如何也够不到，他迟疑而缓慢地将脚伸了出去却又在极快的一刹那缩了回来，他飞快地抓起茶碗欲砸这不听话的脚，僵了片刻却迟迟下不去手，内里尚温的茶从盖碗间的缝隙顺着他的臂流了下来，好像不可挽回的东西从罅隙里仓皇逃出。

他有些懊恼地放下茶碗，狼狈地撩起衣袖，忽然觉得就连面具里也被这茶汤弄得湿漉漉，正伸手欲除，却听得门外绿初的高笑声，便又忙放下衣袖，正襟危坐，不动声色地做他该做的无面人，袖里茶流得正欢。

“师父就在里面，绿初姐姐你轻一些。”能让悄悄指指惘然堂，又赶紧向大笑着东张西望的绿初比了个噤声的手势。

“先生又不是不知我是个热闹人。”说是这样说，她还是压低声音、收敛笑意、理理衣裳，上前临门敲了敲，抬头便对上无面人静的脸，她顿生出一种被看透的感觉。

无面人没有开口，在等她开口。于是她行了礼，又识趣地说道：“我不请自来，还望先生见谅。”她不太自在，若非阑珊千百般叮咛嘱托，她是万万不愿做这只“信鸽”的。每次踏入太清境，她总觉得自己得将毕生所学的礼数都施展出来。或许是她将这样的情绪露在了脸上，无面人蓦地说：“绿初姑娘看起来不太高兴？”

“不不不——”她有些窘迫地矢口否认，忙搬来阑珊作盾，“您也知道，我来打搅一定是我们姑娘又看见那些东西了。她一宿没睡，我也只得陪在一旁，所以有些乏了。”

“你上一次来，是去年秋天，再上一次，是前年。再往前，便是一两年一趟了。而今只隔数月，真是越发频繁了。”他阖掌坐着，话里听不出波澜。

“这么多年来一直倚仗先生，总来打搅，实在过意不去——”

“我并无此意。”他摆摆手，要她别再说下去，他显得有些疲惫，“阑珊姑娘要受这样的折磨，我心里也不好过。”隔着面具，他低了低眉，“这次是什么？鸟笼还是灯笼？”

“不，不，都不是。她昏迷时明明就在火炉旁，却一直打战，喊着水好冷，抓着明瑟姑娘的手不放，还嚷着……什么命……救命？”绿初锁着眉，盯着头上的牌匾边看边努力回想着，正为难时，忽听得门外一阵脚步匆忙——

“九铭他——”不忮气喘吁吁扶着门，抬头刚说了几个字就猛然收声，将剩下的话悔恨地咽进肚里。无面人拍案而起，险些掀去面具。

“对，就是九铭！”绿初像是针刺般，顾不得什么地大叫一声。

“师兄回来……”能让一路追着不忮，好容易才见师兄在惘然堂前停住脚，忙赶上去，却见三人情态各异，尴尬至极。

无面人深深吐纳，手在桌上空攥了一把，半晌才说一句：“让绿初姑娘见笑了，小徒无礼，是我管教无方，先失陪了。”转而向不忮道，“不忮，跟我进来。”又叫能让看茶。

绿初忙道：“先生不方便的话，我还是先走了……”

“姑娘留下，我还有话请你向阑珊姑娘转达。请坐。”无面人的声音斩钉截铁，不容反驳，绿初只得乖乖点头，看着不忮疾步掠过她身边，她投去复杂的一瞥，不知该幸灾乐祸还是该对这突发之事存疑，却发现他根本无暇顾及自己，而是随着无面人匆匆入室。

她有点笨拙地慢慢坐下，又看着能让躲她似的回过身匆匆去给她备茶。她耸动了一下双翼：为何大家都是这样匆匆？

三

迟鹭在榻上翻了个身，仿佛特意去听这一阵明明暗暗的窸窣声。它来得汹涌却在须臾奔入死寂，但只要有人小小撩拨，它的心很快又跳得比浪潮还要迅猛。他又翻了回来，面无表情地睁着眼，囫囵地摸了摸自己的脸，心虚地吞了吞口水。

他和燃玉都喜欢这间房。从前他俩把自己关在这精致的小天地里，窃笑着蜷缩在被子里听那些不加掩饰的潮声。有时他俩会打赌，蒙上眼睛去猜有多少只海鸟飞过，输者则要在半夜从厨房偷来些吃的，可这些赌约往往都无疾而终——谁也说不清到底有多少只海鸟，这仅仅只是个挨在一起吃夜宵的借口罢了。在摸去厨房的路上，燃玉一定要点一盏灯伴着，他永远需要一盏灯，就算熟睡时也不能熄。迟鹭仍然记得，那时总有睡得迷糊的海风滑进单薄的衣衫，好不凉快。除了偶尔来往的守夜人，别苑里人人安睡。燃玉不走在前头，手里捧着灯，又嫌烫，小小的身子抖个不停。迟鹭便接过那盏灯，捧在自己手心里，而燃玉则拉着他的袖口不出声地跟在后头。燃玉听很多人说过，当年是迟鹭连夜冒着风雨将还是蛇蛋的自己裹在衣襟里救回蛇谷的，被发现时迟鹭浑身滚烫，护着蛇蛋的十指怎么也掰不开。燃玉走在后面小嘴微张痴痴地看着，好像那人掌心里小心翼翼捧着的不是灯，而是自己。燃玉曾说，最喜欢的是夏夜的迟鹭和灯影幢幢，而迟鹭低头笑笑，佯作没当回事。

想到这里，迟鹭从榻上爬起，披了件衣裳，走到房内一角摇曳的灯火前站了一阵。不知何时自己竟也有了着灯而睡的习惯。他清楚心里在盼些什么，所以一夜不曾睡。窗外晓色渐明，他盯着烛光看着，想想还是没有吹灭它。

别苑里的人深谙他的脾性，知他不愿被人伺候，只得由他自己洗漱着衫打点。

他正欲出门，忽听得身后一小童道："公子，天还没亮透呢。门房报信，十九爷说要迟些才来。您是不是再……”

迟鹭温和地打断他的话：“不了。”他听到自己的尾音有一丝叹气的意味，想说下去，却觉得胸腔里一股气堵着，好像骤雨将至前的闷雷暗自酝酿。他原本并没有想停顿这样久：“——我出去走走。”

小童愣愣地看着迟鹭公子沉沉的步子，弄不明白，便转头去睡了。

天太蓝了，是一种大而空的慑人的蓝。

迟鹭在这慑人的蓝下走了一阵，才听到海浪作响。再往深处走一阵，脚下已是一片黑魆魆的礁石，石上笼着一层水雾，踩上去的声音干脆又冷漠，像是面无表情地割断了一条生命与这世上的联系。

“干脆又冷漠。”

他停下了脚步，瑟瑟发抖，用冷春风来遮盖自己的愠怒。他已很久不曾愠怒了，他也说不清自己在愠怒些什么，供给他的是性情温和而非大起大落的喜怒。他在脑海里匆忙地回顾了昨天的小聚，嫌它太快，又抓住每一个细节再想一遍，最后却发现与匆匆而过的回顾无甚差别。他觉得自己近几年来发生了一些变化，这些变化让他觉得无法控制，所以恼火。

浪潮作弄着礁石，用这种蛊惑人心的声响去捉摸他有多恼火，他弯腰拾起一块暗石，攒在掌心猛地扔向大海，他的怒火被海水一口吞下。

这一掷并未留下多少余响，却惊了不知何时漂入眼帘的小舟一叶。小舟线条极简，却怪，伏在水上摇摇晃晃，发出亲密却庄重的呻吟。舟上跪坐着一个人，面水，侧着身子，看不清形容。天只懵懂的亮，那人的身子虽仍笼在晦暗的纱里，却依稀可见其窈窕，想来是个姑娘。在一种明明暗暗的撩拨里，她好像念念有词，和大海一起轻轻地摇着，仿佛大海在她的身边只爱温柔细语了，像极了水乡春雨里的一株杏花。

那姑娘闻得石沉之声蓦地回过头来，手中丝帕包裹的鲛人草散了一船。天色亮了一些，他们并未挪步，却好像离得越发近了。

霞光偏爱她，在窸窣的昏沉之间在她面上投下最恰到好处的美。

迟鹭微蹙了一下眉头，正思忖时，她开了口：“培风将军。”

“你是……明瑟姑娘？”

“你对我生疏了，从前你唤我明瑟妹妹。”

“你长大了。”

他没有回一句是她先唤自己培风将军，而是重拾之前的温和笑了，说了这样一句。

“长远不见了。昨日朝癸大人着我去宝境，今晨才回来，却并未见着你。听阑珊说你又下界会友去了，怎么来东海了？”她的脸在未明朗的海风里看不真切，远处的海上有一丝丝红霞，她那看不真切的脸也红红的，不知是冻得发红还是因为旁的什么。

“我与他约在此处。”他的声音里带着一丝兴奋的战栗，疾而重。

她不经意地低了低眉，熟稔地道了一句：“东海滨是相见的好地方。”

迟鹭默然点头。

“你的话比从前少了。”明瑟佯装轻描淡写地找些话来说，好使自己听不出什么愁肠，却与本意背道而驰，怨得更深一层。

他一怔，转而抿嘴轻笑道：“他也这样说。”他忽而问道，“天还未亮，你怎么只身一人在海上，还穿得这样单薄？”

“睡不好，就来海上看日出。”她答得很干脆，但仍饱含她原有的鲜柔，就像头上的海霞在蓝空里凫水，旖旎地往更远处去，为她藏走真相。

“迟鹭。”遥遥的一声令两人朝远处看去，不多时，那人便走到了迟鹭身旁，习惯性地拉了拉他的袖子。明瑟心里一紧。

燃玉故意亲昵道：“你怎么这样早，也不多睡会儿。嗯？那位是——”

小舟向岸边挪了挪，霞色渐明，她的面容也越发清晰，迟鹭开口介绍，燃玉会心笑道：“这位我知道，御水娘娘。娘娘曾驾临蛇谷，那时您才只八岁，却有十八岁的端庄娴静，而今一瞧——御水娘娘当真生得一副好皮囊，我见犹怜。”

迟鹭看着一旁面露胜利之色的人，无奈地锁眉怪责：“太无礼了。”

“我与阑珊皆未受封，还请世子斟酌，唤我明瑟便好，不要坏了礼数。”明瑟面色倒是柔和，似乎早已习惯他的尖牙利嘴，并不放在心上。

“那好，明瑟。”他把她的名字咬得一字一出，带着股狠劲，他不加掩饰地盯着她，“不要以为你表现得如此‘宽宏大量’，我就输你一截。你有什么样的想法，大家心里都剔透得很。说句冒犯的话，我与迟鹭相识之时，你还没进娘胎，不知在哪里飞呢。只要我在一日，你就不要多有什么牵记了。此处风大，比不得御水府的高榻舒服，不如——”说着做了个“请”的手势。

迟鹭心里百般滋味，不由得捏了捏他的手，燃玉回捏了一下，左右摩挲，又慌乱地犹疑着甩开了。燃玉故作镇定，狐皮围脖里一片潮红顺着向上攀爬，他忙又侧过脸去，眼底闪过一丝怨色。迟鹭心下一凉，正欲开口却见明瑟面有异色。红日正上，她逆着光，唯有“神女”二字可以描摹一二。只是她双眼通红。他猛然想起，明瑟来自孟家小院的一口井，也不知父母是何许人，甚至不知是母亲十月怀胎还是集天地灵气由水孕育。阑珊每年还能设灵台祭奠生父生母与孟家先祖，自己也能下界与家人共享天伦，唯有明瑟无亲无故——此时燃玉竟又口无遮拦地提起什么“娘胎”！

“他……是无心的。”迟鹭替燃玉圆场，一面又用眼色抚平他仍带怨色的紧蹙的眉，“他并不知道……”

“无妨。”她略带苦涩地笑了笑，“我是个知趣之人。”说着与二人道了别。她转身的时候刻意做出毫不留恋的样子，僵僵地轻声对脚下的小舟说了句什么，小舟便忽地动了起来，搅动了周遭海水里的霞色——原是一只背若小舟的长尾有鳍巨兽，眼中蕴着一层温顺的柔光，直往大海深处凫去。

脚下的巨兽似是察觉到了她的失魂落魄，发出嘤嘤啼哭般的叫声，试图带去慰藉，明瑟将脚边的鲛人草攥成一团，梦呓般地说道：“这是第几遍了？如果我注定要一遍又一遍地做那个搅动旋涡的人，为何要让我如此清醒？”她根本盼不来答案，“我从未这样恨过你。”她看向凌于海上的九只金乌，将鲛人草扔进了海里。

太阳快要升上来了，她瘫在了舟上。

四

天经塔第七层的烛光在窗纸上印下了恍然而过的一道人影，不多时便灭了。塔身在胭脂色的晨光里似是倾着，在细听天河里的鱼念叨些从初代时就一直说着的话，这些话在触碰到晨曦的一刹那和所有细碎得不可捕捉的声响一同化作泡影。宝境像是隔着一层水帘般，朦朦胧胧，想来每座殿里的人都在做着自己有意无意的小动作，而看上去却像一盘死静的百年来无人动过的棋。

绿初一路疾奔，惊动了睡眼惺忪地扫着甬道的两个丫头，又是一段路，尔后不容分说地推开阑珊寝宫大门，身后的侍女们追着拦着，求她轻声些，主子一宿没歇息好，刚有些睡意。

听得门口有动静，阑珊忙隔着三面环围的重重帷幔高声命她们放行，一面在管儿的搀扶下坐了起来，管儿为她加了个长靠枕，又端了杯热茶来。

绿初推开帷幔，坐在了床榻边，阑珊小啜一口茶水，两手捂着杯子，对管儿道："你们去歇息罢，也陪我熬了一夜了。"看着众侍女退下后，她便开口道，"昨日收到你的消息，说要今晨才回来，到底发生了什么事？"

"原本和先生正说得好好的，谁知不忮突然闯入，嘴里还说着些什么，不过才几个字就停了，气氛一时很是尴尬，后来先生把他叫进后堂，也不知做些什么，就是不见他们出来！后来能让传话，说先生要我留宿一晚，却不交代缘故，我就留了呗。"绿初道。

"想来必定是件要紧事……你还记得不忮闯入时口中说的是什么？"阑珊思忖片刻，忙追问。

"别催，我想想……先生后来交代的事太多，我现在还是一片混沌，我再想想……想想……救命……是了！九铭！"绿初猛然醒悟，兴奋地往前凑了凑。

阑珊只觉背脊一凉，猛地打了个冷战。她瞪大双眸，面色惨白，像是只穿了件单衣迷失在雪原的独旅人，手脚发麻，紧紧裹住仅有的衣衫。"怎么了？冷？我去把火盆挪近些。"绿初说着要起身，却被阑珊一把拉住，她惊魂未定地摆摆手连声说"不"，缓了口气才慢声道："你继续说。"

绿初犹疑地看着她，一面关切地替她掖好被衾，重又继续道："能让一说完，我就给你捎了消息，晚饭时先生和不忮也并未出现。后来我就回房了。可是怎么也睡不着，直到下半夜，实在难受，就哼着曲儿出去转转。却见惘然堂灯火通明，正巧遇上能让，他说先生方回来，想让我先歇息早上再说。我怎么耐得住！于是就让他去问问先生方不方便现在就说。"她似是卖关子，吞了口口水。阑珊会意地将茶递了过去，她接过来，一口气喝下，又清清嗓子："不忮好像扭了腰，在房里休息，在场只有我们三人。本以为先生立马就要交代话了，可先生却问我哼的是什么曲，听声音认真得可怕。"

"你哼了什么？"

"你总唱的那首呀。"

"云舟大哥教我的那首？"

“正是！”

“你怎么答的？”

“我照实交代了，只是不知那位小兄弟的名字。”

阑珊若有所思地点点头，绿初又道：“先生静了一会儿，随后就要我带话——原话我记不太清了，反正是说你命中最忌‘九’又无处不是‘九’，还说你最近要常去天经塔走动。我离开时先生又说了一句很奇怪的话。”

“奇怪的话？”阑珊的心揪着，紧起眉头。

“是，先生说的是——‘明瑟姑娘知道的不比我少’。当时先生发出了一声笑，是从前不曾有过的一种笑，好像有些冷淡又有些无奈，不过并没有‘技不如人’之意……”绿初绞尽脑汁地去回想无面人的笑，自顾自地说着。阑珊有些讷讷的，伸出手在额头上来回拂了拂，看不出在想些什么。

明瑟。

她沉沉地咳了咳，往被衾里蜷缩去。遥遥的窗透进的胭脂色已经淡得不成样子，白晃晃得像炖在锅里的噗突噗突跳着的豆腐。她不合时宜地舔了舔嘴唇。

“……能让送了我一阵，亏我聪明，又悄悄东躲西藏地跟着他回到了惘然堂外。听到先生在同谁说话，说了些‘不知他是如何逃脱的’‘轮盘又转了’‘走一步看一步’之类的话，对方一直没有开口，也看不见真容，我刚想飞到屋顶瞧瞧就听见身后脚步声，天也快亮了，只好回来了。”绿初如释重负地喘了口气，然后瘪嘴看着恍惚的她，好一阵都没有回音，“你怎么了？哪里不舒服？”

“不，绿初，不。”她猛地攥紧绿初的手，发颤，蓦地又掀开被衾，趿着鞋就往外跑，“天经塔。”

【第七章】

一

寒鸦枯叫。

房门洞开，晚风辗转吹醉了一屏风的木芙蓉。

屏风之后，挽风侧卧在榻，屈着一膝，一手托在耳后，露出苍白的腕，一手执一枝长柳，伸到榻前来回搅动，似是在逗弄着什么，眼却始终盯着屏风。

他讨厌这屏风，鲜艳无邪，不过平禧公主喜欢，换不得。

他收回目光，悠长地阖了阖眼。他的眼神冷过离人肩上的月色，却不恍惚，锋利笃定，又曲折离奇如弯刀，让人不由得想要去摸索那是怎样的惊心动魄。可惜弯刀只给了惊心动魄，却从来吝惜深处的冶艳。

“进来罢。”他淡淡地来了一句。

门外徘徊已久的男子打了个激灵，忙不迭地进了门，半跪在屏风的一侧不敢靠近，低首行礼道：“大祭司。”尔后默等榻上之人开口。

挽风并未停下手里的动作，反而兴致更盛，道：“脱下外衣。”

男子不相信自己的耳朵，犹疑地抬头，对上挽风的目光，猛地低了头，手不自觉地扶在腰带上：“大祭司……”

“脱。”

男子颤颤巍巍地应了，拖泥带水地缓缓起身脱下外衣，屋里暖炉正旺，也不嫌冷，但他还是打了个寒战，抱着外衣低头站着，看不清神情。

“挂到屏风上。”

不等挽风重复，男子便乖乖地将外衣挂在屏风上，芙蓉被藏了起来。

见挽风不开口，男子重回正题：“大祭司，四周屋檐上聚了百来只黑鸦儿，密密匝匝叫了一夜，也不见停。听说平禧公主被扰得不得安寝，派人来问是怎么回事。属下带了府里的人用尽各种办法，都赶不走这群鸟，就差点火熏了，您看……”仍是不敢抬头。

“我也听了一宿。”挽风偏了偏头，喃喃着坐了起来，一手搭在屈起的膝上，不答反问，“王石，你来我府上几年了？”

王石一惊，手不自觉地摸向靴沿又不着痕迹地缩了回来，答道：“回大祭司的话，四年了。”

“四年，不短啊。”他定定地看着塌下低头不知想些什么的人，短暂地“嘶”了一声，“在你眼里，我是个什么样的人？”

“大祭司乃是天人，属下……属下不敢妄加评判。”王石摸不着头脑。

“看来我不是天人，我是恶人。不然，你为何畏手畏脚的？”挽风似乎并不满意，但也不摇头。

“属下……大祭司能通天意，数次救国于危难之间——”王石正欲继续这一番恭维，却被挽风打断：“既然你说我为天人，为何还要刺杀我？”

王石冷汗层生，猛地抬头，满脸惊愕，跪倒在地，趁机扶住靴沿，瞪大着双眼响声道：“属下……属下万万不敢有这样的念头，一定是哪里的小人搬弄是非！属下在您帐下四年，为您杀了……”见挽风狭起眸子，他忙住了嘴，一顿之后又匆匆道：“属下赤诚可鉴，决无二主！”

“我向来讨厌别人用过的东西，就连下属也是。”他蹙起眉头，一脸嫌恶，“回去告诉严相，下次派个会藏匕首的人来。”

王石听到“严相”二字，瘫坐在地，榻上之人的手腕狠辣是出了名的，此时他顾不得多想，抓出靴内的匕首一跃而起，便往榻上刺去——只听得耳边一声疾响，他止了脚步，似是被什么东西咬住脖子，手中的匕首落在软和的地毯上，他后退着伸手扶着脖颈却满手血污，他仰着面发出断续干涩的呻吟，又退了两步，倒在屏风前的小几上，血溅三尺。

门口侍卫听到动静纷纷闯进来，却见挽风冷着面斜坐榻上，一手撩过染血的青丝，一手执柳枝逗弄着什么看不见的东西：“回来，你怎么又开了杀戒？”却听不出责备的意思，他也不抬头，淡淡对瞠目结舌的侍卫道：“把尸体带走，扔到相府后门，还有，把它拿走，碍眼。”他一抬柳枝，指着遮住屏风的那件外衣。

侍卫们正忙着拖动尸体，而他则在大家的忙乱中不慌不忙地捋着头发，披了件衣裳，步出房门。

四周屋檐上已立了百来只乌鸦，聒噪个不停。而他一现身，群鸦默了，一只硕大的黑鸦敬畏地从他眼前低飞而过，落下一条竹筒。他躬身捡起，揭开筒盖，内有一张字条，上书“青梅弄杏花春雨楼”，末了只有一个字“何”。

须臾间群鸦散去，挽风面上变了颜色。

自2012年起创作至今

（未完）